《危险关系》剧照 1

《危险关系》剧照 2

奥斯卡
经典文库

[037]

# Dangerous Liaisons

# 危险关系

（法）肖德洛 · 拉克洛●著　汪莉●译　何亮●丛书编辑

首都师范大学出版社
CAPITAL NORMAL UNIVERSITY PRESS

**图书在版编目(CIP)数据**

危险关系/(法)肖德洛·拉克洛著；汪莉译. —北京：首都师范大学出版社，2017.8

(奥斯卡经典文库)

ISBN 978-7-5656-3777-3

Ⅰ.①危… Ⅱ.①肖… ②汪… Ⅲ.①书信体小说—法国—近代 Ⅳ.①I565.44

中国版本图书馆CIP数据核字(2017)第176750号

**WEIXIAN GUANXI**

**危险关系**

(法)肖德洛·拉克洛 著 汪 莉 译

---

责任编辑 马芳芳

首都师范大学出版社出版发行

地　址 北京西三环北路105号

邮　编 100048

电　话 68418523(总编室) 68982468(发行部)

网　址 www.cnupn.com.cn

印　刷 三河市博文印刷有限公司

经　销 全国新华书店

版　次 2017年8月第1版

印　次 2017年8月第1次印刷

开　本 880mm×1230mm 1/32

印　张 11.75 插页 4

字　数 244千

定　价 42.00元

---

# 总序：电影的文学性决定其艺术性

不是每个人都拥有将文字转换成影像的能力，曾有人将剧作者分成两类：一种是“通过他的文字，读剧本的人看到戏在演。”还有一种是“自己写时头脑里不演，别人读时也看不到戏——那样的剧本实是字冢。”为什么会这样，有一类人在忙于经营文字的表面，而另一类人深谙禅宗里的一句偈“指月亮的手不是月亮”。他们尽量在通过文字（指月亮的手），让你看到戏（月亮）。

小说对文字的经营，更多的是让你在阅读时，内视里不断地上演着你想象中的那故事的场景和人物，并不断地唤起你对故事情节进程的判断，这种想象着的判断被印证或被否定是小说吸引你的一个重要原因，也是作者能够邀你进入到他的文字中与你博弈的门径。当读者的判断踩空了时，他会期待着你有什么高明的华彩乐段来说服他，打动他，让他兴奋，赞美。现实主义的小说是这样，先锋的小说也是这样，准确的新鲜感，什么时候都是迷人的。

有一种说法是天下的故事已经讲完了，现代人要做的是改变讲故事的方式，而方式是常换常新的。我曾经在北欧的某个剧场看过一版把国家变成公司，穿着现代西服演的《哈姆莱特》，也看过骑摩托车版的电影《罗密欧与朱丽叶》，当然还有变成《狮子王》的动画片。总之，除了不断地改变方式外，文学经典的另一个特征，是它像一个肥沃的营养基地一样，永远在滋养着戏剧，影视，舞蹈，甚至是音乐。

我没有做过统计，是不是20世纪以传世的文学作品改编成电影的比例比当下要多，如果这样的比较不好得出有意义的结论的话，我想换一种说法——是不是更具文学性的影片会穿越时间，走得更远，占领的时间更长。你可能会反问，真是电影的文学性决定了它的经典性吗？我认为是这样。当商业片越来越与这个炫彩的时代相契合时，“剧场效果”这个词对电影来说，变得至关重要。曾有一段时期认为所谓的剧场效果就是“声光电”的科技组合，其实你看看更多的卖座影片，就会发现没那么简单。我们发现了如果两百个人在剧场同时大笑时，也是剧场效果（他一个人在家看时可能不会那么被感染）：精彩的表演和台词也是剧场效果；最终“剧场效果”一定会归到“文学性”上来，因为最终你会发现最大的剧场效果是人心，是那种心心相印，然而这却是那些失去“文学性”的电影无法达到的境界。

《奥斯卡经典文库》将改编成电影的原著，如此大量地集中展示给读者，同时请一些业内人士做有效的解读，这不仅是一个大工程，也是一件有意义的事。从文字到影像；从借助个人想象的阅读，到具体化的明确的立体呈现；从繁复的枝蔓的叙说，到“滴水映太阳”的以小见大；各种各样的改编方式，在进行一些细致的分析后，不仅会得到改编写作的收益，对剧本原创也是极有帮助的，是件好事。

——资深编剧　邹静之

# 主编的话：跟随文学人物走进各种各样的命运险境

能参与《奥斯卡经典文库》丛书的编辑工作，我感到特别的荣幸和高兴。说实话，这套丛书的编辑过程不仅给我，也给我们整个编辑团队带来了莫大的兴奋感。

兴奋之一：这是国内首次以大型丛书的形式出版经典电影的文学原著，这无疑是奉献给广大读者的一场阅读盛宴，我们相信无论何种口味的读者，都会从这套丛书里找到自己的最爱，甚至找到陪伴自己一生的精神伴侣。

兴奋之二：我们选择的书目全部是奥斯卡奖得奖或者提名的电影原著。奥斯卡本身就是全球最值得大众信赖的品牌之一，在奥斯卡异常严格的选拔标准下，这一批电影原著小说的艺术质量，还有部分原著是第一次出中文版本，我们之前也并未读过，但读过之后，深为震撼——世界一流的小说确实能带给人直击心灵而又妙不可言的独特感受。

兴奋之三：这套丛书让我们重新认识了文学原著和电影作品之间的互动关系。有的作品我们只看过小说，没有看过电影；而有的作品我们只看过电影，没有看过小说（后一种情况更多一些）。于是在编辑的过程中，我们重新补课，将同一故事的两种艺术形式尽量都补看完整。补完课才发现，文学与电影之间的关系真是太有趣了——电影或者因为时长所限、或者因为视听特性的发扬、或者因为求新求变，通常都要对原来的文学作品做出取舍和改动，电影编剧和导演如何取舍如何改动，背后其实都隐藏着电影创作者的深入思考。而很多文学名著又被不同的电影创作者多次改编，这些不同的电影版本所体现出来的电影创作者的不同趣味、不同表达以及独特个性，每每让我们生发出一种“又发现了一片新大陆”的感觉。我们作为读者和观众，往往会为哪一个电影版本改得更好而争论得面红耳赤——而对于那些两种艺术形式都没看过的朋友来说，我个人的建议，最好先读小说，充分展开自己的想象世界之后，再去看电影，收获绝对不一样。

兴奋之四：比起编剧和导演对文学作品的改编，演员、明星们对文学人物的演绎无疑更能引起大家的好奇和关注，在看完小说之后，带着您闲而挑剔的眼光，再去评论、比较电影里的明星的表现，甚至去评论、比较不同版本的明星的表现，这给我们带来了数不清的快乐时光。

因为部分原著小说和电影也是我们第一次接触，以上所呈现的，都是我们在编辑过程中非常真实的感受。我们也非常期望我们的工作能带给广大读者同样的兴奋和快乐。《奥斯卡经典文库》为您精心挑选的这些非常优秀的原著小说，完全值得您腾出一点业余时间，全身心投入其中，跟随着那些精彩的文学人物走进各种各样的命运险境，去迎接那些意想不到的感动和震撼。

——北影老师　何亮

# 导读：最纯情的，最放荡的

## 1.

给《危险关系》（*Dangerous Liaisons*）这部著名的书信体小说写导读，本身就是一件“危险”的事情。这本书是世界上著名的放荡主义小说之一，是一部在19世纪被法国法院以“内容淫秽、有伤风化”之名，多次明令禁止出版的禁书。

百度百科对“放荡主义”的定义最为有趣的是最后一句：“1782年出版的《危险关系》鲜明地以性为主题表达了放荡主义。”《危险关系》和“放荡主义”俨然成为彼此标注、互为佐证的关系。我怎么能介绍大家去看这样的书呢，会被人骂吧！

还好，扫黄办要想从这本书里抓到一些确凿把柄，还真没有。如果谁想从《危险关系》中读到如同《金瓶梅》一般对性爱场面酣畅淋漓的描写，恐怕会失望，这部小说几乎没有任何一个段落涉及赤裸裸的性爱描写，那它凭什么和萨德一样被归入“放荡主义”的行列，它又凭什么能成为一部如此著名的“禁书”？是的，这个世界上确实存在这样一本关于“性”的禁书，它并不向读者提供露骨的肉体描写，也对五花八门的性爱技巧毫无兴趣，这些内容过于简单直白，通常只是为涉世未深的少年，或为性爱匮乏的屌丝而做，《危险关系》非常不同。它是提供给有着一定情感经验的成年人的一道大餐，它全神贯注于几个成年人之间的情感猎杀、欲望对抗、心灵撕扯和很容易让成年男女沉迷的爱情中的智商碾压与征服。这远比所谓的性爱场面更加令人感到可怕。这部小说的主人公瓦尔蒙子爵和梅特伊侯爵夫人作为两个情商和智商都极高的贵族，兴致勃勃地在自己的朋友圈中玩着情爱游戏，将他们的猎物玩弄于股掌之间，乐此不疲。如同作者对性爱描写的藐视一样，这两个主人公也对那些过于简单的事情毫无兴致，他们不断给自己制造新的挑战，去猎杀那些最难以搞定的猎物。上床本身不是他们的兴趣所在，而如何把猎物弄上床的过程，才是他们最迷恋的事情，尤其对于瓦尔蒙子爵这个经验丰富的男人来说，欣赏纯真的猎物在性爱和贞操之间的挣扎，远比上床能带给他更大的快乐。这是游戏，却又不完全只是游戏；这是手段，却又不完全只是手段，瓦尔蒙和梅特伊投入他们所有的激情和智力在玩儿、在付出、在收获、在享受。他们是用生命在玩，直至彻底玩死自己。因此，这部小说比之那些以性爱描写为己任的小说，不知道要高明多少。它波涛汹涌、险象环生、惊心动魄而又凶狠残忍，对于那些天性纯良、相信美好爱情的读者来说，它根本不是所谓的放荡小说，它简直就是一部恐怖小说。但真正最恐怖的是，对于那些对自己的爱情智商颇为自信的读者来说，很可能不自觉地就认同了瓦尔蒙和梅特伊的心理世界，跟着他们一起追杀猎物，阅读过程中享受小说中的手段、阴谋和成就感，甚至，我毫不怀疑会有人把从书中学到的手段偷偷运用到现实生活中去。这不是一部直面放荡肉体的小说，这是一部直面人类放荡灵魂的小说。在《危险关系》之前，不管是对那些纯真男女还是对那些情感恶灵，从来没有一部文学作品能够如此大胆、客观、真实、细致以及精彩绝伦地揭示出人类灵魂中这最险恶的一面，而直到今天，也难以看到能在这一主题上超越它的新作品。

## 2.

《危险关系》的作者皮埃尔·肖克罗·德·拉克洛（Pierre Choderlos de Laclos，1741—1803）本人是否是一个精于“猎杀”异性的男人已经不可考，虽然他也有着低级的贵族身份，但他并不是瓦尔蒙那种游手好闲、只会玩情感游戏的贵族，相反，拉克洛是一位对腐朽没落的法国贵族统治持坚定反对立场的军人和政治家，他 18 岁就进了炮兵学校，之后近二十年一直随军，在格勒诺布尔驻防长达六年。据说是因为对当地的贵族有了非常深入的了解，才导致他在数年后被派往埃克斯岛修防御工事，在此期间，他用业余时间和休假时间写出了这样一部长篇小说（也是他唯一的一部）。1789 年法国大革命爆发，拉克洛追随支持革命的王室成员德·奥尔良公爵（1830 年上台的法国皇帝路易·菲利普的父亲），很快投入到激进的雅各宾派阵营，在企图摄政的奥尔良公爵家族制定政策的过程中起了重大的作用，成为雅各宾派机关报的主要编撰人。1792 年 8 月，拉克洛又得到丹东的信任，被任命为行政委员，主持改组共和国炮队。但大革命的风云变幻也导致他的个人命运跌宕起伏，丹东、奥尔良公爵先后被押上断头台，拉克洛也入狱多年，直到热月政变雅各宾派倒台之后，才被放出来，并于 1803 年被派到意大利那不勒斯担任炮兵司令，同年 9 月因患痢疾，病故于那不勒斯。从拉克洛的履历上看，作为一个积极热情的革命派，他对书中描写的那种腐朽的大贵族阶层应该不会有什么好感，而且不管过程中两位主人公如何得意，小说的结尾，瓦尔蒙子爵和梅特伊侯爵夫人也都自作自受，得到了命运的惩罚。因此，还依照数百年前的观点，将《危险关系》视为宣扬“放荡主义”的色情禁书，对拉克洛来说是非常不公平的。在今天的批评界，已经很少有人认为艺术作品必须具有道德训诫的功能，如手术刀一般冷静、深刻地把现实生活和人类灵魂中最真实的一面血淋淋地解剖给大家看，本就是文学作品的重要价值之一。所谓仁者见仁，淫者见淫，读者自己内心世界的善良、教养和自律才是根本。如果《危险关系》让道德家和小清新们感到害怕，那是因为作为军官和政治谋略家的拉克洛把情感世界中的战术、阴谋、缠斗写得太客观、太细致，而作为人类观察家的拉克洛，又把人类欲望中的残忍、虚荣、脆弱写得太真实、太震撼，而私密的、书信体的艺术形式，又让书中所有人物的灵魂，更加直白和赤裸地呈现在读者面前——道德家和小清新们不是在怕小说，而是怕直面自己脱轨的欲望和这个并不完美的现实世界。从这个角度上讲，《危险关系》可以说是19世纪法国自然主义和写实主义文学的重要先驱，甚至有着一种超越19世纪自然主义和写实主义的现代性，这也许就是到了20世纪中叶，这部“放荡主义”小说突然被重新发现，迅速赢得世界声誉，被频繁地改编为多种戏剧影视作品的原因之一。

## 3.

《危险关系》从20世纪50年代年起，不断地经历着各种戏剧和影视改编，到现在已经有十三个不同的版本，其中比较重要的有：

1. 电影《危险关系》（*Les Liaisons Dangereuses* 法国、意大利合拍，1959），由罗杰·瓦迪姆（Roger Vadim）导演，

两位法国大明星让娜·莫罗和让一路易·特兰蒂尼昂主演，此版本将故事背景设定在20世纪50年代末期的法国，是一部现代时装片，本片也是由小说《危险关系》改编的第一部戏剧影视作品。

2. 舞台剧《危险关系》（*Les Liaisons Dangereuses* 英国，1985），皇家莎士比亚剧团出品，克里斯托弗·汉普顿（Christopher Hampton）导演，艾伦·里克曼担任男主角，这是一部忠实于原著，原汁原味的作品，在当年的伦敦戏剧舞台上非常受欢迎。

3. 电影《危险关系》（*Dangerous Liaisons* 美国，1988），由史蒂芬·弗瑞尔（Stephen Frears）执导，由格伦·克洛斯、约翰·马尔科维奇、米歇尔·菲佛、基努·里维斯、乌玛·瑟曼主演。这是迄今为止，最广为人知的一部改编作品，是在汉普顿的舞台剧基础上做的改编，汉普顿本人即第一编剧。本片同样非常忠实原著，在当年得到了奥斯卡最佳影片、最佳改编剧本、最佳女主角（格伦·克洛斯）、最佳女配角（米歇尔·菲佛）、最佳配乐、最佳服装设计、最佳美术设计七项提名，最终拿到了最佳改编剧本、最佳服装设计、最佳美术设计三项大奖，是当年奥斯卡的大赢家之一。其中，最佳改编剧本奖可是击败了著名的《布拉格之恋》，可见奥斯卡对本片剧本的推崇。可惜的是，最佳影片输给了《雨人》，而格伦·克洛丝输给了朱迪·福斯特。

4. 电影《瓦尔蒙》（*Valmont* 美国、法国合拍，1989），这部和1988年大获成功的电影《危险关系》几乎前后脚推出，但这部由拍过《飞越疯人院》《莫扎特传》的著名导演米洛斯·福尔曼（Milos Forman）执导的古装大作却遭受了市场和评论界的双重冷遇。福尔曼非常大胆地改写了结局，除了瓦尔蒙子爵死于非命之外，其他所有的女人都成功隐藏了自己和瓦尔蒙之间不光彩的历史，幸福地投入到人生的下一个阶段。梅特伊侯爵夫人由主演过《美国美人》的安妮特·贝宁出演，瓦尔蒙子爵则由当时还非常青涩的科林·费斯主演。

5. 电影《危险性游戏》（*Cruel Intentions* 美国，1998），由罗杰·昆宝（Roger Kumble）执导，时代背景为现代校园，因此，此片也有“危险关系青春校园版”之称。

6. 电影《丑闻》（스캔들 - 조선남녀상열지사 韩国，2003），李在容导演，由裴勇俊、李美淑、全度妍主演，时代背景放到了18世纪李氏王朝末期的朝鲜半岛某县城。

7. 电视剧《危险关系》（*Les Liaisons Dangereuses* 加拿大、法国、英国合拍，2003），长达200多分钟的电视迷你剧集，故事背景搬到了当代，但情节忠实于原著，主演有凯瑟琳·德纳芙、鲁伯特·艾弗雷特、娜塔莎·金斯基等。

8. 电影《危险关系》（*Dangerous Liaisons* 中国，2012）华语片，章子怡、张东健、张柏芝、窦骁、卢燕主演，韩国导演许秦豪执导。这部电影把故事背景搬到了20世纪30年代的上海滩，票房一般，评论界的评价也不是太好。

## 4.

需要注意一下的是，昆汀·塔兰提诺也有一部叫《危险关系》的电影，但和拉克洛的小说《危险关系》并无关系。

一个军官用业余时间写的一部小说，当时长期得不到关注，却在一两百年后被如此之多的、不同文化背景的国家，如此频繁地改编为戏剧、电影、电视剧作品，而且改编思路花样翻新、时空不拘一格，其中更不乏大牌导演、明星加盟的极具影响力的作品，这在世界文学改编史上，也是一个非常特别的现象。《危险关系》到底有何种神秘魅力，能让诸多戏剧、影视制作者趋之若鹜？

第一个原因其实前面已经说过，这部小说是著名的“放荡主义”小说，是曾经的“禁书”，很容易在宣传上给大众打造出一个欲望的、性感的、充满刺激性的印象（虽然它的刺激性并不在这个低级层面上），尤其是电影观众，特别需要视觉上的享受和刺激，这种带有一定情色意味、展示着所谓的“猎艳技巧”的片子，会成为投资方获得投资回报的重要保障。

第二个原因，也是前面说过的，除了一个并不那么准确的“放荡主义”标签之外，小说其实是在深入地揭示人们灵魂和欲望当中无法言说的复杂性、多面性，去涉足这样的主题和内容，会让艺术家们感到充满诱惑和挑战。

第三个原因，是在具体的情节设计上。首先，这部小说提供了六七个特点极其鲜明的不同人格的角色，并且在这仅有的几个角色之间，设计了数个连环套一般的复杂的三角关系，保证了剧情的精彩。其次，两个主角在情感骗局中的表现，以及他们俩见人说人话，见鬼说鬼话的多重嘴脸，非常利于演员的表现和发挥。最后，故事几乎就在两座贵族城堡里发生，场景、人物都非常集中，特别利于营造戏剧性张力。从这第三个原因，也就是具体的情节设计上看，小说非常适合改编成舞台剧，或者说，从戏剧的思维去进行取舍、改编和加工，可能最能体现小说在情节构思上的优势。我们发现，迄今为止最为成功的改编版本，正是依托于汉普顿成功的舞台剧剧本改编而来的 1988 年版的美国电影。1988 年版极其明智地遵循了戏剧式剧作的结构规律进行取舍，并在美术上、服装上、场面调度上、台词上、表演上、音乐上都以一种强有力的戏剧性风格进行设计，对原作进行了非常有效的戏剧性整合，才得以为观众呈现出一部与原著相比毫不逊色的优秀电影。

而那些不那么成功的改编作品，比如章子怡版，明显出现对多重三角关系的强烈戏剧性把握不足的问题，虽然也大致沿着原著的路线，但情节零散、节奏拖沓、抓不住戏剧冲突重点等问题比较突出。这很可能是因为创作团队在前期策划时，没有找到最好的创作方向所致。

## 5.

最后还必须强调的一点是，《危险关系》这部小说的灵魂，在于呈现瓦尔蒙与梅特伊这两个玩弄他人情感的“恶灵”，因此，在演员的选择上，英俊美丽、极具观众缘的演员其实并不合适，这种演员很容易把“恶灵”演绎成简单的浪荡不羁，最后把整个影片变成一个略带叛逆感的性感偶像片，比如张东健和张柏芝，又比如韩国版里的裴勇俊。与中韩两版的思路完全不同的是，1988 年美国版使用了约翰·马尔科维奇和格伦·克洛斯这两个世界顶级的实力派演员，他们两人都是好莱坞的著名反派，一贯冷酷无情、面目可憎，这两位演员将瓦尔蒙和梅特伊那种腐朽贵族式的骄傲、冷漠、残忍刻画得入血入肉，令人惊叹。而猎物们的扮演者则在形象上明显和两位主角拉开了距离，美丽纯良的少妇米歇尔·菲佛，青春漂亮的乌玛·瑟曼，英俊无敌的基努·里维斯，一个个在两个恶灵的攻击下挣扎、沦陷，让人无比痛惜。正是因为对演员们形象的精心设计，这个关于“人性之恶”的故事才被表现得如此活灵活现、令人恐惧，拉克洛的原意，才会如此尖利地刺入每个观众的灵魂。

备注：这篇导读非常严格地遵循着“剧透死全家”的重要原则，尽可能地避免对小说的具体情节和细节说三道四。如果您看了导读，觉得似乎说了很多，但又好像什么都没说，那么谢谢您，这会是对这份导读工作的最高评价。

# 目　录

# 第一部

# 第一封信
# 塞西尔·沃朗日致索菲·卡尔奈
## （寄往×地圣于尔絮勒隐修院）①

您瞧，我的朋友，我是个说话算数的人。试帽子、做装饰，并没有花费我的所有时间，我还是有空给您写封信。话虽如此，今天我所见到的时髦衣服，比我们在一起的那四年看到的还要多。我想向隐修院申请，回去跟你们见个面。唐薇儿总是打扮得花枝招展的，一脸得意地来看我们，每次大家都觉得很难受。所以，我头一次回院，也要气气她。

妈妈不再像以前那样把我当作院里的寄宿生了，她遇到事情总是会先听听我的意见，她还给我安排了个侍女。我有独立的卧室和书房，现在我正在一张漂亮的书桌上给您写信呢。这个书桌有一个带锁的柜子，柜子的钥匙就在我手上，我想把什么东西锁在里面都行。

每天，妈妈让我在她起床的时候去见她。吃午饭时，只要梳好头就行，不需要过多打扮，因为只有我和她两个人。妈妈还说，她会在午餐时告诉我下午什么时候去见她，其余的时间，都由我自己支配，爱做什么就做什么。我可以跟以前在院里一样，拨弄拨弄竖琴、画些画、看点儿书。不过，跟在院里不一样的是，没有佩尔蒂嬷嬷在一旁唠叨了，哪怕

---

① 每封信的信首会注明写信人和收信人的姓名；同时，但凡第一封信，都会点明收信人的地点。除非有所更改，后不重复。——编者注

我什么都不做，也没有人来管。但是如果没有索菲您跟我聊天，我宁愿找点儿事情做做，让自己过得充实一些。

现在五点钟，离去妈妈那儿还有两个小时，真难熬啊。要是我能和您说点儿小秘密就好了，可惜您什么事都没跟我聊。如果不是看到家里所有人忙里忙外地做准备，还请那么多的女工来帮忙，我都不敢相信他们上上下下的，是在忙活我出嫁的事呢。这说不定又是约瑟芬乱讲的。妈妈总跟我说，一个女孩应该一直安分地待在隐修院里，直到出嫁再回来。现在，她把我接回家，那约瑟芬说的就都是真的了。

妈妈派了辆马车过来接我，让我现在就去她那里。会不会是那位先生来了，这可怎么办？我都没有好好装扮一下，我的手在发抖，心儿也像有只小鹿在乱撞。我问侍女知不知道是谁来了，她神秘兮兮地笑道："是塞先生。"噢，我确定是他。待会儿我回来，一定会把经过告诉您，现在只能告诉您他姓什么。好了，我不好意思让别人久等，等会儿我就回来。

您的塞西尔闹笑话了！唉，真是羞死我了！不过，如果是您，也不会比我好到哪里去。我进到妈妈房间里，看到一位穿黑衣服的先生站在她身边，我故作镇定地向他行了个礼，然后就一动不动地站在一旁。"夫人，"他一边对妈妈说，一边向我还礼，"真是一位可爱的姑娘。夫人，您真是好人有好报！"听到这么直白的称赞，我都有点不好意思。我挑了张安乐椅坐了下来，羞得满脸通红，恨不得找个地方藏起来。我刚一坐下来，那位先生就朝我跪了下来，吓得我尖叫着从椅子上弹了起来。那声尖叫，唉，就像打雷似的。妈妈大笑道："哎，您怎么了？坐下来，把脚伸给先生。"我亲爱的朋友，原来这是做鞋子的师傅。我根本就没法形容当时的尴尬，幸亏除了妈妈没有别人。我想，等结婚后，我绝对不会再找这个师傅定做鞋子了。

这个故事与我原本打算给您讲的是不是大相径庭呢？快到六点了，侍女在催我换衣服。我亲爱的索菲，再见，我像以前一样那么爱您！

附言：我没找到送信的人，等约瑟芬来吧。

一七××年八月三日，于巴黎①

---

① 索菲和唐薇儿是同一隐修院的寄宿生，约瑟芬也是修女，她专门负责隐修院里的物品传送。

# 第二封信
## 梅特伊侯爵夫人致瓦尔蒙子爵
### （寄往××城堡）

回来吧，子爵。您姑妈没子嗣，已经指定您为继承人了，还在她那儿待着做什么呢？马上就动身，我需要您。我有一个特棒的主意，要您去办。寥寥两句，却已说尽了全部。您能够被我选中，应该感到荣幸不已。您应该速速来我这里，跪在我的面前，听候我的差遣。我一定是对您太好了，让您不知天高地厚，对我的好意任意践踏，不复之前的恩爱。

我有两个选择：一是这辈子都记恨您，二是原谅您的所作所为。我总是心肠太软，我愿意原谅您。不过，在这之前先把我的打算告诉您吧。您必须以骑士的忠诚向我发誓，在完成我嘱托的事情之前，不能做出任何拈花惹草的勾当。我这个好主意能让一位英雄大展拳脚：您不仅将成为爱神的使者，还可以为自己报一箭之仇。最后，您还可以在自己的回忆录里加上一条“罪大恶极”。我要亲自来写您的回忆录，当然，这是后话，现在还是回到原来的话题上来吧。

沃朗日夫人的女儿要出嫁了：知道这个秘密的人不多，她昨天向我透露了这个消息。您猜猜她的女婿是谁？是热古尔伯爵。这么一来，我就成了热古尔的婶婶了，真是让我火冒三丈……您啊！还没有明白过来吧？唉，脑袋瓜真是迟钝。他跟总督夫人的事儿，您已经饶他了？您可真够没心没肺的，不过，我倒暂时平静下来了。复仇有望，我的心情也明媚起来了。

热古尔对他的未婚妻言听计从，他以为可以躲过命中注定的劫难。对他这可笑的自信，您和我早就感到厌烦了。他总是自以为是地觉得隐修院的教养要高人一等，更令人莫名其妙的是，他竟然认定金发女郎才是贞洁的。我敢打赌，即使沃朗日家的女儿年金六万里弗①，但如果她长着一头褐发，也没进过隐修院，这门婚事肯定成不了。

让我们向他证明，他不过是一个不知天高地厚的傻瓜吧。这一点他迟早都会暴露出来的，对此我深信不疑。不过，如果让他一上场就闹出笑话，事情就更有趣了。新婚后第二天，他一定会吹嘘一番，到时候必定全场爆笑。您将会细心地调教这位小姑娘②，要是热古尔还没有变成整个巴黎的笑柄，那就是老天不帮忙了！

再说，您在我们这部新言情小说③的女主角身上花多少工夫，都是值得的：这个黄毛丫头花容月貌，又正处于妙曼年华，就像枝头一朵含苞待放的玫瑰。她不活泼，也不做作，虽不免稚拙，但你们男人绝不会因此止步的。再说了，她用慵懒的眼神看人的时候，还是很有味道的。更何况，她是本夫人推荐的，您只需要叩谢大恩就行啦！

明天您就可以收到我的信。明天晚上七点务必准时来见我。我会单独给您一小时，八点之前，哪怕是我最宠爱的骑士我都会挡在门外——他的脑瓜太笨，这么重要的事情处理不了。您看，爱情并没有使我丧失判断力。八点之后您就自

---

① 法国的货币单位，当时一里弗约等于一法郎。
② 暗指让瓦尔蒙子爵去勾引塞西尔。
③ 此处充满讽刺意味。

由了，十点钟您还可以跟这个小美人儿共进晚餐，她们母女到时候将一同前来。再见，现在已经下午了，我的小身板还要被其他事占用呢[①]。

一七××年八月四日，于巴黎

① 此处有情色暗示。

# 第三封信
## 塞西尔·沃朗日致索菲·卡尔奈

亲爱的，我一无所知。前天的晚餐，妈妈招待了很多客人。我仔细地打量了这些男人，他们令我感到厌恶。男男女女，几乎所有人都盯着我看，然后窃窃私语。我可以肯定他们是在谈论我，我没法不脸红！我很想像别的女人那样，被人注视的时候保持冷静。不过，我猜是她们擦的胭脂遮住了尴尬引起的脸红。当您被一个男人死死盯着时，想不脸红是不可能的。

最使我难为情的是，我不知道他们会怎么看待我。我似乎听到有人说“漂亮”，但我也听到有人说“不活泼”。这是实话，说我“不活泼”的那个女人是妈妈的亲戚，而且还是她的闺中密友呢。她似乎对我很感兴趣：在晚会上，只有她跟我聊了几句，还邀请我和妈妈明天去她家吃晚饭呢。

吃完饭后，我还听见两个男人在谈论我：“这丫头还有点嫩，得搁一搁，入冬时再说吧。”也许，其中的一个就是要娶我的人。要真是这样，就意味着还要等四个月，我很想弄清楚这到底是怎么回事啊。

约瑟芬来了，她说她马上就得把信拿走。可是有件事，我必须对您说，我觉得那位夫人说得对：我不够活泼。

晚饭后，大家在一起玩牌，我就坐在妈妈身边看。不知怎么回事，我很快就瞌睡了。他们的哗笑声将我惊醒，我觉得他们一定是在笑话我。妈妈同意让我先离开，我如获大赦，那时都晚上十一点多了。再见，亲爱的索菲，您要永远爱您的塞西尔哦！我向您保证，社交圈绝对没有我们过去想象中的那么有意思。

一七××年八月四日，于巴黎

# 第四封信
# 瓦尔蒙子爵致梅特伊侯爵夫人
## （寄往巴黎）

夫人的旨意何其诱人，下旨方式尤为亲切。横行霸道在夫人的笔下竟令人感觉如此美好！不能替夫人四处奔走实属遗憾，我的决定夫人您早就知道了。尽管我的脑袋瓜比较笨，但是现在回想起曾经与夫人在一起的日子，您与我的种种甜蜜，总还让人心情愉悦。

我甚至想跟您重温旧梦，与您一起为世人树立起忠贞爱情的榜样。但是，更重大的责任在召唤您和我，征服异性是我们的使命，责无旁贷。也许，在功成身退时，我们可以再次相逢。说句实话，我美貌绝伦的侯爵夫人，您与我般配至极。自从我们分开后，您与我各自追求幸福，传递爱的福音，在这个过程中，您的信徒要比我的多得多。您的虔诚和热忱，我是非常了解的，如果天神们要论功行赏，您一定会被封为大邑主保圣人①。而我，能封个小乡村的主保圣人就心满意足了。

我说话的腔调令您有些惊讶吧！不错，最近一个星期，我听到的说过的都是这些话，而我为了在这方面取得更大的进展，只好违背您的懿旨了。

---

① 法国的大城市都会奉一个圣者或圣女为该城主保，相当于中国的城隍之主。

您不要发怒，请听我说。我曾经告诉您我心底所有的秘密，现在我有一个更伟大的计划要说与您听。您的建议算什么？让我去引诱一个无知的少女！她既无社会经验，也未涉人事。对她这样的小角色，我岂不是手到擒来？只要在她耳边说说甜言蜜语，她就会神魂颠倒。勾起她的好奇要比用爱情来得更快，这件事儿，别的男人一样可以做到。但我现在所要做的这件事，可要有挑战得多，如果成功，我将获得无上的荣耀和无穷的快乐。爱神正在为我准备荣誉的冠冕，她正在为选择香桃木还是月桂枝而发愁呢！我觉得她可以两者都用，唯有这样，才能加冕我的胜利。到了那时，我的朋友，恐怕您都会对我肃然起敬，您会满心欢喜地说："这才是我欣赏的男人。"

您跟杜维尔院长夫人认识，您也知道她素来信仰虔诚，与丈夫举案齐眉，恩爱有加；而且她一向严于律己，洁身自爱。这个女人才是我的目标。正所谓：

莫笑此行未得月，自问殷勤已攀登。[①]

这句诗虽不那么有名，但也是位大诗人所作。您应该知道，为了一起重大的案子，院长去了勃艮第，她的太太得独自打发一段难熬的日子。每天去圣堂做弥撒，拜访几位穷人，早晚做祷告，独自散步，跟我姑妈谈经论道，偶尔再玩一会儿无趣的维斯克牌[②]，就是她难得的消遣了。我正要给她准备更有趣、更刺激的活动呢。老天自有安排，将我带到这里，

① 出于拉·封丹的《寓言》。

② 桥牌的前身。——译者注

给她带来幸福，也成全了我的心愿。

我真够笨的！原本我还为浪费一天时间来拜访姑妈而惋惜，现在，如果逼我回巴黎，那才是对我最无情的惩罚。好在玩维斯克牌得要四个人，这里只有一位本堂神父，姑妈便硬要我留下来多待几天。您一定猜到了，我已经答应了。您无法想象，我答应后，她对我有多好，尤其是我每天都跟她一起去做祷告、拜弥撒，深深触动了她，可她又怎么知道我在教堂里拜的是哪路神灵。

您瞧！这四天我都沉浸在爱情的世界里，您知道我的欲望有多强烈，我的决心就有多坚定！种种阻碍我的事情，必定摧枯拉朽毁灭之！但有一点您无法体会：一个人独处，他的欲火更旺。我的心里只有一个念头，它昼夜不息地折磨着我：我一定要得到这个女人！只有得到她，我才不会陷入情网，被人嘲笑。

求求您，让缠绵的激情早日来临，使我感到安宁和幸福。女人们不善于保护自己，男人们就有福了。否则，我们就会成为她们脚下卑微的奴隶。我真得感谢那些轻佻随便的女人，她们将我送到您的面前，拜倒在您的石榴裙下。我真诚地乞求您的宽恕，同时结束这封长信。再见，我的美艳夫人，请不要记恨于我。

一七××年八月五日，于××城堡

# 第五封信
# 梅特伊侯爵夫人致瓦尔蒙子爵

知道吗？子爵，您在来信里表现得太放肆了，这可很罕见。我真想对您大发雷霆。不过，这封信证明您真是晕头转向了，就冲这个，我放您一马。作为您心胸宽广、体贴入微的朋友，我暂且忘记您的不恭，先顾及一下您的安危吧！跟您讲道理真的没什么意思，可您目前的状况必须要有人教导，我就勉为其难吧。

您想勾引杜维尔院长夫人，真是异想天开！您的脑袋大概是不好使了吧，明知道得不到还要拼命去幻想。这个女人到底怎样呢？她算是有几分姿色，但不够优雅，体态差强人意，却没有顾盼之神韵。至于她的衣着搭配，我真不知道说什么好：总是在脖子上围一堆围巾，衣领抵着下巴。我把您当朋友才劝您：这样的女人，您的手里只要囤一两个，就足以让您威信扫地。还记得她在圣霍克捐款时的情形吧？我让您看了那场好戏，当时您还对我感激不尽呢！现在回想起来，都还历历在目：她扶着一个长发瘦高个小伙子的手，走得那么艰难，仿佛随时都可能跌倒，她裙子的内衬太高，人又一副站不稳的样子，仿佛下一秒裙子就会把别人的脑袋全都罩住。每一次行礼，她的脸就会涨得通红。那时，谁会想到，日后您居然会对这个女人产生兴趣呢？子爵，您该醒醒了，收回迷失的心，我保证替您保密。

实话告诉您，叫您难受的事还在后头呢。您知道您将面对的情敌是谁吗？她的丈夫，光这两个字，就够让人丢脸的。如果您失败了，那真够可耻的；就算是成功了，也不会给您带来什么好名声。

我还是要奉劝您，您不要指望征服她会带来快乐。跟这样循规蹈矩的女人在一起能有快乐吗？我指的可是那种死板、不识情趣的淑女，她们即使在欢爱的时候都在克制自己的情绪，所以最多让您享受到一半的激情。那种彻底放荡、狂热地沉醉于床笫之欢的女人，才能给您无限的快感。而这样的女人，绝对不是淑女。

我替您预测一下，院长夫人若是对待您像对待她的丈夫一样，她就会觉得已经对您足够好了。即使你们共处一室，缠绵悱恻的时候，都会产生一种您是您，她是她的隔离感。更糟糕的是，这位夫人还是个虔诚的信徒，她对上帝的忠诚注定了她这辈子都是个长不大的孩子。就算您能战胜上帝赢得她的爱，她对魔鬼的恐惧呢？那可是一直存在于她心灵深处的啊！当她在您的怀抱里，您会感觉到她的心怦怦直跳，这可不是爱情，而是恐惧。

如果您早点认识了她，情况或许没有这么糟糕，但现在她已经是一个结婚快两年，将近二十三岁的女人了。子爵，一个女人老成这个样子，就让她自生自灭好了，您是永远都不可能从她那里再得到什么好处的。

您现在却为了这么个“漂亮宝贝”拒绝我的旨意，宁愿待在墓穴一般的姑妈家里，也不肯接受我给您提供的最能为您增光添彩的任务。是老天注定，热古尔最终会盖过您的风头吗？听好了，我在心平气和地跟您谈话：当下，我有理由相信，您只是浪得虚名，我不想再跟您过多交流，要我把心里话跟杜维尔夫人的情人说个底朝天，我这辈子都做不到。

您还不知道吧？沃朗日家的姑娘已经把唐斯尼这个小伙子迷得神魂颠倒了。他来教她唱歌，她唱得比隐修院的其他学生都要好。两人经常在一起排练二重唱什么的。我看这小姑娘挺想和他琴瑟和鸣的，只不过唐斯尼还是个乳臭未干的小子，真谈起恋爱来，恐怕没什么好下场。小姑娘胆子又小，他们之间就算有个结果，也一定不如您搞得那样精彩。因此，我的心情很不好，等会儿贝尔洛施骑士过来，我肯定会跟他大吵一架。希望到时候他能温柔一点，否则我可能要跟他一刀两断了。我敢打赌，如果我们现在分开，他一定会痛不欲生。这个世界上最令我开心的事情就是：令一个人对爱情绝望。他会骂我是个朝三暮四的女人，这个词让我感觉很刺激。对我而言，除了心狠手辣这个词，它就是最悦耳的了。要得到这个称呼也不那么困难，我要认真想想怎样才能跟他分手。这件事因您而起，我会记在您头上。再见啦，请您的院长夫人祷告的时候记得为我祈愿。

一七××年八月七日，于巴黎

# 第六封信
## 瓦尔蒙子爵致梅特伊侯爵夫人

看来，女人们对自己的裙下之臣随心所欲的还真不少！过去我常常把夫人您当作是我心胸宽广的朋友，可您也变得斤斤计较了，竟然毫无忌惮地攻击我中意的对象，您对杜维尔夫人百般挖苦……这些话若是出于任何一个男人之口，那他早已性命不保了。女人中，也就只有您说这么恶毒的话不怕遭报应。请您行行好，不要在我的面前侮辱她了，我可不敢保证下一次我能忍受，就像是在忍受酷刑一样。如果您一定要诽谤她，那就看在我的面子上，等我跟她好上了再说吧。您难道不知道，因为爱情而迷失的心，只有满足了情欲才会逐渐清醒。

咳，我都在瞎说些什么呀！杜维尔夫人哪需要装扮呀！她本身就足以令人倾倒。您嘲笑她不会打扮，这一点我倒是很认同：化妆打扮对她的形象有害无益，任何遮掩都会影响她的美丽。她的迷人之处正在于清水出芙蓉。最近天气炎热，她一袭粗布麻衣，竟也勾勒出圆润身材。一层薄纱裹住双乳，我锐利的眼睛早就捕捉到了那乳房浑然起伏的形状，真是令人遐想翩翩啊！

您说她呆板。当她没有动心的时候，需要生动的神态去表现什么呢？那些喜欢卖弄风骚的女人，有时候故意暗送秋波，让人上当受骗。她不会用虚伪的笑容掩饰自己的寡言，即使她唇红齿白，再有趣的场合，她也总是笑不露齿。但是，当她尽情放松时，那一种开怀之态又是多么天真和美好。对于贫困的人，她总是乐善好施，眼中露出的是发自内心的恻隐之情。若是有人稍微赞美了一下她，她清丽脱俗的脸上就会流露出谦虚和微窘的神色。这都是出于她谦逊的本性，绝不是矫揉造作。如果您因此觉得她不够活泼，我是不同意的，这可是淑女风范啊。她重情重义，即使她那常年不归的丈夫也能深深地感受到她的爱！

还有比这更动人的证明吗？我还能再举个例子。

有一次散步时，我故意引她到了一条小道上，从那儿经过，得跨过一条小沟[①]。她虽然行动敏捷，但不免有些害怕。您知道，信奉神明的人最害怕跨越沟渠。她必须得请我帮忙，这样我就有机会将她紧紧搂在怀里。我先将上了年纪的姑妈抱过去，她则在一边哈哈大笑。接着，我一把抓住她，使了个小手段，让她跟我搂在一起，然后我再朝她紧压过去，贴着她的胸。她的脸一下就红若桃花，这一切都发生在一瞬间，但我明显能感觉到她心跳加快，楚楚动人。她那一副脸红窘迫的样子告诉我，虽然她有些恐惧，但更多的是心动。

姑妈没有看明白这里面的奥秘，竟说："她一定是吓坏了。"她憨厚地解释道："倒没有很害怕，只是……"她的话没有说完，但我已经明白了。从这一刻起，甜蜜的憧憬取代了我内心的忐忑。她的丈夫怎么能配得上她呢？我一定要把她夺回来。我甚至有信心把她从上帝那里抢走。她之前因为委身于我而悔恨，现在又不顾悔恨再次委身，如此反复，我就是她反复的根源，这种滋味是多么的美妙啊！

---

① 这里是一个双关语，"跨越沟渠"是指长期犹豫后做出决定，尤其是指答应婚嫁。

至于她满脑子的偏见，我根本不会理会，它们反倒是为我增添了光彩。就让她坚持贞德吧，但接下来她必定为我做出改变；就让她因为丧失贞德而害怕吧，但她又只能深陷其中而无法自拔。她只有偎依在我的怀里，才会觉得安宁。等到那个时候，只有我首肯，她才可以说："我对您佩服得五体投地。"在所有女人里，只有她有资格对我说这话。我将成为她心目中唯一的神。

坦白说，我们为了彼此的欲望，一拍即合走到一起，这所谓的幸福甚至不能带给人一点儿快感。要我告诉您吗？我曾经以为自己已经心如死灰，只剩下感官的刺激，而杜维尔夫人让我又回到了青春岁月。同她待在一起，就算得不到情欲的满足，我也会感到幸福。唯一使我顾虑的是时间，我从来都不想白忙活一场。以前我有些唐突的做法，在别人身上收效甚好，但我并不确定这样的方法在她身上是否灵验。要想收获真正的幸福，必须得她主动投怀送抱才行，但这可不是件容易的事。

您一定会称赞我的小心谨慎。我还没有向她表白，但我们已经开始相互信任和关心了。为了防止一些关于我的风言风语传到她的耳朵里，从而影响我的声誉，我已经主动跟她坦白了。倘若您看到她劝我改邪归正的样子，您一定会忍不住发笑。她说她要教我向善，却完全没有料到这会让她付出怎样的代价。她不知道在她替那些失身于我的女人们"申冤"时，其实是在提前为自己申辩。昨天，在她跟我讲道理时，我忽然萌生了这个念头。于是我打断她的话说："您简直就是未卜先知。"再见，我亲爱的朋友，您现在知道了，我还没有到寸步难移的地步。

对了，您的那位可怜的骑士没有绝望到自行了断吧？说真的，您的心肠比我要恶毒百倍。如果我的自尊心稍微强一点，都会觉得羞耻。

一七××年八月九日，于××城堡

# 第七封信
## 塞西尔·沃朗日致索菲·卡尔奈

关于我的婚事，我绝口不提，那是因为我一点儿头绪都没有，跟我第一天回家的情况一样：叫人摸不着头脑。我不愿再想这件事，就像现在这样生活，挺好的。我刻苦练习唱歌和竖琴，我发现，没有老师授课，我反而爱上了音乐。更准确地说，我现在有一位更出色的老师，就是我跟您提过的唐斯尼骑士。他人真不错，每天都要到家里来陪我唱好几个小时。他的脾气很好，声音也很好听，而且还谱了不少好曲，自己填上了词。

遗憾的是，他是马耳他教会的骑士，不能结婚。我觉得要是哪个女人能做他的妻子，一定是上辈子修来的福分。他真的很温柔，我和他相处愉悦。从他的话里，您感觉不到丝毫的刻意讨好，却让人非常舒心。他时常指出我的音乐或是别的方面的缺点，可他的批评透露着对你的关心，让你从心底感激他。当他看着你时，就好像要告诉你一件特别有意思的事儿。除此以外，他做事总能让人舒适开心。就像昨天，本来他已经接受邀请要去参加一个音乐会，但他还是在我家度过了一整晚。这真让我心情愉悦。他不在，就没有人和我聊天，我会非常无聊。只要他在，大家就能一起唱歌、谈天说地，他从来不会冷场。我觉得他和梅特伊侯爵夫人对我真的很好。

今天就写到这里，朋友。我跟他说好了，今天要学会一首小咏叹调的曲子。这首曲子的和声很难，我得开始练习了，直到等他来。

一七××年八月七日，于××

# 第八封信
## 杜维尔院长夫人致沃朗日夫人

夫人，感谢您对我的信任，我非常感动，没有人比我更关心沃朗日小姐的婚事了。我发自内心地祝她幸福，也深信，您的慎重选择足以保证她的幸福。虽然我不认识热古尔伯爵，但他既然获得了您的青睐，我想一定不错。在此，我预祝他们婚姻美满，就像我跟院长一样。我的婚事，也是您一手撮合的哪。沃朗日小姐的婚事是上天对您的报答，我祝愿我最好的朋友也将成为最幸福的母亲。

不能当面给您贺喜真令我难受，不能早点认识沃朗日小姐也让我深感遗憾。您对我的情意就像母亲一样，您的女儿也待我如同姐妹。请您向沃朗日小姐转达我的心意，今后见面的时候以姐妹相称。

杜维尔院长外出工作的这段时间，我都会住在乡下，跟德高望重的罗斯蒙德夫人在一起。这位夫人气质优雅，风采不减当年。她记忆力好，精神年轻，虽然已经有八十四岁了，但心态好得像二十岁的年轻人。

她的侄子瓦尔蒙子爵在这里住了好几天，为我们增添了许多乐趣。我以前并不认识他，听说过他的一些行径后，我并不愿意跟他结识。现在倒觉得外面的流言似乎有些过了，他说起话来条理清晰，侃侃而谈，主动跟我坦白了以前的种种是非，坦率得让人吃惊。

因为他对我的信任和诚恳，我也毫不客气地劝他改过自新。您早就认识他，一定也认同如果能劝他浪子回头，想必也是功德一件。他现在虽许下诺言，一定向善。但我想，如果回到巴黎，要不了多久，他就会把我讲的那些道理忘得一干二净。不过，他在这里的这段日子，行为已经有了很大的改变，这总归是件好事。我想，他最好什么也不做，否则一定会出错。子爵知道我现在正在给您写信，便托我向您表达敬意，请您接受我的敬意。

一七××年八月九日，于××

# 第九封信
## 沃朗日夫人致杜维尔院长夫人

我亲爱的朋友，您对我的情意比天高，而且对跟我有关的事情那么关心，再一次让我相信我们的情谊非同一般。今天给您回信，并不是为了再强调我们的友谊，而是我不得不跟您谈一谈瓦尔蒙子爵。

坦白说，这个名字出现在您的信里，让我非常吃惊。您跟他毫无关系，能有什么共同语言呢？您是不了解这个人，您哪里能看透一个浪子的本质呢？可您竟然说他"坦率得让人吃惊"。是的，瓦尔蒙子爵的坦率的确是件稀有的东西。正因为他外表看上去很有亲和力，才使得这个人显得更加虚伪和阴险。从他年少时起，做的每一件事，说的每一句话，都是有目的的，而这些目的无一不是奸诈和罪恶的。

我亲爱的朋友，您知道我的为人，我最珍惜的品德是宽恕。如果瓦尔蒙是因为年少轻狂，做出一些不检点的行为，我会在质疑他的同时也理解他，不会过分指责他，只会默默地等着他回归正道，但他不是这种人。他的一切行为都表明，他心机重重，知道怎么做坏事而不落下把柄。他专找女人下手，我不准备计算有多少良家妇女被他勾引，单说那些被他搞得身败名裂的，就数不胜数。

您平时深居简出，对他的恶劣行径不了解。我若把他的那些丑行抖给您听，又怕玷污了您纯净的心灵。既然您肯定他不会侵犯您，那也就不必自卫。不过，我必须告诉您的唯一一点是：但凡是被他悉心关心过的女人，没有一个不憎恨他的。唯一例外的是梅特伊侯爵夫人，也只有她能制得住他。说实话，这是我最佩服她的一点。就凭这一点，曾在她寡居初期，虽有过种种轻浮的行为，却不至于留下什么不堪的后果。

我的丽友，我比您年长几岁，社会经验比您要丰富。出于友爱，我必须提醒您：最近社交圈里已经有人发现瓦尔蒙子爵好久没出现了，一旦有人知道他曾经在他姑妈和您身边待过，您一定会声名狼藉。对于一个女人而言，这是灾难。我劝您，劝说他的姑妈尽快让他回去，如果他还赖着不走，我想您还是主动抽身。试问他有什么理由留在那个穷乡僻壤呢？如果派人跟踪他，我敢肯定，他只是把那里当作掩护，方便自己做一些见不得人的勾当而已。事情已经发生了，我们就没有办法改变，只期望不要被他利用。

再见，我的朋友。我女儿出嫁的日子要推迟了，原本以为热古尔伯爵很快就会回来，但他来信说，这次要随着部队去科西嘉，目前战争还没有结束，在冬季之前都回不来了。这让人不太好受，但我也从中看到了希望，因为您到时能来参加婚礼了。如果您无法观礼，那将是我们多大的遗憾啊！再见！

您无比坦诚、推心置腹的好友。

一七××年八月十一日，于××

# 第十封信
## 梅特伊侯爵夫人致瓦尔蒙子爵

您还在跟我生气呢，子爵？您的心里只有您的院长夫人吗？这个女人让您感受到青春的美好。不久之后，她还会让您知道青春的可笑呢。瞧，您已经甘愿拜倒在石榴裙下了！这就是坠入情网的德行。您放弃了以前很奏效的鲁莽的做法，这回想全靠运气，任性而为。难道您忘了，爱情就像毒药，只能使人暂时欢愉罢了。

您说的话漏洞百出，我找到您的漏洞，却不会因此落井下石。您要她主动委身于您，也许她会像别的女人一样主动投怀送抱，却不是出于自愿。您说，为了使她心甘情愿，您要先得到她的心。这真搞笑，我相信您已经陷入情网了，只有沉浸在爱情中的人才会这样胡言乱语。您以为以前跟您发生关系的那些女人，都是被您奸污的吗？不管一个女人有多想对您投怀送抱，她都得找个借口啊。

对女人们来说，还有什么借口比屈服于暴力更好的呢？我承认，最对我口味的，莫过于突然发难的进攻，迅猛而又别有味道。这样的进攻不仅不会让我们难堪，反而让我们在半推半就间，既维护了自己的声誉又获得了满足。会这种手段的男人不多，倘若要是被我遇到，即使我没有对他动心，我也会很欣赏他。有时候，我也会放弃坚守，这是我对他的奖励，不管何时何地，美女都是对英雄最好的奖励。

可是您现在竟也变得唯唯诺诺了。您什么时候开始喜欢走弯路了呢？子爵，一个人要到达终点，必须择良驹，走大道。这事不提也罢，先说说您吧。虽然我看不到您，但您至少也应该经常给我写写信，及时跟我聊聊事情的进展吧。不要忘了，您沉迷于幻想的爱情里已经半个多月了。

您写信倒像是走过场。上封信中，您问我，骑士是不是已经死了，我没有理睬，您竟然也没有再追问。不要忘了，我的情人注定是您的好友。请放心，他还活得好好的，就算他死了，也是快活地死去。这位骑士对我温柔体贴，令我着迷，他也因我的爱而幸福。我都有些离不开他了。

我在那封信里告诉您，我要跟他分手。但就是那一天，我让他销魂得不能自拔。那天，佣人向我通报他想见我，我一心想让他肝肠寸断。不知是一时兴起还是原来如此，那天他格外讨人喜欢，盛怒之下，我还是见了他。他想在客人来之前跟我单独待两个小时。我却说我要出门，他问我要去哪儿，我开始不肯说，后来他一再追问，我刻薄地说道：“到没有您的地方去。”我口气冷漠，他一听就呆住了。

幸好他当时没有回嘴，不然我一定会跟他决裂，那样我的目的就达到了。他的沉默让我十分意外，我扫了他一眼，想看看他的表情。我看到他帅气的脸上满是悲伤，这种柔软的悲伤让我又一次心软了。我不想让他抓到我的错处，于是，我放软语气对他说：“我有点事情要去办，这事还跟您有关呢。不过，现在别问我，等会儿晚上我在家吃晚餐，到时候您再过来吧，我们再细说。”他这才缓过神来，但我没有给他说话的机会：“我很着急，晚上再见。”他吻了吻我的手，然后就郁郁寡欢地离开了。

出于不安，我决定约他到我的金屋见面，他接到邀请，非常惊喜。我让忠实的薇可朵娃传我的话，说我头疼睡熟了，让仆人们都离开。只剩下我跟她在这屋子里，我让她装扮成男仆，我则化装成女仆，然后就雇了辆马车，赶赴金屋。一进屋内，我就换了一套最风情万种的纱衣。这套衣服是我自己设计的，它的美妙之处在于，虽然它遮住了一切，但又好像什么都没穿一样。倘若有朝一日有机会，我会答应送您的院长夫人一套的。

这些都忙完后，薇可朵娃要去做些其他的安排，我便坐下来读了一章《索玹》和《艾洛伊斯信札》中的一封信，还有两则拉·封丹寓言，我这样做的目的，是为之后用不同的口吻讲话做准备。我的骑士很快就来了，但我却拒之门外，告诉他我身体不舒服，这是一个小波折。门房递给他一张小纸条，为了安全起见，我并没有亲自写，而是让薇可朵娃代笔："九点整，林荫大道的咖啡馆前见。"他准时赴约，薇可朵娃装扮的男仆让他把自己的马车打发走，然后让他随薇可朵娃走。这又是一个小波折。

这些意外的安排叫他有些迷惑，我要的就是这样的效果。他终于来了，看到我的时候，他欣喜若狂。为了让他平静下来，我跟他在小树林里漫步了一会儿，然后带他进到金屋。他一眼就看到餐桌上摆好的两套餐具，接着，看到一张布置得焕然一新的床。我们走进豪华的客厅，我张开双臂拥抱他，然后在他面前跪下，说："亲爱的，为了能给您一份意外的惊喜。我下午装作生气的样子对您，为了保持神秘，让您受委屈了，我很内疚，请您原谅我吧！我现在加倍补偿您。"我的这番话让他释然，他把我扶起来，然后在那张我跟您纪念分手的软榻上，以同样的方式纪念了我和他的甜蜜。

我们一起度过了六个小时。我要让他在这段时间里始终都感到美妙无比。为了节制他的狂野，我用娇媚承欢代替了浓情蜜意。我这辈子都没有像这样讨好一个人呢。不过，我对自己的表现相当满意。吃了晚餐后，我一会儿像孩子一样娇憨，一会儿又变成一个贤惠大方的淑女，这一刻还疯疯闹闹，那一时又情深意长了。偶尔，有那么几个瞬间吧，我还表现得放荡不羁。我把他想成坐拥三千后宫佳丽的苏丹，而我则是他最得意的宠姬。他不停地向我表达爱意，我全都予以回应，只是每一次的方式都不相同。

到黎明时分，我们要分开了，尽管他还想以行动证明自己还能行，但明显体力不支，还是分开为妙。在离开的时候，我把金屋的钥匙放到了他手里，对他说："这把钥匙是为您准备的，理应由您保管。"我先发制人，以此来防止他起疑心。我有把握他不会跟别人说起这套房子。倘若一时兴起，要跟别人一起来，我还有一把备用的钥匙。他苦苦哀求，要跟我约好下一次去那里的日子，我为了他的健康考虑，准备隔段时间再约。只有跟不长久的人在一起，才会毫无节制，这个道理，他不懂，我心里却如明镜一般。

写到这里已经凌晨三点了。我原本只准备写短短几句话，谁知道竟洋洋洒洒写了一大篇。我这样跟您推心置腹，实在让很多人羡慕不已。您在我心目中分量很重，正因如此，我总有跟您说不完的话。不过，坦白说，骑士先生更讨我喜欢。

一七××年八月十二日，于××

# 第十一封信
## 杜维尔院长夫人致沃朗日夫人
### （寄往×地圣于尔絮勒隐修院）

夫人，您在信里口气严厉，向我列举诸多理由，使我懔惧。其实我自认为很幸运，有很多的理由，令我安心。不然，您的信真会使我害怕。瓦尔蒙先生狰狞可怕，是所有女人的灾星。可他是有所改善才到这里来的。事情并不像我们想象的那样，他在这里没有什么企图，甚至都没有摆架子。他的优点在于，跟他相处特别亲切，这一点他的对手都不否认。不过，在城堡里，他的这个优点也几乎看不到了，他仅仅展现出了善良诚实的一面。这大概得感谢乡间新鲜的空气吧。

他总跟我在一起，可他说的话没有一句关涉情场。有些男人，不顾身份，说话口无遮拦，而瓦尔蒙先生有资格说那些话，他却只字不提。今天，懂得自尊自爱的女人，为了打消周围男士龌龊的念头，不得不装作冷若冰霜。跟他在一起，我不用这样做。当气氛变得轻松愉快时，他知道怎样约束自己的行为。他可能有点儿喜欢讨好我，但他把握有度。倘若我有一个兄弟，倒期望他像这时候的瓦尔蒙先生。也许很多女人都喜欢他风流多情的样子，而我，很感谢他并没有把我像她们一样对待，他很尊重我。

我所描述的跟您之前所讲的大相径庭，至少在这儿，他真是如此。不能说我们谁真谁假，这就是一个人的不同面，他承认自己犯过许多过错，人们也给他加上了一些莫须有的罪名。我所见过的男人中，很少有像他那样尊重女性的。从您的信中，我明白，在这一点上，他没有哄我。他与梅特伊侯爵夫人的交往是个不错的例子。

在这儿，每当跟人聊起梅特伊夫人，他总是赞不绝口，眼神中充满了眷恋。没收到您的信前，我真以为他所说的他们的友情是爱情，到现在，我才明白事情的真相。我之前轻易下了判断。此前，他一次次刻意辩解，反而不断强化我的这个念头，导致我的过错。的确，我以为他的真诚、坦率是别有用心的。现在觉得一个人能跟这样令人尊敬的女士保持友情，绝不会是一个放荡不羁的人。我也说不准，他在这儿规规矩矩，是不是为了实现某个计划而做做样子？这附近住了几个漂亮的女人，不过，除了早上打猎，他都待在城堡里，事实上他很少带回猎物，他说这是因为他的枪法不准。话说回来，他在外面究竟做了些什么，跟我也没什么关系。如果我打破砂锅问到底，那只不过是找个理由让我接受您的观点，或者，为我的看法找个佐证罢了。

您建议我想办法让他的姑妈早点儿打发他离开，这恐怕有些困难，罗斯蒙德夫人很疼爱他。不过，我答应您，会找机会向她，或者是他提出这个建议的。虽然我自认为并没有这个需要，但出于对您的敬重，我会这么做。至于我，已经跟杜维尔院长约好了，会一直住到他回来，如果临时改变主意，他肯定会觉得我行事草率。

我替瓦尔蒙先生辩解了几句，这或许没必要，但我得在您的面前把事情解释清楚，虽然这破费笔墨。我很感激您的关心，虽然您女儿的婚礼延期举行，但您所说的那番话却让人很温暖，尽管我很想跟你们一起见证那快乐的时刻，但我更想您的女儿早日获得幸福的婚姻。您是一位值得孩子孝敬的母亲，我也像您的女儿一样，对您满怀敬意。请接受我的敬意。

一七××年八月十三日，于××城堡

## 第十二封信
## 塞西尔·沃朗日致梅特伊侯爵夫人

夫人，妈妈的身体不适，出不了门，我得在家陪她，非常遗憾不能与您一起去歌剧院。错过歌剧没关系，我最遗憾的是不能见到您。我说的话都是发自内心的，请您一定要相信我，我是多么敬仰您啊！麻烦您帮忙，转告唐斯尼先生，我没有他说的那本集子。如果他方便的话，明天带给我好吗？如果他答应了，我会很开心的。今天不能来，因为妈妈不想见任何人。我祈祷妈妈的身体明天就能完全康复。致以我的敬意。

一七××年八月十三日，于××

# 第十三封信
## 梅特伊侯爵夫人致塞西尔·沃朗日

我的宝贝，明天见不着您，何况原因还是您妈妈病着，这消息真让我难过。希望以后还有机会。我会把您的话带给唐斯尼骑士。他要是得知您妈妈生病的事儿，一定不好受。如果明天您妈妈愿意，我可以来跟她做伴，到时我们一起玩皮克牌。您母亲可以跟我联手，把贝尔洛施骑士的钱全都赢过来。我们还可以听您和您那位和蔼可亲的老师唱歌，如果您妈妈觉得这个点子不错，我可以先和老师打声招呼。不仅我能来，那两位骑士我也保证约到。再见了，我的宝贝。向亲爱的沃朗日夫人致意。轻柔地吻您。

一七××年八月十三日，于××

# 第十四封信
# 塞西尔·沃朗日致索菲·卡尔奈

亲爱的索菲，昨天没给您写信，我实在是没有心情。跟您说吧，妈妈生病了。白天，我守在她身边寸步不离。晚上，回到自己房间，已经疲倦不堪，就早早上床睡了。今天太漫长，我有一种度日如年的感觉，并不是我不爱妈妈，可我说不清是什么原因。昨天，本来跟梅特伊夫人一起约好了要去听歌剧，唐斯尼骑士也会去，我很喜欢他们俩，您是知道的。到了本来约好的时间，我心里非常难受，眼泪忍不住地往下掉，好在妈妈已经睡熟了，没看到我这个样子。我相信唐斯尼骑士的心情跟我一样，可是歌剧院那么热闹，他又有歌剧可看，感觉应该比我要好一些。

上帝保佑，妈妈今天舒服些了，梅特伊夫人说她会来，除了唐斯尼骑士，她还会带另一个人一起来。这位夫人啊！她总是来得很晚。唉，我都一个人孤孤单单这么久了，真无聊啊。现在才十一点！话虽如此，我也有些事情要做，先练会儿竖琴，梳妆打扮一下也要花费些时间的。

佩尔贝蒂嬷嬷说得很有道理，一旦进入社交圈，女人们就会格外注意仪表。我从来没有像现在这样在意自己的外表。也就是最近，我对自己的相貌不自信了，跟那些妆容精致的女人们比起来，我一点儿都不出众。就像梅特伊夫人，我很清楚，男人们都觉得她比我好看，我并不因此难受，因为她待我很好，还非常开心地对我说：“唐斯尼骑士觉得您更好呢!”她跟我说这样的话，我真的有些意外！我太高兴了，似乎光看着唐斯尼骑士，都能使我再美丽几分，如果不是怕跟他有眼神的接触，我一定会盯着他看到眼酸。可我们每次四目相会，我都怪不好意思的。其实仔细想想，这也没什么的。

就这样吧！我亲爱的索菲，我得去打扮一下自己了，像以前一样爱您！

一七××年八月十四日，于巴黎

# 第十五封信
## 瓦尔蒙子爵致梅特伊侯爵夫人

感谢您时刻都记着我。这单调、无聊的生活实在令人身心疲惫。您在信中把您风流快活的一天描写得那么细致入微，真让我恨不得马上找个借口飞到您的身边，拜倒在您的石榴裙下，乞求您远离骑士，与我欢好。这个念头在我的脑海里，一次又一次涌现。那骑士怎么配跟您在一起？您知道吗？我很嫉妒他呀！您还说什么要跟我永远决裂。我迷失时胡乱的誓言，您千万不要当真呀。这种誓言，如果早知非得遵守，我是根本就不会那么说的。您的骑士的好运让我嫉妒，虽然他并不知道已经激起了我的挑战之心。

我期望有一天，在您的怀抱里，对他实施报复。一想到他不费吹灰之力就享受到了这种艳福，我就愤愤不平。我不会让他好过的。而您不觉得脸上无光吗？您费尽心思哄骗他，还要想尽办法让他欢心，您以为您把他套牢了，我看是您被他紧紧攥在手里了吧。当他的奴婢，也不过这样吧。

我的魅力佳人，如果您同时属于几个人，我倒是很心安。我会把您的众多情人看作是亚历山大大帝的候选人，他们无一能打破我当年的纪录。但是您现在只为其中的一人服务，我接受不了一个人享有跟我一样的待遇。我不会坐视不理，要么您重回我的怀抱，要么您再多找个情人。不要一时赌气，用偏爱背弃我们曾经的誓言。

为爱，我受的苦够多了。我承认您说得很有道理。如果说恋爱就是为了美人愿意虚掷光阴、费尽精力，甚至是付出生命，那我已经深坠情网了。我的事情还是毫无进展，思来想去，就只有下面这件事值得跟您说一说。说实在的，这件事是好是坏，我现在心里都没底。

我的小跟班，您知道的，他是个一肚子鬼点子的人。您大概猜到我要他去做什么了，就是去勾引杜维尔夫人的女仆，还和其他佣人喝了个不醉不归。这家伙运气比我好多了，他已经成功了。他打听到杜维尔夫人曾经暗中派一个仆人跟踪我，她这是要干什么呢？这么端庄的一个女人竟然做出了男人都不敢做的事。我不会轻易放过她的，不过，在报复她之前，先将计就计来个请君入瓮吧。但我在清晨出去骑马，并不是她怀疑的那样是去做什么见不得人的事。我得好好计划一番。再见了，我漂亮的朋友。

一七××年八月十五日，仍于××城堡

# 第十六封信
## 塞西尔·沃朗日致索菲·卡尔奈

啊！我的索菲，新闻可真多！或许我不应该跟您说，可我控制不了，唐斯尼骑士……唉，我心里很乱，也不知道从何说起。自从上次跟您说了我、他以及梅特伊夫人在一起度过了一个美好的夜晚后，我再也没有跟您提起他，但我的心里总忘不了这个人。自从他变得郁郁寡欢，唉，我心里可难受了。我问他，他却什么都不肯说，可我看得出他有心事呀！

昨天，他的心情比平常更糟糕，但为了不扫别人的兴，他还是跟往常一样陪我练唱，每当他回头看我的时候，我心里就更难受。练唱结束后，他帮我收拾竖琴，当他把琴盒的钥匙给我时，他请求我晚上一有机会就独自练练琴。我本来不愿意，但他坚持，就没多想，便答应了。原来他要我这么做是有目的的。回房后，我就让侍女退下了，然后打算去取竖琴。结果，打开盒子，发现琴弦上有一封信。信没有蜡封，是他写给我的，您知道他都写了什么吗？

天哪！我看了他的信，心里乐开了花，什么事都抛到脑后了。我一连看了四遍，然后把信锁在写字台的柜子里。上床后，我怎么也睡不着，一遍遍地回忆着信的内容。一闭上眼睛，他就浮现在我的眼前，还亲口跟我说着信里的甜言蜜语。一直熬到深夜，我才睡着，第二天一大早，我刚醒就又把信拿出来，看了个痛快。我在床上看信，亲吻它，把它当成……这样子似乎不好，可我实在控制不了自己。

我的挚友，我又开心又为难！这封信肯定是不能回的，即使他要求我回。但如果我不回个话，他肯定还会一直这样郁郁寡欢。我该如何是好啊？我想跟梅特伊夫人说说这事儿，她对我挺好的。我想安慰一下唐斯尼，又担心这么做不合适。人们总是教导我们要向善，但是真遇上男女关系的问题，又有这样那样的忌讳。男人跟女人不都是一样的吗？再说，我们谁没有妈妈，没有姐妹呀！更何况，男人们里面还有一个是自己的丈夫呢！不过，如果我做错了，唐斯尼先生会不会也觉得我品行不端呢。要是这样，我宁愿让他一个人郁闷去。好在我的时间比较充足，他是昨天才把信给我的，我可以缓一缓再回复。今天晚上，梅特伊夫人会来，我准备鼓起勇气跟她说说这事儿，看她能不能给我一些好的建议。

这样，我就不会做出出格的事儿来了。她也许会让我随便回复几句，免得他不开心！唉，真让人烦恼！

再见，我亲爱的朋友，您有什么好主意吗？

一七××年八月十九日，于巴黎

## 第十七封信
## 唐斯尼骑士致塞西尔·沃朗日

小姐，提笔给您写这封信也许有些冲动。在我的心意表露之前，请您一定听我说。为了让我更勇敢地说出对您的情感，您一定要宽容一些。如果我是为了解释对您的感情有多合情合理，那就不需要您的宽恕了。我无话可说，只是把您造成的这一切结果告诉您罢了。我的一言一行、我的沉默不语，早已经出卖了我。我的感情源自您，我把它赤裸裸地展示在您的面前。

这是理所当然的呀！您长得漂亮，又那么有才华，一笑一颦都令我痴迷。您又是那么的坦率，这为您众多的优点锦上添花。我打心底里喜欢您，这有什么错吗？这当然没错，但是哪怕一个人是清白的，也有可能遇上悲惨的遭遇。如果您拒绝了我，我会感觉很受伤。这是我第一次跟人表白，如果不是遇到您，我的生活虽然谈不上幸福，但心灵却是平静的。自从遇到了您，我的心就失去了平衡。当您看到我发愁的样子，开口问我为什么时，我甚至感觉到您在为我担心，哎，只要您给我个肯定的答复，您就能让我无比幸福。同样的，您也可以让我坠入地狱。天堂还是地狱，这都取决于您！对我而言，您的手就是我最珍爱的宝贝，我只能让您的双手主宰我的幸福。

我的话说完了，再次恳请您的宽容，我已经向您诉说衷情，现在，我想鼓起勇气，请您给我一个回应。如果您拒绝，那么请原谅我冒犯了您。即使我爱慕您，我也会尊重您的选择。

您也可以用同样的方式给我回信，这样既安全也方便。

一七××年八月十八日，于××

# 第十八封信
## 塞西尔·沃朗日致索菲·卡尔奈

索菲，我还没有给他回信，您就责怪我的不是了！最近让我焦头烂额的事情够多了，您还在一旁说风凉话。千真万确，这信不能回，但我敢肯定，要是您站在我的位置，也会感觉很为难，您也会像我一样处理这件事的。昨天我给您写信时，也表明了自己的态度，我不想回复。但我真的是陷入两难的境地了。

我得自己做决定了。原本指望梅特伊夫人教我该怎么办，可她昨天没有来。什么事都不顺利，我也是通过梅特伊夫人才认识他的。我们每一次见面，她都在场。我也不是抱怨她，现在这种情况，我是多么期望得到她的帮助啊！唉，我真倒霉！

想象一下，昨天他跟往常一样来了。我慌乱不已，不敢正眼看他。我妈妈在场，他也不方便说什么。我真不知道该怎么办才好。过了一会儿，他让我取琴，然后发现我没有给他回信，情况更糟，我只偷看了他一眼，他呢，根本不看我，他的脸色很糟糕。他一心碎，我更痛苦。他给竖琴调好了音，交给我说："哎，小姐……"他只吐出这几个字，那悲伤的声调，都把我的心给揪起来了。我随着竖琴，哼了几声，却心不在焉。妈妈想要我们合唱，他推说身体不舒服，我却找不到借口，必须得唱。真希望我是个哑巴！我故意挑了一首不太会的歌，因为我的状况唱什么都唱不好。谢天谢地，来客人了。一听到马车声，我就停下不唱了，请他替我把琴收起来，我担心他一放好琴就走，好在他回来了。

妈妈跟客人说话的时候，我又偷瞄了他，我们的目光撞在了一起，我无处可逃。不一会儿，眼泪就在他的眼眶里打转。他别过头去，不让别人看到，我的心里也很难受，想哭。于是，我走了出去，在一张小纸片上写着："您不要这样，我答应给您回信。"我像他那样把纸条放进琴盒，然后又回客厅。这时，我才觉得心里平静了一些。我祈祷那位客人赶紧离开。等那位客人一离开，我就对他说，我想继续学琴，请他去把琴拿来。回来的时候，他可高兴了，他把琴盒放在我面前，在妈妈看不见的角度，抓住我的手，握得紧紧的。他的力气真大，被他握住的那一瞬间，我真是欢乐极了。但我还是挣脱了，这么一来，我还能自我安慰自己没有做出格的事。

事到如今，我只能给他回信了。我也不愿再看到他那么苦恼，因为，我会比他更心疼。要真是什么罪恶的事，我是绝不会做的。只是写封信而已，还能帮别人解除痛苦，又担心什么呢？我唯一担心的是怕写不好，不过，他一定不会怪我的，相信只要是我写的，他都会很高兴。

再见，我的好朋友。如果您认为我错了，就直接告诉我好了！我觉得应该没什么错。就要给他写信了，我的心怦怦直跳。可我既然已经承诺了，就一定要去做。再见了。

一七××年八月二十日，于××

## 第十九封信
## 塞西尔·沃朗日致唐斯尼骑士

先生，您昨天忧伤的样子真叫我难过，所以，我答应了回您的信。可我今天还是认为我不该这么决定，但既然已经答应了，就不能说话不算数。这也是出于我们之间的友情。我想，您已经很清楚了，请不要再要求我写信了。我也希望这次给您写信会成为一个永远的秘密，否则家人一定会因此责备我，我也会不高兴。我特别希望您不会因为我回了信而对我产生偏见。若是那样，我会很痛苦。坦白说吧，我回信是为了让您不再伤心，因为看到您伤心，我也很难过。先生，您知道，我在坦率地跟您谈这件事，希望我们还能像以前一样做朋友。但是，千万不要再给我写信了，行吗?

塞西尔·沃朗日

一七××年八月二十一日，于巴黎

# 第二十封信
# 梅特伊侯爵夫人致瓦尔蒙子爵

您真够精明的，怕我嘲讽您，就对我满嘴奉承、胡说八道。算了，我饶您一回。不过，我可不敢保证我的骑士跟我一样心胸宽广。他是不会同意我们重修旧好的。对于您这些疯狂的念头，他也不会觉得有意思。我被您逗得乐死了，却没办法跟别人分享。要是您在这儿，场面估计有点儿难以控制。您不在，我就可以理智地做出决定，您与我重修旧好的提议现在我不会考虑，以后再说吧。我这么做是有理由的，将来我们重归于好，我就会重新掌控您，让您忘记那位院长夫人。如果事情真的到了那一步，您就会成为一个人人唾弃的、背信弃义的小人，为了避免出现这个局面，我提出了一些条件。

您一旦拥有了那位贞德虔诚的院长夫人，就把证据拿到我的面前来，当您来敲门的时候，我就还属于您。不过，您也知道，这样重大的事情，白纸黑字是最有说服力的。这样跟您约定有两个好处：一来我以身相许，不是安慰，是奖励；二来您的成功之日就是您的不忠之时，这实在是很刺激。来吧，我等您带着您的证物来我这儿。就像我们的勇士，在凯旋的时候，把胜利的果实供奉到贵妇的面前。说实话，我实在是好奇，一个虔诚地信仰上帝的女人经历了这种事情后会写些什么。当她赤裸裸地面对您后，她会怎样在信中掩饰自己的行为。我的条件是不是太苛刻？您可以自己去决断，但我不跟您讨价还价。在您凯旋之前，我还是属于那位忠诚的骑士，我还是要给他幸福。如果您因此耿耿于怀，我只能劝您放宽心了。

最近我的骑士迷上了沃朗日家的姑娘，我虽作风不够正派，但也怕他遇上了黏人的情敌。这小姑娘越来越让我刮目相看：她真是个让人情迷心窍的女人。除非我看走眼，日后她一定能在社交圈里独领风骚。我看得出来，她稚嫩的心正在逐渐成熟，只是她还没有意识到这一点罢了。至于唐斯尼，虽然对她一片痴心，但因为年轻害羞，不敢过于赤诚地表白。他们俩都很仰慕我，那小姑娘更是恨不得跟我分享她的秘密，尤其是最近几天，她已经有些憋得慌了。如果我对她稍加指点，就能帮上大忙，可我也知道，她是个孩子，我不想拉她下水。唐斯尼跟我说得比较清楚，但我不想理睬。至于那个小姑娘，我倒是想收她为徒，替热古尔好好调教一下她。热古尔在科西嘉要一直待到十月份，时间很充裕，他别指望娶个什么都不知道的女孩儿回家。这家伙凭什么高枕无忧，受他欺辱的一个女人的仇还没有报呢。

再见，子爵。祝您晚安，也预祝您取得成功。看在上帝的份儿上，加快您的步伐吧。您要知道，如果您搞不定那个女人，其他那些跟过您的女人都会感到羞辱的。

一七××年八月十九日，于××

# 第二十一封信
## 瓦尔蒙子爵致梅特伊侯爵夫人

我美丽的朋友，我的事情终于有新进展了。虽然只有一步，但那可是一大步。即使还没带我直接抵达目的地，但我已经知道自己的方向是正确的。我向她表白了，她一言不发，但我还是得到了最明确、最振奋人心的答复。不过事情会怎么发展下去，现在还难以预测。我还是从头说起吧。

上次跟您说有人跟踪，这事您还记得吧？我决定将计就计。我请自己的亲信在附近找了个需要接济的穷人，这并不困难。

昨天下午，他找到了一个交不出人头税，要被法院扣押所有家具的人家。我还确定，这户人家，没有一个年龄合适、外貌动人的女人，这样我的举动就不会被人怀疑是别有用心。打听清楚这些后，我在晚餐时宣布，第二天要去打猎。她对于曾经派人跟踪我这事感到有些不安，也没法控制自己的好奇心。于是，就找些理由劝我不要出去：明天天气炎热，您会中暑，您也打不到猎物，只是白费力气罢了。跟她讲话时，她的眼神告诉我，她希望我接受她这些笨拙的理由。您当然了解我，我是不会让步的。我甚至顶住了大家对于打猎和猎人的一番批评，以及她脸上的惊慌失措带给我的不快。我倒担心她因为内疚，不再派人跟踪我，让我白忙活一场。事实上，我太小瞧女人的好奇心了。当天晚上，我的跟班就告诉我多虑了——她还是在安排人跟踪。听到这个好消息，我才安心睡下。

天一亮我就出发，刚出城堡，我就发现探子跟在我们后面。我骑马直奔我计划好要去的那个村子，他在后面跟着跑，我走的是田野，他却只能走小路，这么一来，他走的路是我的两倍。结果他弄了一身汗，我也好不到哪里去。我走到一棵大树下休息，他竟然就在离我不远的灌木丛后面坐了下来。我真想给他一枪，教训一下他，好奇害死猫。算他走运，就在愤怒之余，我记起了他是我计划中必不可少的一枚棋子。

到了村子，人们在大声议论着什么，我走上前去，打听发生了什么事儿，得知了缘由。我派人找来收税员，大方地掏了五十六里弗。这点小钱可是逼得这家人走投无路啊。我的举手之劳却赢得了周围村民的赞不绝口，您简直无法想象，年迈的一家之主，刚才还绝望无比，现在却对我感激涕零。我正满意地观望着这副动人的场面，一个年轻的农夫，牵着一个女人和两个小孩，走到我的跟前，对他们喊道："这是上帝显灵了，大家快跪下吧。"话音刚落，他们一家人就跪在了我的面前。说来也奇怪，当时，我的眼眶里竟也噙满了泪水，心里隐隐感动。那种因做好事而带来的满足，真是其乐无穷。我不禁暗想，那些德高望重的人，他们也并没有什么了不起的。这些穷人带给我快乐，我为此付出一点钱也心甘情愿。我把随身带的十个路易都给了他们。他们又开始磕头谢恩。不过没有先前那样发自肺腑。解救他们于绝境能带来最诚挚的感谢，而多余的馈赠只能勾起激动和惊讶。

此刻，面对大家的祝福，我就像悲剧中的主人公那般沉冤昭雪了。那个探子就混在人群里，我的目的达到了，就退出人群，回了城堡。我仔细回想一番经过，对自己的聪明才智感到十分得意。付出的这点钱和精力都会记在这个女人身上，她也值得付出这样的代价。有朝一日，我会从她身上要回来的。

忘了跟您说，凡是对我有利的，我就一定要抓住。我请这些老实巴交的人祈祷，祈祷我的计划必定成功。他们的祈祷是不是起了些作用呢？您一会儿就知道了。有人来通知我去吃晚饭了。我得赶上今天的邮班把信给您发出去。更精彩的内容，下次再跟您分享吧！我漂亮的朋友，给您写信占用了不少原本属于她的宝贵时间哦！

一七××年八月十八日，于××城堡

# 第二十二封信
## 杜维尔院长夫人致沃朗日夫人

夫人，最近瓦尔蒙又做了一件事，我想，夫人您一定很乐意知晓。我觉得，这件事与别人对您描述的那些是截然不同的。无论对待谁，都应该公平公正。有些人，身上有很多优秀的品德，人们却只看到他身上的缺点，这是多么可悲呀！夫人，您是一个宽厚的人，如果有人告诉您理由，足够让您改变之前对一个人的看法，想必夫人会很高兴。瓦尔蒙先生值得您刮目相看，这也是在还他一个公道。请让我将理由慢慢告诉您。

今天早晨，瓦尔蒙先生又要去打猎。他这个举动很容易引起人们的猜忌，夫人以前也以为他待在这里是为了猎艳。我也这么想过，不过现在觉得不够稳妥。瓦尔蒙先生很幸运，夫人与我也是如此，因为从此将不再冤枉人。我的一个佣人，正好跟他一起出门，幸亏我的好奇心，才让真相大白。虽然我在好奇心的驱使下做了些不光明正大的事儿，不过事情的结果总算是好的。

佣人告诉我，瓦尔蒙先生在打猎附近的村子遇到了一户贫穷的人家，他们交不起税，家具要被抵押。他不但替这家人交了税，还给了他们一大笔钱。这些都是佣人亲眼所见，然后回来禀告我的。他还说，他听村民们在议论，头一天，有个佣人曾经去村子暗访，调查哪些人需要接济。那个佣人可能就是瓦尔蒙先生派去的。如果这是真的，那瓦尔蒙先生就确实是个乐善好施的人，他不是刻意在做这些事情，而是从内心自然流露出来的美德。听完了这件事情的原委，我的心变得柔软，眼眶都湿润了。为公平起见，我还有一点要补充一下：对他做的这些善事，他在我面前只字未提。后来我跟他提起，他矢口否认，即使后来承认了，也神态自若，认为这是他应该做的。他的谦虚，让他的形象更加光辉。

写到这里，我的朋友，瓦尔蒙先生还是个万恶不赦的浪子吗？如果他那样的浪荡子都可以做出这样的事情，那些正人君子还能做什么呢？上帝怎么会容许清白的人家从卑劣的人手里接受施舍，还来感谢自己？人神共愤的人受到赞赏，这赞赏还是出自自己的口，上帝是绝对不会同意的。我相信，子爵曾经犯了错，但不会永远都陷入错误之中。我很难想象，做好事的人跟道德高尚的人是敌对关系。瓦尔蒙先生的遭遇说明一个道理：在社交圈行走，其实是很危险的。我写这封信，一来可以改变瓦尔蒙先生在您心目中的印象，二来也可以让我们的友情更亲密。

另外，罗斯蒙德夫人决定和我一起去看望那个不幸的家庭，并提供一些帮助。我们将带着瓦尔蒙先生一起去，让他们高高兴兴地见见自己的恩人，这大概是我们唯一能做的事情了。

一七××年八月八日，于××城堡

# 第二十三封信
## 瓦尔蒙子爵致梅特伊侯爵夫人

上封信说到我回城堡之事，现在接着那儿再给您细说。

我随便梳洗一番就去了客厅，看到我的那位美人儿在做绒绣，本堂的神父在为姑妈读报上的新闻。我坐在她身边。她的眼神比平时更温柔，简直就是情意绵绵。我立刻明白，她知道那件事了。不出所料，她按捺不住地想宣布她得知的这个秘密，她顾不上会打断神父读新闻。

我有个新闻要告诉大家——她把我的故事讲了一遍，连细节都那么清晰。您一定想象得出来，当时我表现得非常谦逊，当一个女人毫无意识地赞美她欣赏的人时，谁会傻到去打断她？她像在歌颂一位圣人。于是，我观察到所有能表明爱情的迹象：温柔而满含爱意的眼睛，逐渐放松的动作，甜腻的声音，都暴露了她的情绪。她一说完，罗斯蒙德夫人就说："来，我的侄子，让我亲吻您一下。"我立刻决定亲吻了姑妈后，我要一亲芳泽。她想躲开，但终究还是落入了我的怀抱。她并没有抗拒，我甚至感觉她连站稳的力气都没有。她慌慌张张地回到绷架前。别人大概以为她在继续做绒绣呢，但我却看到她的手在颤抖，哪儿还能做女工？

吃了午饭，两位夫人要去看看那户我帮助过的贫穷家庭，还让我随她们一起去。那些人看到我，又是一番歌颂和赞美。怕您难受，就不多说了。我还沉浸在甜美的亲吻回忆中，就催她们早点回去。一路上，我漂亮的院长夫人跟平时大不相同，一直沉默不语。我为了以后更好地利用这件事，也在沉思着。只有罗斯蒙德夫人在说话，偶尔得到几句简单的回应。她有些不快。您看，我的计划成功了。一下马车，她就回房去了。昏暗的客厅里只有美人和我。柔和的光，给了我胆量。

我很擅长把握谈话方向，她也表现出了极大的热情。她含情脉脉地看着我："一个这么喜欢做好事的人，怎么生活会过得不检点呢?"我回答道："这个称赞我承受不起，您的责备，我也不同意。您是这么聪明，怎么也不理解我？我会跟您坦白，即使现在跟您交心，会给您留下不好的印象，但我认为您值得我信任。因为定力不够，我的身边又都是些不学无术的人，我也就跟着学坏了。加上不服输的个性，我自然要比他们更坏。在这里，我受到美德的召唤，即便无法超过您，我也不想落得太远。您现在虽然会称赞我，若是您知道我这么做的原因，您肯定再不会这么做了。"(瞧！我的漂亮朋友，我说的可是大实话。)我又说，"那些穷人得到我的帮助，其实都是您的功劳。您觉得我做了件大好事，可我只知道，我这么做都是为了讨您欢心。"(我说到这儿的时候，她想打断我，我没有给她机会。)我接着说，"就像现在，我意志不坚定，就把暗自对您的美德和风情的欣赏之情表露出来了，哪怕您不知道，我都觉得幸福。不过，您是这么的真诚，我也不想对您有所隐瞒，我不用再因为自己出格的愿望责备自己。不要以为我亵渎了您，我知道，以后，我会更加痛苦。但这痛苦于我而言，是珍贵的，那证明我的爱，是多么的强烈。我将这痛苦捧出来，放在您的心里，然后获得更强大的力量，忍受更猛烈的痛苦。我渴望得到您的同情和怜悯，请您救救我吧。"

我跪在她的面前，紧紧抓住她的手。她猛地把手抽出来，捂住双眼，绝望地喊道："天哪，怎么会这样！"然后泪如雨下。我的情绪也达到了顶点，跟着她哭了起来。我握着她的手，让泪水洒在她的手上。这么做是很明智的。她陷在自己的痛苦里，如果我不这样引起她的注意，她就体会不到我的痛苦。我从中得到了仔细端详她那张俊脸的机会，她梨花带雨的模样别有魅力。我的大脑发热，几乎克制不住自己了。

一个人的定力究竟有多大呢？在诱惑的面前，我差一点儿就功亏一篑。如果满足一时的欲望，那我就体会不到长久的乐趣，也错过了欣赏对方遭遇失败的痛苦细节。年轻人的冲动，最多让我占有一个女人的身体，那就没什么意思了！啊！我要得到她，但她不能轻易屈服，得先奋起抵抗，我要她自食其果，输得心服口服。偷猎的人趁鹿不注意打死它，真正的猎手要把鹿逼得走投无路，搏斗后再得到它。这是个不错的计划。如果不是机缘巧合，使我变得清醒，以后的我会为自己的所作所为感到遗憾。

外面的客厅传来声响，有人来了。杜维尔夫人赶忙起身，拿了个烛台就走出去了。我只好任她一个人前去。当我知道来的是个男仆后，也马上追了出去。她大概听出来跟在后面的是我，或许只是单纯地感到害怕，我刚追了两步，她就加快脚步躲进房间，把门反锁了。我没去敲门，把主动权留给了她。我想到一条妙计：从钥匙孔偷窥。她满面泪痕，跪倒在地上，不停地祈祷。她能请哪位神明保佑她呢？哪位神明能战胜爱情呢？主宰她的，只有我。

我今天的目的已经达到了，就回到房间，给您写信。我原本晚餐时想再见她一面，可她推说身体不舒服，早早睡了。罗斯蒙德夫人想去看她，她也推托头痛，谁都不见。晚饭后，大家没怎么聊天，我也以头痛为由回房给她写信。我写了封长信，自怜自艾，控诉她对我的冷漠。这信明天再交给她吧。我一晚上没睡好，您从我给您写信的时间可以看出来。起床后，我重读了写给她的信。发现下笔时过于草率，热情多于爱情，抱怨胜于悲伤。我得冷静地想一想，再重新写。

我已经看到希望的曙光了。清晨的凉爽可以助我重新入眠。我先回床上补觉去了，这个女人虽然让我魂牵梦绕，但我已经说过，我不会因为她而忘了思念您，再见，我漂亮的朋友。

一七××年八月十九日清晨四时，于××城堡

# 第二十四封信
# 瓦尔蒙子爵致杜维尔院长夫人

啊！夫人，请您安慰一下我惶恐的心吧。我当然希望您能够答应我的求爱，哪怕是您要判决我的死刑，也请您开口明明白白告诉我。我现在无比地迷茫，这是多么残酷的折磨啊！我为什么要跟您倾诉呢？我为什么抵抗不了您的魅力，要向您诉说衷情呢？以前，我默默地爱慕着您，至少还可以享受爱情。这纯洁的爱情，在没有看到您悲痛的泪水前，让我感到无限快乐。然而，昨天过后，听到您绝望的那句“怎么会这样！”我的幸福之源变成了绝望之源。这句话郁积在我心头，最甜美的情感，竟让您觉得恐惧，这是老天爷在捉弄我吧！您到底在怕什么呢？啊！怕您也爱着我，您的心不是为了爱情而生，我看错了。尽管被您一再误会，我的心却是善良的。您却不知道什么叫作怜悯，若不是这样，听到一个人向您吐露爱情，您怎么会连一句安慰的话都不说呢？当一个人全身心关注着您，被您的喜怒哀乐牵动着，您怎么会连见都不见他一面呢？您真的忍心让他担心您吗？让他知道您身体不舒服，又不准他来看望您。您一定没有体会到，当您安睡时，他却承受着无尽的煎熬。

请告诉我，为什么我要受到这样的惩罚？我没有什么可害怕的，请您告诉我：我到底做错了什么？我不过是听从了自己内心的声音。我对您的感情，来自美德的感召。虽然深深爱慕着您，但我从未做出出格的举动，我坦率地向您表白，是出于对您的信任，并没有非分之想。您现在要辜负我的信任了吗？不，我不相信您会这么做。否则，您就是肯定了自己的过错。而我一想到您也因此受到牵连，心里就异常难受。这些话我写了下来，但我并不是这样想的。我相信您是尽善尽美的，这是我的信仰。只要您肯多关注我一点，就能显示您确实是一个十分完美的人。得到过您救援的人，没有谁能比我更需要您！您使我神魂颠倒，让我无法思考，请您替我思考吧！既然已经教训了我，请您告诉我，现在我到底该怎么办？

我不敢骗您，要让我忘记对您的爱，那是不可能的。但是，您可以告诉我怎么控制对您的爱。只要您给我指明方向，规定我言谈举止的分寸，至少可以避免让我做出令您不高兴的事。我现在终日处于惶恐和忧虑之中，我请求您的原谅。我知道，我想要的原谅您不会给，但您要给我最基本的宽容，您会拒绝吗？

再见，夫人。接受我的爱慕之情吧，我永远都对您充满敬意。

一七××年八月二十一日，于××城堡

# 第二十五封信
# 瓦尔蒙子爵致梅特伊侯爵夫人

以下是昨日的进展：

上午十一点，我让罗斯蒙德夫人带我去见那个装病的女人。她还在睡，眼圈黑黑的。我敢肯定，她昨晚没睡好。我趁罗斯蒙德夫人走开的空隙，把信交给了她，她不肯接，我就放在了她床上。我老姑妈想要靠近她一点，我帮忙把椅子挪了过去。她只好赶紧将信捏在手中。

病人失算，说自己有些发烧。罗斯蒙德夫人让我为她把脉，还说我的医术是多么高明。我的美人不禁左右为难：她得把手伸给我，还要担心我拆穿她的谎话。我一手抓着她的一只手，另一只手抚摸她细腻的手腕。她一言不发，我诊完脉说："脉搏没什么异常。"她的眼神一定有些严肃了，为了惩罚她，我没有看她。过了一会儿，她说她要起床了，我们先出去了。

午饭她是跟我们一起吃的，不过，吃完午饭她说不想去散步。这就是说，我没机会跟她说话了。我叹了口气，向她投去悲伤的眼神。她似乎正等着我这个眼神呢。整整一天，我们的眼神才相遇这么一回。这个女人虽然端庄无比，但也有自己的小心思。我找了个机会，问她决定怎样处理我。她竟然说："先生，我已经给您写信了。"我听了这话，有些惊讶，很想快点拿到这封信，不知是她故意拖延还是过于腼腆，直到晚上回房间，我才收到信。

我把她的信和我写的信一起寄给您，您判断一下吧！她是多么不诚实，她说她没有感到一丁点儿的爱情，而我的感受完全相反。假如日后我背叛了她，她肯定会怨恨的，现在却毫无顾虑地先欺骗起我来了。朋友，女人的天性就是喜欢说谎啊！为了迎合她的喜好，我得装作相信她的胡话，还得表现出痛苦不堪的样子。对她这些做法我该怎么实施报复呢？啊！得有耐心。再见吧！

对了，这个无情的女人的回信您得还给我，今后她也许会把这废纸当宝贝呢！

一七××年八月二十二日，于××城堡

# 第二十六封信
## 杜维尔夫人致瓦尔蒙子爵

先生，昨天傍晚我的举止有些失态，所以才给您写信解释。的确，我哭了，这不得不承认。您在信中再次提及的那句话，也有可能是我无意脱口而出的。您看到了我的眼泪，听到了我的话，但我不想让您误会。

我为人处世，素有原则；别人回应我的，都是高尚的品德，也从来没有人说令我感到羞耻的话，我一直保持着平静，对于感情，我既没有隐瞒，也没有刻意克制。您的举动让我惊慌失措；这困窘的处境我不应该遇上，所以才觉得害怕；还因为我沦落到了您瞧不起的那类女人，被如此轻浮地对待，我很反感。这些原因让我忍不住泪水涟涟，说出了“怎么会这样!”的感叹。这句话不是针对您，您也不要太在意。如果我不是因为别人对我产生某种感情而羞耻，而是恐惧自己内心也怀揣着同样的感情，那这句话的分量就还不够重。

没有，绝对没有。先生，我从不曾有过这种担心。如果有，我早就躲到千里之外的无人之处，痛哭一场。我确定我没有对您生出任何情愫，也永远不会对您产生这样的情感。也许我早就该听朋友的劝了：离您远点。

我的错误在于：我以为您会尊重有夫之妇。一个正经女人只想您做到这点，然后还您一个公道。我甚至还在别人面前替您辩护。您的心里却只有非分的想法。您太不了解我了，不然，您不会毫不避讳地给我写一封信，并在信中振振有词地替自己辩解，您也不会提出荒唐的要求。先生，别再多说了，请您忘记这件事吧！这是我给您的忠告，您也应当这么去做。只有这样，我才可能宽恕您，甚至感激您。是非就在您的一念之间。哎，恐怕不行了，我从来不对不尊重我的人提任何要求，也从来不信任破坏我心境平静的人，是您的行为让我对您产生了畏惧和恐惧。这绝不是我的本意。我一直把您当作我忘年交的好友的侄子，在过去，虽然大家都对您的品行表示怀疑，我却把您当作朋友，想为您正名。但您让这一切都改变了，而且，在我看来，您并没有悔过之意。

我再奉劝您：您对我表白，其实是对我的一种侮辱。我也确定，我永远都不会对您产生好感。我有权利要求您对这件事情保密，如果您不答应，那么我将永远都不跟您见面。我将您的信奉还给您，请您读完我的这封信以后，也归还给我，非常感谢。这件荒唐事本来就不该发生，再留下一些痕迹就更让人难堪了。

一七××年八月二十一日，于××

# 第二十七封信
## 塞西尔·沃朗日致梅特伊侯爵夫人

夫人，您真是个好人。您那么善解人意，给您写信比当面说话容易多了。说实话，我要跟您说的事儿有点难为情呢！您是我的好朋友，最好的朋友，我急切地想得到您的帮助和指点。我十分痛苦，好像每个人都能看穿我在想什么，尤其他在场的时候。只要别人看我一眼，我就会脸红。昨天，在您的面前，我忍不住哭了。我很想跟您说，却开不了口，幸亏是您在，不然被妈妈看到，我真不知道该怎么办。这四天，我都过得很糟糕。

夫人，我把事情原原本本地告诉您吧！四天前，唐斯尼骑士给我写了一封信。在看这封信之前，我完全不知道是怎么回事，这都是实话。读信的时候，我有一些高兴。但是，我宁愿痛苦一辈子，也不要收到这封信。我知道，这话我不能对他讲。我向您保证，我对他说的是，我看到信很生气。他说他是忍不住才写的，我相信他。我也曾下决心不给他回信，可还是忍不住写了。我就给他写了一次，而且这仅有的一次回信里，大部分话语都是让他不要再给我写信了。可他根本就不听。我没有再回他的信，看得出来，他很痛苦。谁又知道，我比他更难受呢？我真不知道怎么会变成这样！我太可怜了。

夫人，我真心地请您指点我，我给他偶尔回一封信好不好呢？直到他能够控制自己，再也不给我写信了。如果任由事情这么发展下去，我真不知道自己会做出什么事儿。看了他最新的信，我激动得哭了，泪流满面。我如果不给他回信，我们都会被折磨得痛苦不堪。

我把他写的信给您看看，您看了就会发现，他在信里提出的要求并不过分，如果您觉得不该回信，我会克制自己，不回好了。但我相信您应该跟我想的是一样的，回个信也没事。

话说到这儿，我想再问您一下：别人总是跟我说，爱一个人就是犯错，这是什么原因呢？唐斯尼骑士却认为爱一个人是件很美妙的事情，每个人都有自己爱的人。若真是如此，我就不明白了，为什么只有我不能拥有爱人的权利呢？也许，这条规则是专门针对未出嫁的姑娘的？我曾听妈妈说，某某夫人爱着某某先生，她说的时候并没有批评别人的意思。

不过，我敢肯定，如果她发现我跟唐斯尼骑士之间产生了友情以外的感情，她一定会很生气。妈妈总把我当成小孩子，什么都不肯跟我说。她从隐修院接我回家，我以为已经把我的亲事安排好了，现在看，并不是这么回事。我对这件事不在意，但您是妈妈的好朋友，如果您知道，请告诉我吧。

夫人，我给您写了这封长信，把我想说的话都告诉您了。我相信您对我那么友好，一定会帮我的。

一七××年八月二十三日，于巴黎

# 第二十八封信
## 唐斯尼骑士致塞西尔·沃朗日

哎！小姐，您的心肠怎么那么硬，总是不肯给我回信！我带着希望迎接每一天，却总是失望地送走它。您愿意跟我保持友情，却对我的痛苦视若无睹，这算什么友情呢？我胸中一腔热情，您却冷冷冰冰。这友谊不仅没有得到您的信任，连您的同情心都无法勾起。您愿意眼睁睁地看着您的朋友受苦吗？

他只要您一句话，您却视若不见。哪怕您再多说几句，他都会安心一些呀！

昨天，您说您不愿做无情无义的人！好吧，我想说，世间再没有比以友谊来回应爱情更无情无义的事了。我再也不敢在您的面前说我的爱慕之情了，这感情完全无法打动您，它是您的负担。我要把它深埋在心底，直到我能够坦然地面对。这么做会非常痛苦，但我必须想尽办法这么做。最让人难受的是，我得时时刻刻提醒自己，您有一副铁石心肠。我也会尽量跟您少见面，我正在思考这么做的合适借口。

天哪，每天看到您是我最幸福的事，我能习惯看不到您吗？最深的爱情，换来的是最无情的冷漠。这悲惨的局面，是您一手造成的。我觉得，我今天所失去的幸福，永远都找不回来了。您是我心里唯一的人，我只想为您而活。您不接受我，不给我回信，这说明，我在您心目中没有任何地位。不回信，这是最明确的表态了——您很冷漠，而且用极其冷酷的方式宣布了这一点。再见了，我的小姐。

我不再奢求得到您的回信：如果您心里有爱情，自然会回复；心里有友情，也会高兴地回应；即使出于同情，您也会给一个解释。然而，这些，在您的心里都是不存在的吧！

一七××年八月二十三日，于巴黎

# 第二十九封信
## 塞西尔·沃朗日致索菲·卡尔奈

索菲，在某些情况下，回信是有必要的。我责怪自己听从了您的建议，让唐斯尼骑士和我都受了罪。梅特伊侯爵夫人的想法跟我一致，她对这种事情显得很熟悉，我把我遭遇的事情跟她说了，她原本跟您的态度一样，当我跟她解释之后，她认为我说的也很有道理。她要我把我跟唐斯尼骑士之间的信给她看，让她把把关。这么一来，我安心多了。我真觉得梅特伊夫人是个好人，我很喜欢她。

我现在就给唐斯尼骑士回信，他一定会感到惊喜。到这一刻之前，我跟他说我们之间只有友谊，他却老是要跟我谈爱情。我觉得没什么区别，我就是不敢谈爱情，他却偏要说出来。梅特伊夫人觉得我是对的，爱情并不能随时放在嘴边。我也确定，我不能压抑太久了。总之，早点告诉他，他会早点高兴起来，不是吗？

梅特伊夫人还答应借我几本书，关于爱情的，我看了就知道怎么应对这类的事情。她看了我的信，指出了一些错误，由此可见，她有多爱我，她嘱咐我，不要把那些书给妈妈看到，否则妈妈会感觉自己疏忽了对我的教导，因而不高兴。我绝对会保守这个秘密。

她甚至算不上是我的亲人，却比我的母亲更照顾我，真有点不可思议呀！我觉得能认识她是我的福气。

她还请求妈妈，后天带我去歌剧院，在她的包厢里，就我们两个人，可以放心地聊天。我觉得这比看歌剧更有意思。我们还会谈论我的婚事。她告诉我，我就快要出嫁了，但妈妈却一个字都没有提起过，她也没有多说。

索菲，再见，我要给唐斯尼骑士写信了，今天真开心。

一七××年八月二十四日，于巴黎

## 第三十封信
## 塞西尔·沃朗日致唐斯尼骑士

我终于答应给您回信，以维系我们的友谊，我们的“爱情”——如果不这样说，您又要难受了。我并不像您说的那样，是个铁石心肠的人，我希望您不再怀疑我的诚心。您以为不给您写信只有您一个人痛苦吗？我最不想看到自己做错事。如果我能忍受，我一定不会承认什么爱情的，但您郁郁寡欢的样子让我心里难受，我希望您开心一点，我们永远都这么幸福！

我想今天晚上跟您见面，时间能早一些就更好了。妈妈今天在家吃午饭，她会留您，我希望您没有别的约会，前天您一定很开心吧？您去那么早。先不说这个，现在您知道了我的心意，您要多留一些时间跟我在一起啊！只有跟您在一起的时候，我才感觉到快乐。希望您也有跟我一样的感觉。

想到您现在还不开心，我也很难过。这也不能全怪我，您一来，我就会说想弹竖琴，这样您就可以马上看到信了，我没有更好的方法了。

晚上见，先生。我爱您，全心全意地爱您。我越是跟您这么说，我就越高兴，希望您也如此。

一七××年八月二十四日，于××

# 第三十一封信
## 唐斯尼骑士致塞西尔·沃朗日

是的，我们是多么幸福。我得到了您的爱情，您的幸福也与我心中的爱同在。您再也不逃避，再也不害怕清楚地对我说出您的爱了。“我越是跟您这么说，我就越高兴。”当我读到您写的“我爱您”时，仿佛看到您就在我的面前，漂亮的小嘴，迷人的眼睛正在对我说着情话。您发誓要为我而活，我也对您起誓：我要为您的幸福贡献一切乃至我的生命！天地为证，请接受我的山盟海誓。

我还沉浸在昨天的快乐里！啊，让梅特伊夫人每天都跟您的妈妈说悄悄话吧。为什么我心中充满美好的回忆时，总会想起我们要装作什么都没有发生呢？为什么我无法长久地握着您的小手，您写了“我爱您”三个字的美丽的小手，在上面印满我的吻呢？

当您的母亲出现在客厅，我们漠然地看着彼此。在此之前，我请求您给我一些爱的表示，您拒绝了我，而她进来后，您变得更加冷漠。您不觉得遗憾吗？您心里不会想“如果吻他一下，他一定会更快乐，我剥夺了他快乐的权利”吗？亲爱的，下次再见面时，不要那么残忍地拒绝我。我们被压抑着，只有得到您的支持，我才有勇气面对这些压力。欲求得不到满足本就是件折磨人的事，如果您也觉得这是折磨，我会稍微好过一点。

再见了，我的塞西尔。我现在准备去您家，要不是为了去看看您，我怎么能停止给您写信呢？等会儿见！对您，我如此深爱！对您，我越来越爱！

一七××年八月二十五日，于××

# 第三十二封信
## 沃朗日夫人致杜维尔院长夫人

夫人，要我相信瓦尔蒙先生品行端正，我是绝对做不到的。您举了一个例子，就要我相信他是个正派的人，就像跟我讲了一个好人无意间犯个错，却要我断定他是个坏人一样难以接受。没有绝对的好人和坏人。坏人也有自己的优点，好人也有自己的瑕疵，这个道理我们必须认同。由此可见，不要过分批判坏人，也不要对好人提过高的要求。这样才能避免好人过于骄傲，坏人自暴自弃。您也许觉得，我总是宣扬要宽恕别人，自己却做得不够。可真理却是这样的：因为心存善念，我们对好人和坏人一视同仁，这种宽容就已经变质了，而且相当危险。

我不敢胡乱猜测瓦尔蒙先生这么做的目的是什么。我愿意看到他改邪归正，即便真的是如此，他以前所做的破坏别人家庭的事也无法一笔勾销。您听到他帮助的那些人赞美他的话，当然可以暂时原谅他，但这跟您听听上百个被他所害的人的悲鸣并不冲突呀！就算如您所说，他的存在，证明了社交关系的危险，但他是不是已经是一种危险的关系了呢？这个人是不可能浪子回头的。即使奇迹出现，难道不会存在公众的非议？您一定要慎行慎言。人改过自新，只有上帝才能赦免他犯下的罪行，上帝能看到人的内心，您我都是凡人，只能根据人的言行去判断，一旦我们失去了别人的尊重，就很难再重获信任了。所以，我的好友啊！我特别提醒您，不要小看您对尊敬的看法，您可能稍微忽视一点，就再也得不到尊敬了。不要怪大家不信任他，我们坚信，一个人一旦获得别人的尊重，他一定会对这笔财富格外珍惜。除此以外，珍惜他人的尊重，也能约束自己的行为。您与瓦尔蒙先生交往过密，再怎么洁身自好，外人都会用异样的眼光来看您。

您现在维护他的热情高涨，态度坚决到令我吃惊，我甚至在想，我说了这些话后，您会如何反驳我。您也许会说梅特伊夫人与瓦尔蒙交往，大家都很谅解；您也许会问他为什么仍是我家的座上客；您也许会说他并没有被正派君子抛弃，反而更受社交圈里的正人君子欢迎。让我来回答您的这些问题吧。

梅特伊夫人很有影响力，她几乎没有别的缺点，除了有些过于自信。她擅长驾驭别人，以在悬崖和峭壁之上驾车驰骋为能事，从而证明她的高超本领。称赞她是没错，以她为榜样可不够明智。她自己也承认这一点。她经历得越多，原则性也越强，我敢肯定地告诉您，她与我的观点一致。

至于我为什么还会接待瓦尔蒙先生，我不想过多辩解，他到哪里都很受欢迎，社交圈就是这个样子。您知道，人们对一些不好的行为，一边不停抱怨，一边照做不误。瓦尔蒙先生早就知道这一点，他出身名门，家产雄厚，还有许多讨人喜欢的地方。在社交界，要吃得开，只要会玩两面手段就行了：在一些人前可亲可爱，在另一些人前阴险毒辣。他玩这招熟练到让人望尘莫及啊！人们心里并不尊敬他，表面上却对他趋炎附势。在社交圈里，谁都不愿意惹麻烦上身，跟他闹翻脸。

没有任何女人，哪怕是梅特伊夫人，敢在乡下与他单独生活在一起。而您这么理智和稳重的一个人，竟然做出了如此轻率的决定。我亲爱的朋友，您自认为身正不怕影子斜，这会害了您啊！生活中的大多数人是肤浅的，他们不崇尚德行，因为他们没有这样的榜样。还有一种人，恶毒至极，假装不相信，然后借此惩罚您。您的决定让很多男人都却步。就连最聪明的人，都不会跟瓦尔蒙过从甚密。您呢，竟然毫无畏惧。我恳求您回来吧！如果这些理由还不能说服您，请您看着我们朋友一场的面子，听我一声劝。希望您不要觉得我太啰唆，我是真的担心您，才完全无法冷静下来。

一七××年八月二十四日，于巴黎

# 第三十三封信
## 梅特伊侯爵夫人致瓦尔蒙子爵

子爵，假设您的打算是授人以武器来反对您，是拼死战斗获取胜利，我就真的无话可说了，您真是胆小如鼠啊！若刚好相反，我只能说您已经蠢不可及了。我真担心，您连自己也说服不了。

我并没有怪您的意思：一来机会是否降临我还不确定；二来，机会错过了还可以再有，草率行事酿成的错误却难以弥补。

我认为您给她写信，毫无疑问是犯了大忌。我敢说，您根本就没意识到这封信到她那里会产生什么作用。您是准备在信里说服她跟您上床吗？我觉得不大可能，您要她接受您，不是要跟她讲道理，而是应该感化她。就算您的信令她再感动又怎样呢？她看信的时候您又不在她身边，得不到什么好处。就算您的甜言蜜语让她如痴如醉。效果真有那么持久，让她三思后还能为您奉上真心？别再自我感觉良好了，像您喜欢的这种圣女，她可是有着自己清晰的道德标尺的，这么长时间，她还不能打消自己竭力要抹去的念头吗？您这招，最多在小孩子身上起点作用。当她们写“我爱您”时，意味着“我完全属于您”，但是杜维尔夫人对您的遣词用句，了然于胸。因此，虽然您在谈话时赢了，她却在书信中扳回了一局。您知道问题出在哪里吗？正是由于争论已经公开了，大家就都不愿先低头，至于理由，只要去找，总是有的。这些理由说着说着，就会坚持下去，也许有的理由很蹩脚，但人们若认输了，那不是自己打自己的嘴吗？

我想您很清楚，在爱情上，自己没有亲身感受是很难写出来的。倒不是说辞藻有什么不同，而是词语的顺序上得有所计较。您再看看您的信，漏洞百出，字里行间都暴露出您的险恶用心。我想您的院长夫人可能不懂风月，所以没看出来，但结果还是一样。这是小说的通病：作者满腔热情，读者无动于衷。只有《艾洛伊丝》这部小说是唯一的例外。因此，我一直认为，面对面的交流会让我们的语言更有感染力。如果有眼泪配合，那就再好不过了。在眼神的交流中，往往欲念和柔情难以分辨。讲话的混乱能造成意乱情迷的错觉，最真实的爱的语言就是这样的。更重要的在于，您爱的人就在您面前，再没有比此时更能激起您征服的欲望了。

相信我，子爵。既然她不要您再给她写信，您就应该另寻一个机会。找个机会跟她谈一谈。据我观察，她比我想象的更坚定。她的防守很到位，可惜信写得长了些，而且为了回到对您表示感谢的话上去，给您留下了重找话题的机会。否则，她的信真是滴水不漏，无懈可击。

另外，还有一点，我要告诉您：您必定会成功。你们的第一个回合里，她花费了太多的力气，估计没有心思再拒绝发生亲密关系了。

我把您的两封信也归还给您。如果您改变策略，事情必将有新的进展。若不是时间太晚，我还想跟您说说沃朗日家的小姐。她比您进展快多了，我很满意。我相信我会比您先完成计划，您应该自愧不如。今天就说到这儿，再见。

一七××年八月二十四日，于××

# 第三十四封信
# 瓦尔蒙子爵致梅特伊侯爵夫人

您讲得真不错，我的朋友。但您无非是在花费大量笔墨，来阐释一桩心知肚明的事。为了加快爱情的进展，面谈比书信要有效——您整封信的内容用这一句话就可以概括。可这是引诱异性的一步呀！您提出了一个例外，我认为应该有两个。孩子们用书信的方式谈恋爱，那是因为他们胆小，女孩们委身实在是自己的无知造成的。还有一些有才华的女人，他们自以为了不起，结果因为虚荣心而落入陷阱。还记得某子爵夫人吧，虽然我们对彼此都没什么感觉，但我确定，只要我写信给她，她就会立刻回复。在她眼里，写信是一个能为自己带来美名的好机会。

借用律师们常说的一句话：您的原则在本案中不适用。您设想的是我可以在面谈或书信中任意选择一种沟通方式，事实却不是这样。自从那日过后，这个女人对我防范倍增，我拿她没有半点法子。继续下去，我一定会被逼得再找个办法扳回一局不可。我绝不愿意当她的手下败将。现在要递封信给她都很困难，她开始是不回我的信，现在甚至收都不收了。每次都要想个新办法，还不一定有效。

第一封信是最容易给她的，第二封也不难。她要我把她的信还给她，我却只给了我的信，她当时没有发现。到了第三封，不知是她上了当恼羞了，还是心情不好，又或者是道德观念作祟——她死活不肯收。她一定想让我相信她是从道德方面考虑的，但我却希望她下次能改变态度，免得自讨没趣。

她拒绝收我的信，我倒不吃惊，若是平静地收下了，就表明她已经默许了。我做好了准备，跟她打一场持久战。这次只是试探一下，第一次没有成功，我就把信装进一个信封，然后在她梳妆时让我的佣人递给她，当时罗斯蒙德夫人和她的侍女都在场。我叮嘱我的佣人，就说这是她要的文件。我知道如果她不接，就必须解释一番，到时场面就不太好看。我派的信差懂得察言观色，他看到了她脸上的红晕，但这是因为尴尬，而不是生气。

我当时暗自得意：她要么把信留着，要么还给我。不过要还给我就得跟我见面，这样我就可以跟她当面聊一聊。大概过了一个小时，她的一个佣人敲我的房门，交给我一封信，我看信上写着我梦寐以求的笔迹，信封的形状跟我递出去的也不一样，就收下了。谁知，打开后里面还是我的信，只不过对折起来了。我猜她是怕我把这事抖开，才用了这么狠毒的计策。

您了解我，我当时的愤怒简直无法形容。但平静下来，我想出了另一个对策。

在离我们这儿不到一里路的地方，有个驿邮站，每天早上都有人到那里取信。那里有一个邮箱，驿邮站长和罗斯蒙德夫人各有一把钥匙。我们白天把信投进去，晚上派人送到驿邮站，早上就去收来信。所有的佣人，包括外来客人的佣人一起轮流做这件事。那天原本没有轮到的我佣人当值，他借口说得去那边办件事，就领了这份差事。

我把信改头换面，又伪造了一个第戎的邮戳。我觉得，既然我要享受跟她丈夫同等的权利，那选择跟她丈夫同样的城市会更有意思。我的美人每天都念叨着自己多么多么渴望收到来自第戎的信，我觉得有必要满足她这个愿望。

做好了这些后，就很容易把这封信跟别的信件混在一起了。此外，我还可以亲眼看到她收信的样子。我们这里习惯一起吃早餐，在收到信以后再分开。信，终于来了。

罗斯蒙德夫人打开信箱。“第戎来的信。”她把信递给杜维尔夫人。她看到信后有些纳闷儿：“这不是我丈夫的笔迹。”等她拆开，脸色就变了。罗斯蒙德夫人很吃惊，也凑上去看：“有什么可怕的事情吗?”这个胆小而诚实的女人根本不敢看我一眼。她闷不作声，装作专心看信的样子，其实什么都看不进去。

看她手足失措的样子，我有些恶作剧地说：“您感觉好些了吧？看来这封信只让您有些吃惊，并不会给您增添痛苦。”她顿时愤怒了，脱口而出：“信里尽是些肮脏的话，竟然有人胆子这么大!”罗斯蒙德夫人插了一句：“谁呀?”“没写名字，”她怒气冲冲地说，“不过这信以及写这信的人，都让我觉得恶心。你们不要再提这件事了。”说完，她当着大家的面，把信撕了个粉碎，然后将碎片装进口袋，径直离席了。

虽然她发怒了，但信还是看了，我相信以她的好奇心，这封信的内容，她会一字不落地仔细看的。

今天发生的其他事情在这件事情面前就显得有些微不足道了，我把两封信的底稿寄给您，这样您就能跟我一样了解事情的来龙去脉了。您得仔细读我的底稿，再抄一遍我会觉得很不耐烦的。再见，我的漂亮朋友。

一七××年八月二十五日，于××城堡

# 第三十五封信
# 瓦尔蒙子爵致杜维尔院长夫人

夫人，我同意您的要求。尽管您觉得我错误百出，但我必须得向您证明，我是一个懂得分寸的人，我不会粗暴地指责对方，也敢于独自承担痛苦。您要求我保持沉默并且忘记发生的这一切。好吧，我强迫我的爱情静音，而且也努力忘记您是怎么严厉地对待我的爱的。我从心底喜欢您，并不代表我就能理直气壮地得到您的心。坦白说，我虽然很想得到您的宽恕，但并不意味着我就有资格得到宽恕。然而，您觉得我对您不敬，却忘了，如果我的爱有错，您就是这错误的根源，也是为它开脱的借口。您也忘了，我一贯对您掏心掏肺，也丝毫不隐瞒对您的感情。我对您的表白是那么诚恳，您却把它当作是对您的侮辱，将我拒之千里。这就是我爱您，敬您，温柔地对待您所得到的回报吗？您把我丢得远远的，甚至说您恨我……受到如此对待，谁不会埋怨呢？只有我，毫无怨言，跪倒在您的面前，忍气吞声，接受您的惩罚。您是我感情的主宰。之所以无法摧毁，是因为，造成这一切的，是您，不是我。

我不奢求您同样爱我，因为以前您对我的关注，让我想得到您的同情。但我知道这不可能，坦白说，我觉得我应该要求您还我公道。

您曾说，有人想要破坏我在您心目中的印象。如果您那时候就听朋友的劝告，就根本不会靠近我。您这些好心的朋友是谁？他们如此会讲道理，想必不会怕别人知道他们的名字吧？他们显然不甘心躲在阴暗的角落，与那些卑鄙的人为伍吧？他们叫什么，骂我什么，也一定不会介意让我知道吧？您既然是听了他们的话来评价我，我应该有权利知道他们是谁吧？总不能宣布一个人有罪，却又不告诉他他的罪名和揭发人是谁吧？我一定会澄清我的清白，要那些人收回曾经说过的话。

当然，那些无足轻重的人所说的话，我是不在乎的，我在乎的是您的看法。我宁愿付出生命，也要得到您的尊重，怎么能随便就被人破坏了呢！您说您有个要求想提但又有些害怕，如果我答应，您会很感激我。您这么说，说明您瞧得起我，有您的尊重就够了。把您的想法说出来吧。如果您给我机会，我一定会让您满意，该感激的人是我才对。在此之前，请公平地对我吧，不要让我感觉摸不着头脑。告诉我您的要求吧，我若是猜得到，一定不会让您开金口。能够为您效劳，是我的荣幸啊。您不会是怕我拒绝您吧？如果真是这样，我简直无法原谅您了。不过，没有按您的要求，把您的信还给您，可不算是拒绝哦。我比您更希望这封信对我没用，但我相信您是个温柔善良的人，只有从这封信里才能看出另外一个您。每当我暗下决心，要打动您的时候，我就从信里看到了您坚决地想要拒绝我的态度。您所有的一切都让我无法自拔，当我认为对您的爱无可厚非时，又是这封信提醒我，我的爱使您感到羞辱。您现在懂了吧，如果这封信还给您了，那我会轻松很多。您一直问我要，不是就间接地提醒我：不要去相信您在信里表露的绝情了吗？这下您不怀疑了吧，我是多想早点把信还给您。

一七××年八月二十一日，于××

# 第三十六封信
# 瓦尔蒙子爵致杜维尔院长夫人
## （信封贴了由第戎发出的邮票）

您一天比一天冷酷了。夫人，请恕我斗胆，您现在的表现既不公正，也不宽厚。您不听我的解释就定了我的罪，怕说服不了我就干脆不读我的信。现在不仅不收我的信，还把它退回来。当时，我唯一想让您知道的不过是我的诚意，您却逼得我走投无路，出此下策。是您让我想为自己辩解而不能，我大胆地请求您谅解我采用这种小手段。因为爱您，我会千方百计地想表现给您看，您想冷漠地视而不见，恐怕不太容易啊！

夫人，我的心已经属于您，您就让我把它完整地呈现在您面前吧！刚到罗斯蒙德夫人的城堡时，我没有料到会出现这样的情况。我不知道您在这里，我再实话实说一句：即使知道您在这里，我的心也不会因此受到一点点影响。倒不是我对您的美貌视若无睹，而是我一直都受欲念主导，只热衷于满足感官的快感，从未受到爱情的折磨。

罗斯蒙德夫人挽留我多住几日的时候您也在场，那时，我们相处一整天了，我答应姑妈的要求，是因为我想对这位德高望重的亲戚表示尊敬。这里的生活方式跟我的习惯截然不同。我适应得很快，却没有深究原因，我以为这只是我随和的个性使然。

不过，很快我就发现，您独具魅力的容貌是那么动人，这倒是次要的，您天使般纯净的心深深吸引了我。我欣赏您的美貌，更佩服您的美德。我不敢乞求拥有您，只是尽力使自己做到最好，力求能够配得上您。我渴望您原谅过去的我，称赞未来的我。在跟您交谈的时候，我总想从您的眼睛里读到您的心，您眼睛中散发的蛊，让我毫无招架之力。

于是，我知道了什么叫爱情。我没有丝毫抱怨，我愿意把对您的爱埋在心底。所以，我毫无畏惧地沉浸在这甜蜜的感情世界里。我一天天陷得更深。见到您会让我快乐，后来变成需要，再后来，您离开一小会儿，我都魂不守舍。我是因您而活，也是为您而活。然而，我对天发誓，请您回忆一下，在以往任何一次活动中，不管是疯狂的游戏，还是严肃的讨论，我有没有吐露半点心声呢？

终于，我的苦难来临了。我善意的举动竟然是这一切的导火线。是的，夫人，我曾经帮助过贫穷的人，我的善举打动了您，让您更加美丽，更加高尚。您让我已经沉醉在爱情的春风里，心却完全迷失了。您应该还记得，回来时，我有多么闷闷不乐，我已经尽力控制那颗因爱而不安的心了。

我知道这场争执实力悬殊太大，已经耗尽了我的所有力气。谁知，这个时刻我有机会与您独处。我实在撑不下去了，我承认，我的心已经装满了呐喊和悲伤的泪水。我这是犯错了吗？就算是，我忍受了种种折磨，还被惩罚得不够吗？

我困在这无望的爱情里，只想祈求您的可怜，得到的却是您的厌恶。见到您是我唯一的幸福，我的眼睛总不由自主地追寻您的身影，想看您的眼睛却又胆怯。夜晚，我辗转难眠，白天，我强作镇定。您使我流落到如此境地，却心定气闲。我的痛苦与您无关，您只是引发了这一切，然后隔岸观火。

夫人，我所说的这一切，就是您所谓的我的过错。与其说是我的过错，倒不如说是我的不幸。我的爱情，纯净而诚恳；我对您的敬意，矢志不渝；我对您俯首帖耳，无以复加。这就是您在我心目中的地位，如果将我的真情献给上帝，我也毫无惧意。您是上帝最完美的造物，请效仿上天的好生之德吧。想想我的煎熬，是您将我放在天堂和地狱之间，您的一句话将决定我的幸福。

一七××年八月二十三日，于××

# 第三十七封信
## 杜维尔院长夫人致沃朗日夫人

夫人，我决定听取您的谆谆教诲。我习惯听从您的建议，这一次，我也相信您的判断是正确的。如果说，瓦尔蒙先生在这里的表现都是在作秀，那我敢肯定，这个人太可怕了。不管怎样，我会听从夫人的劝阻，离这个人远一点。我会尽量说服罗斯蒙德夫人让他离开。虽然实施起来，可能会遇到些困难。

我跟他姑妈提这件事，可能不太方便，这会让他们姑侄心里都不舒服。至于我离开，这样的决定也要斟酌一下，除了我跟您提过的杜维尔先生的理由外，我的离开会让瓦尔蒙先生恼羞成怒。他一样可以跟着我到巴黎去。要是他回巴黎，别人会觉得他是因为我回去的，这不是更会给人留下话柄吗？在罗斯蒙德这里，大家都知道他们是亲戚。

最好的办法是，他主动离开。可怎么好开口呢？他时刻记得要向我证明他是个谦谦君子，跟外界所传说的不一样，如果可以，我想找个机会试探一下，他是否真的如同他所说的那样。若他真的按我的要求离开这里，那说明他很尊重我，要知道他原本计划整个秋天都待在这里的。如果他拒绝我的请求，坚持留在这里，那我就离开。

这是我对您的承诺，夫人，对您的要求，我会尽快向您证明我的诚心。我曾为瓦尔蒙先生辩解，但我对于朋友的劝告还是很愿意听从的。

一七××年八月二十五日，于××

# 第三十八封信
## 梅特伊侯爵夫人致瓦尔蒙子爵

亲爱的子爵，刚收到您厚厚的信件。如果按邮戳推算，我应该是昨天就会收到的。如果我现在去看信，给您回信就来不及了。我打算给您回封信，然后聊聊别的事。这倒不是我计划的事情毫无进展。秋天快到了，巴黎都没有一个能入眼的男人，近一个月以来，我没有新的男人，都快闷死了。也就是我的骑士先生，要是换作别的男人，早就厌倦了我的贞洁。因为无聊，我就拿沃朗日家的小姐消遣，今天就跟您聊一聊她吧。

您大概还没有意识到，错过这个女孩，您的损失有多大。她娇媚至极，没什么主见，对是非善恶也不明晰，您想想看，跟她在一起该有多舒服。我不认为她会是个情种，但现在的情况是，她感官敏锐，虽然并不聪明，也不是很细心，但她天生就是个伪装的高手。这本事连我都很惊讶，再加上她天真无邪的表情，简直就绝了。她对人很友好，我有时也觉得很有趣，她很容易头脑发热，对一些事情她很想知道，但又很迷茫，那样子真滑稽。她时而哭，时而笑，时而愤愤不平，请求我指点迷津，那真诚的样子很能打动人。说实话，我都有些嫉妒日后跟她在一起的男人。

我忘了跟您说，这四五天，她都把我当成知心姐姐。开始，我做出严厉的样子，当她说了些糟糕的理由来说服我时，我就认同她的观点，让她以为自己的口才了得。我这么做，为的是日后撇清关系，我告诉她，她可以回信，表达她的爱。我还在当天安排了一个机会，让他俩单独相处，她有些意外。不过，唐斯尼也真是没用，连一个亲吻都没有。他的诗还写得很不错呢，真是个痴呆的才子。我都不知道说他什么好，总不可能硬逼着他这么做吧。

您跟唐斯尼关系那么好，他会把心里话告诉您的，只要您得到他的信任，这事情进展就更快了。对于您的院长夫人，还是尽早放弃算了。我可不想轻易放过热古尔。昨天跟沃朗日家的姑娘聊了聊这个人，我对他进行了细致生动的描述，现在她十分憎恨这个人。不过呢，我又跟她讲了许多夫妻相亲相爱的道理。在讲道理上，没人能比我更严厉。一方面，我对她过分迁就，这使我在她心中德高望重的形象不那么完美。另一方面，她内心对她的未婚夫的憎恨，也是我送给热古尔的一份大礼。我让她意识到，只有在出嫁前的这段日子，她才能拥有真正的爱情，这样她就不会虚度这段时光了。

再见，子爵，我要梳妆了，然后拜读您的长信。

一七××年八月二十七日，于××

# 第三十九封信
# 塞西尔·沃朗日致索菲·卡尔奈

亲爱的索菲，我哭了整整一个晚上。不是我现在不开心，而是这开心的日子所剩不多了。

昨天，我和梅特伊夫人约好了去看歌剧，在那里，我们聊到了我的未婚夫热古尔伯爵，我们的婚期大概在十月。他很富有，又有名望，还是××团的团长……这些条件都很好。可是，他很老了，至少有三十六岁！梅特伊夫人说，这个人沉默寡言，对人也很严厉，担心我跟他在一起不快乐。我觉得她对这一点已经很确定了，只是怕我伤心，没有说明。整个晚上，她都在跟我说妻子要恪守妇道，她承认热古尔先生不够随和，但她强调，我结婚后就必须爱上他。她还告诉我，一旦结婚了，我就不能再爱唐斯尼骑士了。

我怎么能做到呢？我向您保证，我永远爱他。我都不想嫁了，热古尔先生想干吗干吗，我又不稀罕跟他结婚，他在遥远的科西嘉，我倒希望他在那里待个十年八年的。若不是不想回隐修院，我就会去跟妈妈说，我不嫁了。可没什么比回到隐修院更悲剧的了，我真不知该怎么办。我从来没有像现在这样爱唐斯尼先生，可一想到我们只能在一起一个月，我的眼泪就止不住往下掉。只有梅特伊夫人能给我一些安慰，她真是个好人。我那些伤心的事告诉她后，她都替我分担，她为人那么和善，跟她在一起，我忘记了所有的烦恼。

我知道的这些事，都是她告诉我的。她那么亲切，在她面前，我想到什么就说什么，也不会害怕和害羞。如果她觉得我不对，就很严厉地指出来。但大多数时候，她很温和。至少对于她，我可以尽情地爱，怎么都不会有过错。我们已经约好了，对我们的亲密关系保密。尤其是在妈妈面前，这样，妈妈就不会怀疑唐斯尼骑士了。说真的，我很喜欢这样的生活，如果一辈子都这样，那我该有多快乐！令人烦躁的是，有个热古尔先生在……不说他了，一说我就来气，还不如给唐斯尼骑士写信呢。我要跟他说我的爱情，把这些伤心事抛得远远的。

再见，我亲爱的朋友。您看，您又错怪我了，我没有忘记您，一有时间，我就会给您写信呢。

一七××年八月二十七日，于巴黎

# 第四十封信
# 瓦尔蒙子爵致梅特伊侯爵夫人

那个妇人太狠心了，不仅不收我的信，还想让我赶快离开这里，消失在她的视线里。您一定很吃惊，我接受了她这么残忍的要求。您一定要骂我了，先不忙，这个人对我下命令，我觉得是个很好的机会，不应该错过。原因如下：一来，证明她已经不能再撇清这件事跟她的关系了。二来，让她掌握表面上的主动权，更容易引她上钩。更何况，这个女人现在想尽办法躲着我，这对我很不利，我必须摆脱困境：虽然我想每时每刻都跟她见面，但不能用爱情吸引她，时间长了，她看到我就没什么感觉了。这种状况一出现，我再想挽回就更困难了。

您了解我的，我不会无条件妥协。我提了一个她不可能接受的条件。这样，不管我是否信守诺言，我都有机会跟她谈判。当然，这要等到她接受我，或需要我接受她的时候才行。除此之外，我提的条件虽然不够说服力，但我还要从她那里得到另外的补偿，不然不会放弃。

对于我的理由，我花了很多笔墨来写。现在，我想告诉您这两天进展的情况，我把她的信和我的回信一起寄给您，我的严谨恐怕很多历史学家都比不上。

您还记得那天早上，我伪造的来自第戎的信带来的震撼效果吧？这位美人一直到午饭时间才出现，她说自己的偏头痛很厉害，想借此掩饰自己。她的脸色很差，平时平静的神情变得十分乖张，这也是一种别样的美啊。日后，我一定会利用这个发现，偶尔激起一下情人叛逆的情绪。

我知道午饭后气氛一定很压抑，就找个理由说要写信，回了房间。六点钟的时候，我回到客厅里，罗斯蒙德夫人提议一起出去散步，得到了大家的同意。可快上车时，这位夫人说她偏头疼更厉害了，不想去。这也许是对我中午撇下她回房间的报复行动。我冷酷地诅咒她真的病了，等我们回去时，她已经躺下了。

第二天一早，吃早餐时，她又变成了原来友善的样子。我觉得，她已经原谅了我。早餐结束后，她懒洋洋地起身，去花园散步。我紧跟在她身后。“怎么心情这么好，一个人来散步呢?”我凑上前去。“今天早上写信的时间太长了，有点累。”她回道。我接着说：“那是不是要怪我，不过我能荣幸地收到您的信吗?”她说：“我是给您写了信，但还没有决定把信给您。我在信里跟您提了个要求，但我想您不会接受的。”“我敢保证，只要能办得到……”我的话还没说完就被她打断了：“事情简单得很，只要您答应，我一定感激不尽。”说着，她递给我一封信，接信时，我差点握住她的手，不过她飞快地缩了回去，没有生气，只是有些窘迫。“天气有点热，”她说，“我该进去了。”她往城堡的方向走去，我劝她再走一会儿，她没答应。我意识到，她假装出来散步，其实是为了把信给我。她回去后就进了自己的房间，我也赶快回房间读信。先看看她写的信，以及我回复的内容吧……

一七××年八月二十七日，于××城堡

# 第四十一封信
## 杜维尔院长夫人致瓦尔蒙子爵

先生，您的行为让我感觉受到侵犯，而且还有愈演愈烈的趋势。您一定要我接受您的感情，但我明确告诉您，您的感情我不愿意知道也不想知道。您利用我的真诚和腼腆，一而再再而三地写信，最后一次，竟然用邮信的手段，丝毫不考虑事情会在我受到惊吓的情况下败露。正因如此，我谴责您是理所当然的。但是，我不想再提这些让人不愉快的经历，我只想跟您提个合情合理的要求，如果您答应，我就既往不咎。

您曾说过，不会拒绝我的请求，虽然您反复无常，说完这话后就对我的请求当场拒绝。话虽这么说，我还是希望您能够遵守曾经的许诺。

我请求您大发慈悲，离开我，离开城堡。您待在这里，只会引来别人对我的非议。那些人喜欢从坏的一面去看人，而您一贯的作风，让他们习惯把注意力放在您身边的女人身上。

最近，已经有好几个朋友提醒我注意您，我不曾在意，还为您叫屈。在我看来，虽然您祸害过不少女人，但您对我的行为还算规矩，我相信您的为人，不愿把您划分到卑劣者的行列之中。然而，现在您对我跟对那些女人没什么区别，我再也不能忽略这个问题了。

您的离开，是最好的选择。如果您拒绝这个要求，坚持留下来，那么走的人就只能是我了。若您委屈自己，成全我，我将感激不尽。我希望您能明白，如果最后我被逼离开，那么我当初的计划就全部乱套了。您曾经一再跟我强调，从来没有正经女人对您有意见，那么请您用行动来证明这不是假话吧。至少，您应该向我证明，您对正经女人有了冒犯之举后，知道该怎么改过。

我的要求，是合情合理的。如果一旦要说什么，只能说：您的生活作风，让我不得不出此下策，即使我十分不愿走到这一步。事到如今，也由不得我了……不多说了，如今，我把一个绝好的机会摆在您的面前，您会得到我由衷的感激。对过去的种种，我只想忘记。再多想，只会让我对您的行为感到愤怒！就此搁笔。先生，我十分明确这一生中对您应该保持怎样的态度，不需要您来教我。

一七××年八月二十五日，于××

# 第四十二封信
## 瓦尔蒙子爵致杜维尔院长夫人

夫人，无论您把怎样苛刻的条件强加给我，我都不敢违抗。凡是您想要的，我都愿意接受。同意以上要求后，我想斗胆向您提几个请求。相比之下，我的请求要简单得多。当然，我只想对您绝对服从，换得您对我的请求的认同。

第一，我希望您被信中的公平召唤，告诉我那个在您面前诋毁我的人的名字。把我害得这么惨的人，我有权知道是谁。第二，请答应我，让我偶尔对您表达爱意，在今后的日子，我对您的一片真心越发值得您可怜。

夫人，听从您的命令，我不敢有丝毫的拖延。您很清楚，要完成这件事，我就要牺牲我的幸福：说得更清楚些，我明明知道您要我离您远点，是为了避免您受到非议，我还是愿意离开。

夫人，您必须承认，公众对您一向都很尊重，是不会对您的品行有所非议的，与其说您害怕流言，不如说我让您觉得难受，您不能怪罪别人，只能惩罚我。您逼我离开您，就像一个人见死不救一样。

然而，见不到您，我必定更加痛苦，离开您，我向谁诉说内心的悲伤？离开您，我从谁那儿得到安慰？我痛苦的根源就是您啊！您忍心弃我不顾了吗？

在我离开之前，我一定要向您表明我真实的感情，是您点燃了我内心爱的火苗。同时，我要听到您亲口对我说：请您离开。

我的两点要求，您能答应吗？我想给您留一点时间，我要与您面对面谈一谈，十五分钟能讲清的话，再长的书信都写不明白。至于见面的时间、地点，我都听从您的安排：我愿意早日遵从您的命令，但您也清楚，我曾跟罗斯蒙德夫人说过，会在这里住到秋末，所以，必须等我收到一封信，借口说有要事，才能离开。

再见，夫人。跟您说再见是那么难受。我想起不久后的分别，这几个字真是沉重。如果您能感受到离开会让我多么痛苦，您一定会感激我的逆来顺受。请您宽容地接受我最温柔的以爱为名的赞美。

一七××年八月二十六日，于××

# 第四十封信的续文
# 瓦尔蒙子爵致梅特伊侯爵夫人

来和我说说，我的漂亮朋友。您肯定跟我一样，知道这位谨慎、正经的杜维尔夫人不可能答应第一个要求的，她把友谊看得比什么都重，怎么会出卖她的朋友呢。因此，在这个前提下，我答应她的要求，也是形同虚设。同时，如果她拒绝了这个请求，那么对其他的要求，她就非接受不可了。到那时，我虽然离开，却能够经常跟她互通书信；虽然我要求跟她见面，但我并没有太大的把握她能同意。这次目的主要是让她先习惯。将来我再提要求时，她不好拒绝。

我离开之前，必须要弄清楚的是，究竟是谁在她耳边说我的坏话。我猜是她的丈夫。如果是这样，那更好玩儿了，丈夫插进来一脚，会让这事更有趣。他的干涉，只会加快她红杏出墙的步伐。而且，我确信，她决定给我回信，说明我不用怕她的丈夫，她已经开始欺骗他了。

然而，如果说我坏话的是她的知己，我就必须让她们关系破裂，我必须成功离间她们的感情。不过，最重要的是先知道这个人是谁。

我满以为昨天就能搞清楚，但她并没让我如愿。那时，我和罗斯蒙德夫人正在她的房间，佣人来请我们去吃午饭，她匆匆梳洗，连声说抱歉。我留意到她的钥匙就放在写字台上。我知道，她平时的习惯是，把钥匙挂在锁孔上。午餐时间我都在想这个事情。突然，我听到她的侍女下楼了。我立刻决定：假装流鼻血，走出餐厅，飞快地跑向她的写字台，抽屉并没有上锁，我翻遍所有屉子，就连一张写了字的纸条都没看见。这个季节，烧掉信件不是那么方便，那她把信藏到哪里去了呢？她经常收到信啊！我仔细地在四处搜了搜，没任何发现。突然，我想到，那些信应该就装在她衣服口袋里。

怎么才能拿到这些信？从昨天起，我就在想办法，仍旧无计可施。我恨自己没有小偷的手段。这本领，任何一个跟阴谋、智慧打交道的男人都应该学会，对吧？偷取情敌的信和照片，或者从一个正经女人口袋里拿走足以让她后怕的东西，难道不是件大快人心的事吗？然而，我们的长辈根本没考虑这些，我现在想用的时候，却发现自己笨得无药可救了。

事已至此，我只好闷闷不乐地回到饭桌前。我的美人对我假装身体不适并没有察觉，她的主动关心倒让我的心情好了许多。我抓住时机告诉她，最近经常觉得胸闷心烦。以她的聪慧，一定知道这些都是因她而起，她自问不应该想想办法帮帮我吗？这个女人对上帝虔诚，心地却不仁慈，她拒绝对我施舍爱情，这为我偷信提供了充分的借口。再见，我一边给您写信，一边还满脑子想看她口袋里那几封令人讨厌的信。

一七××年八月二十七日，于××

# 第四十三封信
# 杜维尔院长夫人致瓦尔蒙子爵

先生，为什么您总要让我的感激打折呢？既然愿意答应我的要求，为什么还摆出一副讨价还价的样子，提出那么多无理的要求？这么说，我对您的宽容还不够？您的要求多，还非常无理。我的朋友出于对我的关心，谈起了您，即使不对，但动机是为了我好。您却要我泄露他们的名字，作为对他们关心的回报。我不该跟您说这件事的，为此，我非常自责。对别人而言，这是一种真诚，在您这里，这却是混账。如果我再满足您的要求，那只能说明我的品行太过卑劣了。请您扪心自问，您觉得我会做出这样出卖朋友的事情吗？这种无理的要求，是您应该提出来的吗？毫无疑问，不该提。我相信，您仔细思量后不会再提此事了。

至于另一个要求，允许您给我写信，我也同样答应不了。请您心平气和地思考一下，那么您就不会怪罪于我了。并不是我有意得罪您，而是您的声誉如此糟糕，您自己也承认主要责任在您自身。试问，还有哪个女人敢承认跟您有书信来往呢？还有哪个正经女人会明知故犯呢？

退一步说，如果您在信中没有非分的言语，那我可以问心无愧地收下！但这一点您并不能保证。为了向您证明我这人讲道理，对事不对人，我可以保证，如果您的信里不逾越本分，我可以偶尔接受。这是我唯一的条件，如果如您所说，您万分地想给我写信，那么请遵守这个条件。如果您对我的退让还有一丝感激的话，请立刻动身离开这里。

另外，我不得不提醒您，您今天早晨收到了一封信，却并没有借此机会跟罗斯蒙德夫人说您要离开。您已经答应了我，就希望能遵守诺言。您想跟我当面谈谈再走，请断了这个念头，我绝对不会答应。请不要再让我重申要求了，我已经做出了太多让步。

一七××年八月二十七日，于××

# 第四十四封信
## 瓦尔蒙子爵致梅特伊侯爵夫人

为我高兴吧，我的朋友！我终于收服了这颗坚硬的心，她爱我，却还在掩饰。我用了一个高招，看穿了她的秘密，一切都非常明了。从昨天晚上开始，我又像鱼儿回到了水里，生命充满了活力。我破解了两个谜团，一个关于爱情，一个关于卑鄙的行径。对前者，我将好好享受；对后者，我要展开报复。好事接二连三地送到我面前，我兴奋极了，好不容易才告诉自己要保持警惕。我边写边整理一下思路吧。

昨天，给您写完信后，那个女人给了我一封信，我一起寄给您。您一看就知道。她应允了我给她写信，并催促我尽早离开，如果我再拖延，事情就会对我不利。

当时我还在发愁，要想个什么办法找出说我坏话的人。我尝试收买她的侍女，让她把她口袋里的信拿给我，她在夜晚送给我，我第二天再还回去，完全不会被发现。我给她十个路易，想不到碰上个大惊小怪的胆小鬼，她竟然不同意。我好说歹说，她就是不点头。到了晚餐时间，我只好作罢。幸好她答应对此事保密，虽然我并不觉得她靠得住。

我感觉很不好，怕被人抓到把柄，整个晚上都在埋怨自己。

回到房间，我把事情跟我的跟班谈了谈，他们俩正打得火热，让他去说，说不定能起点作用。他平时都很乐观，对这件事，却并不看好，他说：“老爷，您肯定知道，跟一个女人上床是一回事，要她给我们做事，那是另一回事。”

他又告诉我：“这女人，我拿不准。我一直觉得她原来有个情人，之所以我能上位，完全是乡下的日子让她感觉无趣。要不是替老爷办事，我早跟她一拍两散了。”他接着说，“要她答应保密，有什么用呢？她要出去说又没有任何后顾之忧，您跟她谈只会让她察觉这件事的重要，让她更加讨好自己的主子。”

我越听越尴尬，好在他自顾自地说着，没有在意我的神态。我正需要他帮忙，就任由他说下去。他跟我讲了他们之间的故事，因为侍女的房间和她主子的房间仅一墙之隔，稍微有点动静就会听得一清二楚，所以他们相会的地点在他房里。我忽然灵光一闪，想出一条妙计。

按事先安排，我在凌晨两点的时候，点亮蜡烛去他们幽会的房间。借口是我拉了几次铃，没有人来。我的跟班很有表演天赋，配合我演了几场好戏。先是吃惊，然后绝望，最后伏地认罪。我宽恕了他，让他为我烧热水；至于那个侍女，她羞愧难当。为了加重她的罪恶感，我的跟班建议她穿一件薄薄的夏衣，这样她显得越发无地自容。

我感觉到了她的难堪，却并不让她换衣服，也不让她换姿势，我挨着她在床上坐着，那床真够乱的。然后跟她谈话，此时一切都对我有利。我板着脸，不为所动，简直可以跟席毕翁[①]媲美。在目前的形势下，年轻漂亮的她巴不得我动手动脚，我却保持冷静，只跟她谈正事。

我要求她在明天的同一时间，拿到她主子口袋里的东西，

---

① 席毕翁(公元前 235—183)，罗马将帅。据说他曾虏获一名美女作为战利品，但并不据为己有，反而归还给她的丈夫。——编者注

交给我。那么，我会为她保密。我还说："昨天答应的十个路易，今天依然有效，我不是乘人之危的小人。"不出所料，她一口就答应了。

接下来，我美美地睡了一觉，第二天早上，我想到要查清真相再回她的信。这么一来，我还得多待一天，于是就找了个借口，一整天都在外面打猎。

等我回来，她对我非常冷淡。我深信，她是对我没有抓紧利用剩下的不多的时间感到生气，尤其是给我回了一封语气温婉的信之后。我之所以这么说，是因为罗斯蒙德夫人责怪我离开太久，她在一旁讥讽道："我们别怪他了，这可是他在这儿的唯一乐趣呀!"我抱怨不已，趁机表明，跟两位夫人相处才是我最大的乐趣。为此，我连重要的信都顾不上写呢。我还说，这儿晚睡不好，打猎能让我睡得安稳些。我刻意表现出伤心的样子，这样就成功地掩饰了等待揭开秘密时的焦急。最后，大家各自回房，女仆送来了我渴望已久的信。

我开始清点和整理，首先是她丈夫的两封信，信里枯燥的诉讼和夫妻间的甜言蜜语搅和在一起，让人觉得索然无味。我耐着性子看完，却没有一个字是关于我的。接着，我看到了那封第戎的信，她细心地把碎片拼接在一起，这让我心情大好。我又把信读了一遍，发现了信纸上的泪痕。您可以想象得到，我有多兴奋。我像年轻时一样，疯狂地亲吻着信。我一封封查下去，发现我给她的信都按日期整理好了，更令人惊喜的是，我以为她没有看的第一封信，她却一字不漏地抄了下来。字迹不怎么工整，可见抄信的时候，她内心的激动和甜蜜。

我完全沉浸在甜蜜的爱情里。不过，这种甜蜜很快就被愤怒取代了。谁破坏了我和我爱的女人之间的感情？您猜得出来吗？谁那么恶毒，在背后暗算我？不是别人，就是您的老熟人，您的朋友，您的亲戚，沃朗日夫人。您简直难以想象，她在信里将我写得多么不堪。就是她，让我的天使内心设防，就是她出的恶毒主意，使得我被逼离去，我变成了她的牺牲品。毫无疑问，我要引诱她的女儿，除此之外，我还要让她身败名裂。这个女人年纪大了，我打击不了她，就报复在她心爱的人身上。

她要逼着我返回巴黎，好吧，那我就回去，我回去了，她的日子恐怕就没那么好过了。对这件风流事的男主角唐斯尼我很不满意，他为人忠厚老实，终究会是我们的绊脚石。这会儿，我们说不定能从热恋中的他身上，找到可以利用的东西。我气疯了，还是回到今天的事情上来吧。

今天早晨，我发现她更漂亮了。这是必然，一个女人已经芳心暗许，但没有以身相许时，就是她最有魅力的时候。她的身上散发着浑然不知的夺目光彩。

今天我终于感受到了。也许是分离，让我觉得她格外美丽。后来，您的信到了，我看到她的眼睛，知道到了我履行诺言的时刻了。

我宣布要离开这里。过了一会儿，罗斯蒙德夫人离开后，就剩下我们俩，在我离她还有数步之远时，她就惊恐地站起来：“别过来，先生，看在上帝的分儿上，不要再靠近我了。”她的气急败坏暴露了她内心的热切。我急速几步走到她身边，抓住她的手。她双手合十，我开始诉说衷肠，可这时罗斯蒙德夫人又进来了，她想乘机溜走。

我把手伸过去，她握住我的手，显示出从不曾有的温情，这是个好兆头。我一边继续倾诉，一边紧紧抓住她的手。她想缩回，我紧握不放，她也就不管了。只是，对我说的话，她没有任何回应。到了她房间门口，我想吻一吻她的手，她毫不留情地拒绝了我。我含情脉脉地说："我就要走了！"她无法再坚持，我吻了一下，她又挣脱了，马上进了房间，她的侍女正在屋里呢。这段浪漫的故事只好到此为止。

我估计您明天会去某某元帅夫人家，我不会去那里找您，我们的第一次见面，要说的事情很多，尤其是沃朗日家的小姑娘，我牢记在心。先把这封信寄给您，写得够长的了。不过，要等寄出去时我才会封起来，随时有新情况需要添上去。

又及。记于晚上八点。

没什么特别的。我靠近不了她，她已经想办法躲开了我。这段时间我一直流露出悲伤的样子。另外有一件事，罗斯蒙德夫人请我去邀请沃朗日夫人到乡下城堡小住。

再见，我的漂亮朋友。我们最迟后天就能见面了。

一七××年八月二十八日，于××

# 第四十五封信
## 杜维尔院长夫人致沃朗日夫人

夫人，瓦尔蒙先生今天早晨离开城堡了。知道您也很急切地想得到他离开的消息，所以我特意告诉您。罗斯蒙德夫人因为他的离开有些闷闷不乐。的确，跟他相处是件令人愉快的事情。她整个上午都在跟我谈瓦尔蒙先生，对他赞不绝口。我觉得自己亏欠她的，所以一直都默默倾听。她说的话大部分都很有道理，因为是我造成了他们的分离，我更加自责。明知道她失去了快乐，却没办法弥补。您知道我天生不是个活泼开朗的人，今后在城堡里的生活还是会逐渐恢复到以前的平静。

我觉得采取您的建议是明智的，不然真担心自己太轻率了。因为看到罗斯蒙德夫人流泪，我实在是太难过了。她让我也忍不住想掉泪呢。

我们现在都希望您能够答应罗斯蒙德夫人托瓦尔蒙先生带去的邀请，到城堡里住一段日子。真希望尽快看到您，您来这儿我会非常高兴，真的。您也应该来这里给我们些补偿，不是吗？我还很高兴能够认识沃朗日小姐，也很期待您给我机会，逐渐了解我对您的敬仰之意。

一七××年八月二十九日，于××

# 第四十六封信
## 唐斯尼骑士致塞西尔·沃朗日

我亲爱的塞西尔，您究竟怎么了？发生了什么事，让您把我们的山盟海誓忘得一干二净了？昨天您还发过誓的呀，都不算了吗？我进行了深刻的自我反省，也没有在我身上找到任何原因。如果原因在您身上，那对我的打击太大了。您是那么诚恳，不会说一套做一套，这是肯定的。就算现在我一筹莫展，我也绝对相信您。怀疑，既是对您的侮辱，也会令我蒙羞。然而，究竟发生了什么事情，让您突然性情大变呢？您这么残忍，已不再是我痴情的塞西尔了。我最爱的塞西尔，她不会回避我的眼睛。她也不会故意停住，跟我一起前进的步伐。如果真的有我不知道的理由，她也不会连话都不跟我说清楚，就这么冷若冰霜地对待我。

啊！我的塞西尔，您永远都无法理解，您今天已经让我遭受了怎样的痛苦。直到现在，我现在还深受困扰呢。您不爱我，您认为我能独自活下去吗？我只想听到您的一句解释而已。您的一句话，就可以消除我内心的疑惑和恐惧，您却什么都不说，装作怕人听见的样子。等我们周围没有人的时候，您又跑到人多的地方去，这样就又不方便跟我说。到了我离开的时候，我问您我们下次见面的时间，您又不肯说，非要等沃朗日夫人亲口说。以前我会渴望明天，因为我知道又可以待在您身边，可现在我却害怕明天，因为我心里很不安。

说到这儿，我已经忐忑不安了，“我爱您”当您对我说这句话时，我是多么高兴呀！我一遍又一遍地说，怎么也说不够，这句话那么甜美，叫我无比快乐。您若是变了心，这句话将带给我永世的痛苦，但我不相信它会失去魔力，我还是想祈求它生效。听着，我的塞西尔，“我爱您”，这三个字传递出了我的幸福，跟着我一起念吧！请记着，是您让我喜欢上这句话的。如果把它从我身边收走，那就是将我推进了无尽的深渊，这痛苦将伴随着我对您的爱，一直到我死去。

一七××年八月二十九日，于××

# 第四十七封信
## 瓦尔蒙子爵致梅特伊侯爵夫人

我今天还不能去见您，我漂亮的朋友。原因是这样的：

昨天我没有直接返回巴黎，而是去了某某伯爵夫人的城堡，她的城堡就在我回来的必经之路上。我在她那里吃了个午饭，休息了一下。到巴黎的时候已经是七点钟了，我到歌剧院下的车，原本以为您在那儿。

看完歌剧，我到休息厅里看我的那帮女性朋友，老相好艾米莉被他们围在中间，这些男人和女人都是她邀请去某处公馆的客人，他们看到我就嚷嚷着要我也去，其中还有个长得又矮又胖的男人，讲着半吊子的荷兰法语，我看出来他是这次宴会的主角，我答应一起去。

在路上，我听说这个男人送给了艾米莉一处房子。这次宴会其实是去喝喜酒啊！这个矮胖的男人想到自己马上就能美女在怀，高兴得不得了，他那副扬扬得意的样子，激起了我的兴致，我决定捉弄他一番。

唯一的难题是，我需要得到艾米莉的首肯。这个男人是市长，很有钱，艾米莉有些顾虑，不过最终还是接受了我的计划和安排。我们决定灌醉他，让他整夜都无法战斗。

我们担心他的酒量太好，于是拼尽全力，一醉方休，到最后，他连酒杯都拿不稳了。我跟艾米莉没有就此作罢，依然抢着给他灌酒。他终于喝得烂醉如泥，溜到桌子下面去了，估计这个礼拜都清醒不了了。我叫人把他抬到我的马车上，然后送他回巴黎去了。而我，就成了主人。宾客们对我盛赞一番，然后纷纷离去。也许是我吃素太久，艾米莉深深地吸引了我。我答应留下来陪她，直到荷兰佬清醒过来。

我的这番美意算是对她的回报。刚才，她用自己的身体做我的写字台，让我给那位美人写信。那封信几乎是在一个女人的怀抱里写完的，甚至中途还停下来做了别的事，好刺激。我在信里汇报了当时的实际情况和我的表现，艾米莉读了这封信笑岔了气，希望也能博您一笑。

不过写给她的信还得到巴黎之后才能投递出去，我就一并给您寄过去了，请您看完后，帮我寄出去。这封信还没漆封，请务必记住，不要盖您的私人封信，也别做任何爱的标记。再见，我漂亮的朋友。

又：我重新打开了信，我说服了艾米莉去意大利剧院……我会在此期间来看您，最迟六点就可以到您那里。如果您同意的话，我们可以在七点左右一起去沃朗日夫人家，罗斯蒙德夫人托我邀请她去做客。这件事不能再拖延，而且，我想见见沃朗日家的小姐。

再见，我的朋友。我期待着跟您热烈拥抱，接吻，您的骑士一定会吃醋的。

一七××年八月三十日，于××

# 第四十八封信
# 瓦尔蒙子爵致杜维尔院长夫人
（在巴黎付邮）

昨天夜不能寐，内心波涛起伏。不是因为对您的热情激动不已，就是因为内心的魂不守舍。经历了这样一个痛苦的夜晚，我还是打算给您写信，祈求从您那里获得一点安慰。我不敢期望美梦成真，但我真的需要您的关心。这种情况下还给您写信，这见证了爱情的伟大力量，我从未有过这种感觉呀，几乎是六神无主、魂不守舍。写到这儿，我被迫中断了，这封信肯定没办法一气呵成。我敢说，如果您也拥有跟我一样的感受，您绝对不会无动于衷。请相信我，如果心如止水，那跟死了有什么区别呢？太过平静的人得不到幸福！幸福，只有激情和坚持不懈地追求才能获得。夫人，尽管这种种痛苦都由我一人承担，但我要说，此刻的我要比您幸福万倍。您的冷若冰霜让人垂头丧气，但想要我就此却步却是不可能的，我已经沉浸在对您的爱当中，这使我丧失了判断力，对您加在我身上的痛苦视若无睹。您让我离开，我想给您写信，弥补对您的关心。给您写信让我感到快乐，这种快乐以前从不曾拥有过。

这一切都让我神采飞扬，我呼吸的空气都是令人心醉的，连我给您写信时用的桌子，都是沐浴在爱的光辉之下。在我眼里，它是多么的美！我要书写对您永远不变的爱！请原谅我的混乱，我必须离开一会儿，这种陶醉的感情几乎让我要失去控制了。

我又回来了，夫人，我急切地期盼回到您的身边去，但您却要离我远远的。我没有办法让您相信我的真心，又何必跟您说那么多呢？花费了太多的力气，我有些精疲力尽了。之所以还在描述爱情的美好，其实是为了更深刻地感受到失去快乐后的悔恨。现在我已是黔驴技穷了，除非得到您的宽容。我是多么想要得到它啊，这样才能得到爱。然而，我对您的爱是充满敬意的，一分不会减退。这样的爱，再严格再贞洁的人都不会拒绝。该害怕的人是我，我不敢再对您讲述自己的痛苦。既然已经确定，让我受折磨的人过得逍遥自在，那就不应该再得寸进尺了。我不想这样不知好歹，只能恳请您，给我回信，不要再怀疑我对您的真心了。

一七××年八月三十日，于巴黎

# 第四十九封信
# 塞西尔·沃朗日致唐斯尼骑士

先生，我从来就是一个表里如一的人，但是，我一旦认识到自己的错误，就会努力去改正。我答应上帝，交出了对您的感情，因为您有神职在身，我的罪孽更深了。我意识到，这么做太煎熬了，我也坦白告诉您，这几天我一想到您，就忍不住会流泪。不过，我希望上帝宽恕我，给我足够的力量，让我忘了您。我得到鼓励，下定决心，并且会坚持下去。我希望我们的友情和您的正派能起些作用。我想看到您控制自己的情感，请不要动摇我的决心。请您为我考虑考虑，不要再给我写信了，就算您写，我也提前告诉您，我是不会再回的。而且，您真这么做的话，就是逼我把事情全告诉妈妈，那时，我将再也不想见您。

我对您的感情并不会因此减少，我也真心为您祈祷。我有一种强烈的预感，您对我的爱不会再像以前那么浓那么烈了。也许，您的心里很快就有另一个人将我取代。不过，我会把这当成是赎罪。我将心给了您，本来我只能献给上帝和未来的丈夫的。我愿上帝怜悯我的软弱，给我能承担的惩罚。

再见，骑士先生。我发誓，如果让我选择自己爱的人，我会毫不犹豫地选择您。我把想对您说的话都说了，或许，有些是本不该说的。

一七××年八月三十一日，于××

# 第五十封信
## 杜维尔院长夫人致瓦尔蒙子爵

先生，我与您有了明确的约定后，才同意偶尔接受您的信。但您现在这么做，岂不是违反了约定的内容吗？您在信里放肆地谈论您的感情，这种感情就算是不违背伦理，我也是不会接受的。

再说，也许我还要找些新的证据来证明我的坚定，不过从您的信中就可以找到。您自认为在口若悬河地歌颂爱情，其实是在告诉我，爱情就像狂风暴雨，谁会为了不实际的幸福抛弃自己的人生呢？这样的快乐就像早晨的露珠，转瞬即逝，带给人们的将是无穷的思念之苦，甚至是悔恨。这种幸福，谁敢要？

您自己就是个很好的例子。您身上那种危险的狂热因子，您虽习以为常，但您不能否认的是，这种情绪失常让您身不由己。您之前也说过，它让您意乱情迷，难以自制。想想吧，一个人单纯得像张白纸，这种情绪不是会将她摧毁吗？她的心被牵动，被迫做自己不愿意的事，造成的伤害是难以言喻的。

您觉得爱情能给人幸福，不知道是真是假。而我，坚定地相信，爱情将使我陷入悲惨。所以，我宁愿永远都不要听到这两个字。请您务必不要再说了，我不想自己的心境被扰乱。这关系到我的贞洁，也不是我的行事风格。

我上面的请求，请您一定遵循。这对您而言并不困难，当您回到巴黎后，这段感情很快就会忘记。其实，之所以产生这段情，也许只是因为您在乡下寂寞难耐罢了。曾经在巴黎，我们见过数面，您却并没有任何表示。现在您又回到巴黎了，身边有众多的莺莺燕燕，她们每一个都比我可爱，都比我值得您大献殷勤。人们都说女人爱慕虚荣，我没有，更不会惺惺作态。我很了解自己，从来就不会取悦别人。说实在的，就算我本领高超，想尽办法讨好您，也难保证您不变心。所以，我请求您，从此以后不要再打扰我了。您可以回到以前的样子，而且我可以肯定，要不了多久，就算我要求您步入和以往相反的道路，您也很快会原形毕露的。

我深深地明白这条真理。因此，您说的话我耳不听为净。我请求您，郑重地请求您，不要再跟我说您的情感。我不会听，更不会回应。

一七××年九月一日，于××

# 第二部

# 第五十一封信
## 梅特伊侯爵夫人致瓦尔蒙子爵

子爵，您真是让人无法容忍，您竟如此轻薄！您简直把我当作情妇了，让我无法不生气。我此刻心情极度不佳，您知道吗？可恶！明早唐斯尼就要和您见面了。您知道的，在你们见面之前，我有话必须和您说，这对我来说很重要。可您竟没放在心上，让我苦等了一天，好像没您什么事似的。因为您，我到沃朗日夫人家的时候迟到了。一个晚上啊，为了安抚她们，我只能尽力讨好。这帮老女人真是惹不得，我们的名声还得靠她们的嘴呢。

现在是凌晨一点，我真是想立刻躺下，但我还有一个长故事要写给您，一个很无聊的故事。我现在没时间骂您，算您幸运，但也没有原谅您。

我要说正经的了，您听好了。

明天，您只要略施小计，唐斯尼就会对您无话不说。机会不易，趁他伤心欲绝时，让他信任上您。小女孩去教堂告解了，她就像个孩子一样，什么都会说。告解之后，她对于魔鬼甚是恐惧，一直嚷嚷着要和他断绝关系。她把所有琐碎的事都对我说了，她的样子很疯狂，有点儿头脑发热，极为不正常。她拿了绝交信给我看，净是一些说教之词，枯燥可笑。她一直喋喋不休地倾诉了一小时，都是些不合乎常理的傻话，让我甚是为难。您知道的，我怎么会贸然和一个脑子不正常的人说实话。

从她的念叨中，我还是听出来了，她爱唐斯尼爱得要命。我还发现了陷入情爱中的女人必备的伎俩之一，她运用自如，却浑然不觉。她一方面思念情人，一方面又害怕下地狱。如此矛盾反复，令她极度苦恼，于是她寻求上帝的帮助，祈求将他忘记。但正是因为时时刻刻在祷告，反而让她时时刻刻在挂念着情人。

换成比唐斯尼更有经验的人，对我们来说更有好处。但是这个少年像极了赛拉冬①，如果我们不推一把，他就得停留不前，也就成全不了我们的计谋了。

您说得很对，这般好事落在他身上，确实遗憾。我和您一样，感到很恼怒。可还能怎么办呢？都到这个地步了，况且，原因还是在您。我看了他的回信，觉得他还真是可怜。他急切地为自己申辩，说感情是身不由己的，绝对不是罪恶的存在。好像是，有了感情，就可以不由自主。他的想法真是幼稚，连小丫头都知道。但对于曼声悲鸣的他，还是挺让人感动的。他的痛苦还真令人向往，让我感觉，如果不用冒险，又能让男人感到痛苦，对于女人真的是个极大的诱惑，谁不想满足这个念头？在最后，他解释，自己不是小丫头想象中的僧侣。他的话也就最后这一句靠谱，他能说的也就只有这些了。因为女人想要恋爱的话，马耳他骑士团的人是不予考虑的②。

就这样吧，她还不值得我浪费时间。我还要担心名声受损，况且也很难劝得了她，倒不如顺她的意，就让她绝交，

---

① 赛拉冬是小说家于禾费(1557—1625)的作品《阿丝特蕾》中的男主角，属于柏拉图式情人。

② 马耳他骑士以好色著称，梅特伊侯爵夫人故意作讥讽之语。马耳他骑士往往在18世纪的色情小说中出现。

但我还是好心地告诉她，想要绝交当面说清的好，不能只是写信。按理来说，最好把他送的所有物件归还。这样，我就可以顺水推舟了，促成她和唐斯尼的约会。我那时想了个办法，支开她母亲，留她在家。约会的事在明天下午，这个很重要。唐斯尼也已经通知到了。看在上帝的分儿上，有机会，请说服您这位俊朗的牧童，不要再为情所伤。告诉他，想要战胜困难，只有坚信自己不会失去她。

此外，为了避免麻烦出现，我在小丫头身边煽风点火，引起她的猜疑，告诉她告解神父不可信，但我还是担心，怕她对她母亲坦白。现在，不出意外的话，该是她忧虑的时候了，现世报啊。我希望，等我再多提几次，她以后便不会再胡说八道了。

再见，子爵。控制唐斯尼，驾驭他。连两个小孩都摆布不了，那就太丢人了！若是这件事比我们预料的难办，我们只要记住一点，便能激起斗志：您要明白，这是关于沃朗日夫人的女儿的事。我不会忘记，她即将是热古尔的未婚妻。再见！

一七××年九月二日，于××

## 第五十二封信
## 瓦尔蒙子爵致杜维尔院长夫人

夫人，您不允许我向您表达我对您的爱。但是，我又能从哪里获取足够的勇气，才能听从您的命令呢？这份感情，是我魂牵梦绕的啊，本来应是很幸福的，您却让它变得如此痛苦。在这份感情中，我被放逐，身心疲惫，好像鱼儿没有了水。我日日夜夜陷于渴望与悔恨当中，身体受到这样的煎熬，本就足够凄惨了，更何况，这种煎熬不停地提醒着我，您自始至终的冷酷薄情，那就更加痛苦了。连仅剩的一丝慰藉，我也守不住了吗？我的心被您的苦汁盛满，您让它踌躇难定。除了不时向您袒露心迹之外，我还能通过什么途径获得一点安慰？您让我的双眼充满泪水却又把头扭向一边？您强硬地让我放弃这份感情，当我向您倾诉自己的放弃时，您却不承情？有人因为您而难过，您却用冷酷又不公正的命令加倍地增加他的痛楚。对痛苦的人给予同情，难道不能更加匹配您的身份吗？难道不能更加贴近您善良、温柔的品质吗？

您假装惧怕爱情，您怪爱情引发的痛苦，不愿意直视。这种苦痛是因您一人引起的啊！一个人对另外一个人一旦有了爱意，而诱发爱意的那个人又假装漠不关心，这种情爱不能忍受！然而，若是相爱的人不能快乐，又能在哪里还可以找寻快乐？不在爱情中，又能在何处寻得让人甘之如饴的，唯一的真心实意的信任？爱，可以缓解痛苦，增加快乐。能给人带来无限的希望，制造美好的记忆的，除了爱，难道还有其他吗？您只要不再一如既往地拒绝，便可以享受爱情带来的珍宝。您却诽谤爱情，而我，用身体体会了这份痛，却为了捍卫爱情将痛苦置于一边。

我必须给自己讨回公道。因为，当我用生命全心全意地爱您时，您却凭借我的过失在我身上故意找瑕疵。您一早就认为我是个轻浮又不可信的人了吗？我以前犯下的所有过失，我一一向您诉说过，您却牢牢地揪住这一点不放，甚至利用这些，将过去的我和现在的我混淆，更把这当成是种乐趣。您把我推得越来越远，让我感觉每过一天就仿佛过了一年那么漫长。您仍然不满足于这些，硬是说些我花天酒地之事，拐着弯儿来讽刺我。您心里应该很清楚，是您让我远离了这些庸俗的趣味。您既然不信我的承诺，也不信我的誓言，那么我仅剩的只有一个保证人了，我可以把他引荐给您的，夫人。这个保证人，您至少无须怀疑，她便是夫人您啊。我只想要您问问自己的心，您到底信不信我对您的爱情，是不是仍然怀疑您不是控制我的心的人。我以前风花雪月，我承认自己的错误并愿意承担后果，但是我肯定我的心已经被您定下来了。若是您还有疑虑，我会很悲伤，但我绝对不会狡辩。如果您不是那样的人，能公正地对待您和我，那时，您就不得不承认我爱的只是您，现在没有，以后更不会有能和您相提并论的人了。求您了，不要再让我在无谓的事上苦苦挣扎了，至少，给我留一丁点儿安慰吧，让我知道，您信任这份爱情。这份爱情，我视为自己的生命，也将与它一起生存或毁灭。夫人，我乞求您给我一个答复吧，我希望那是让我为之兴奋的结果。

因为我的过去，让您不得不看低我，我现在很是懊悔。但是，若非真正需要，我也有理由为它解释。

我到底犯了什么大错？我只是陷于沼泽地中，没有尽力挣脱而已。那时的我刚进社交圈，因着年轻，又无任何经验，说得难听点儿，就是游戏于无数女人之间，进进出出。她们也都知道这种事对她们会造成不好的影响，不利于她们，所以总是不给我时间考虑，为了避免不必要的谣言，速度之快让我不胜防备。还是说，别人对我热情无比时，我还要表现出坚贞的模样吗？又或是，因为过失，就要我忠诚，以此惩治自己吗？更不用说，失足一般由他人促成，我的忠贞不贰没有任何用处，反倒成为上流社会的笑柄。除了分手，难道有比它更好的方法可以抹掉曾经不好的选择吗？

但是，我凭着良心说，我并不沉醉于感官的享受，也不追求那膨胀的虚荣。我是为了爱情存在的，一时的欢愉也许可以助兴解乏，但不值得我专情。我身边不乏性感美丽之人，她们擅长诱惑，却让我觉得可耻，无人能深入我的心。她们能给我的只是享受欢乐，而德行才是我所追求的。以至于最后，我有点怀疑自己是个朝三暮四之人，可是我只不过是一个多情之人，不愿意伤害他人感情罢了。

自从遇见了您，我才醒悟过来。我快速地陷入爱情之中，它是如此美妙，那来自灵魂深处的纯洁啊，真是让人痴缠不已。我知道自己已深深地爱上了您，谁都无法替代。

夫人，这是我怀揣着自己的心，向您表白啊。您害怕接受，可是我的心正小心翼翼地盼着您的回答。不管结果如何，我对夫人的爱恋依旧，这份情永远不会变。

一七××年九月三日，于××

# 第五十三封信
## 瓦尔蒙子爵致梅特伊侯爵夫人

我见到了唐斯尼，然而他却不肯跟我坦白一切。对于沃朗日小姑娘的姓氏，他坚决不肯告诉我，我只知道她是一个很有智慧的姑娘。除了这些，他倒是很详细地讲述了他那大起大落的感情史。我已经很努力地在他耳边煽风点火了，还好好地嘲笑了一下他的胆小与拘谨。但是，他看起来不会马上改变。总之，我后天会和您再讨论一下这个问题，和您说一些我的想法。我会在明天带他去凡尔赛的，再好好探探他的底①。

我很期待今晚的约会，希望事情的发展如我们所想的那样。现在我们要做的，是从他们口中套出我们想知道的，然后搜集证据。这件事，您做比较好，小姑娘总比她那拘谨的情人好糊弄得多，而且她话比较多，容易说漏嘴。无论如何，我会努力做好这件事的。

再见了，我的朋友。我时间很紧，今天晚上和明天都不能见您了。您如果得到什么消息，就写信给我吧，我回去就能看到了。我今天晚上会赶回巴黎。

一七××年九月三日晚，于××

---

① 可能带他进宫引见。瓦尔蒙对年轻的唐斯尼做出一副俨然益友的派头。

# 第五十四封信
## 梅特伊侯爵夫人致瓦尔蒙子爵

唉！不用了，想从唐斯尼那儿得到有用的消息，那是不太可能的！如果他对您说了点儿什么，那一定是他在吹牛。在风花雪月这件事情上，我真没遇见过比他更愚蠢的人了。是不是我们待他太仁慈了，我现在一直为这件事后悔呢。您不知道，要不是他，我怎么会差点儿把自己搭进去！呵，这个仇我非报不可，走着瞧！

昨天，我去沃朗日家里接小姑娘时，她竟然又不愿意出门，借口身体抱恙。我说了不少的话，费了好大的劲才说动了她。此外，我还要担心唐斯尼在我们还没出门前就来了，如果真是那样的话，就尴尬了。等我们真的出了家门，小姑娘不但要和唐斯尼分手，而且她还准备付诸实践。和我道别时，她很热情地握住了我的手。这真的是个好现象，我简直认为所有事都会朝好的方向发展呢！

事实上，令我忧虑的事并没有结束。到某某夫人家还不到半个小时，沃朗日夫人真的病了，情况很不理想。所以沃朗日小姑娘必须要回家。我真不想就这么让她走，可是我又很害怕。要是她回去了肯定会遇到不该见的人，那时，不但白费了我那么大的力气劝说，还要让她母亲怀疑我。我只能吓唬她，这种情况下不适合运动，还好她怕了。我故意说，不平稳的马车会对身体造成巨大的伤害，反对她立刻走，如此，拦了她差不多一个小时。最后，我们在计算好的时间回到了她家里。一进门，我就看到那个姑娘脸上满是窘迫。老实说，我真的希望自己没有白费力气。

为了了解事情的进展，我专门留了下来，陪着沃朗日夫人。她躺在床上，在床边解决了晚饭。我以她需要休息为由，离开了她的房间，去了她女儿的房间。小姑娘果然做到了我所期望的：不再畏畏缩缩，重新山盟海誓等。她做得挺好的，但是唐斯尼那个蠢货，还在原地踏步，毫无进步！这个家伙，您要是和他闹翻了也不是什么大事，要是又一次和好了，那也不新鲜。

小姑娘很认真地对我说，唐斯尼想要更进一步，但是被她拒绝了。我赌她不是在吹牛，就是在找借口。突然，我有一个念头在心里滋生——她究竟有什么能力抵挡。我只是一介女流，一句一句地套她的话，竟然让她头脑发热了，真是……不说了，我不骗您，不会有任何人比她更敏感了，这个丫头可真是惹人爱啊！唐斯尼配不上她。但是，她很幸运能有我这样的好朋友，难道不是吗？我可是发自内心地疼她。我许诺要好好教导她，我会守信的。我一直觉得没有可以说说贴心话的女性好友。要是让我选择其他人，我宁愿选择她。可惜，她还没有……您懂的，她一定要那样后，不然我不会让她成为我的朋友。所以啊，因为这样，我更厌恶唐斯尼了。

再见，子爵。明天不要来找我了，除了上午。我受不了骑士的苦苦请求，要去小公馆和他住上一晚。

一七××年九月四日，于××

# 第五十五封信
## 塞西尔·沃朗日致索菲·卡尔奈

亲爱的索菲，您上次说得对。您的预言比您的主意更厉害。您说得没错，唐斯尼的魅力比告解神父，比您，甚至比我更有影响力。我和他，如今又回到了原点，和之前一样。啊，我不会反悔的，您呢？如果您责骂我，那是您不懂，爱上了唐斯尼，我变得多么快乐。该如何去做，说起来很容易，您想怎么说就怎么说吧。因为您根本就不懂，见到自己喜欢的人难过，自己更伤心，见到他开心，自己更开心。心里应得很好，嘴巴上说着不想要，真的很困难啊。您如果有这样的经历，就不会觉得很难理解了。我啊，这滋味，感受得真的很深刻呢。见到唐斯尼掉眼泪了，我怎么会不伤心呢？我怎么做得到？和您认真说：这是不可能的。何况，他开心，我就会和他一样的高兴。不管您怎么劝说，我的心意都不会改变。

我倒是很想看到您站在我的立场上会是什么样子的，会不会爱上唐斯尼？不，我不是这个意思，我现在的处境，我是无论如何都不会说给其他人的，不论是谁。我想说的是，如果您也喜欢上一个人。我不奢望您更懂我一点，又或是少责骂我一些，而是希望您更开心一些。这么说也许更合适一点，当您爱上一个人时，您就会明白我所说的快乐。

我们曾经快乐的往事，我们笑笑就结束了。您明白吗？那都是小孩子过家家的。一旦过去了，就不会留下什么。可是，爱情，哎，爱情！只要一句话，只要看一眼，只要知道他在您身边，就很快乐了。我只要能见到唐斯尼，其他的我什么也不想要。我只要没有见到他，我的心里就会一直地想着他。我也不清楚这是为什么，我所喜欢的全都和他有关。他不在我身边时，我希望他立即出现。一旦我的心里想的都是他时，就没有什么事情可以让我分心。这么说吧，我独自一人的时候，因为心中有爱，我觉得很快乐。一旦我闭上了眼睛，立刻就会感觉到他的存在。一旦我想到他说的话，我就仿佛听到了他的声音。而眼前的景象又令我叹气。接着，我的心中就会生出一团火焰，不断地跳动，让我坐立不安。说得好像是在忍受煎熬，可是这种煎熬，真的让我有一份甜蜜的快感。

我甚至相信，有了爱情，就会影响到友情。但我和您的友情没有变化，还和隐修院的时候一样。我所说的改变，是我在梅特伊夫人那里感受到的。我好像发现，我对她的那种感情，和唐斯尼的那种很像，不似我和您的那种感情。甚至有时，我真的很希望她是我的唐斯尼！所以说，我和她的友情跟您的不一样，我和您只是小孩子之间的玩闹罢了。不然呢，难道因为他们经常在一起，我弄混了？反正不管怎么说，他们两个让我感到很快乐。嗯，就是这样的。说实话，我并不觉得自己做错了什么事，我只希望能继续保持这个样子。我现在很苦恼我的婚事，如果热古尔先生真的如别人所说，那么我将痛苦不堪，不知道以后该如何是好。再见了，我亲爱的索菲，我一直爱您。

一七××年九月四日，于××

# 第五十六封信
## 杜维尔院长夫人致瓦尔蒙子爵

先生，您让我给您回一封信，可是，这对您有用吗？让我信任您的情感？这难道不是让我多一个理由害怕吗？您的感情到底是真是假，我尚不能确定，但是我很清楚的是，我不想要的就无须理会。清楚了这点，对我来说已经足够，对您来说，应该一样。

假定先生您是真的爱我的(我这样假设，只是为了不再过多解释而已)，您和我之间存在的距离并不能轻松逾越。我别无选择，唯一希望的就是先生您能快刀斩乱麻，早日断了念头。您也承认，当诱发感情的人本身并不接纳这种感情的时候，这种感情无疑让人遗憾。您很明白，我对您没有半分爱恋，也不会受您的影响。真有一天厄运降临到我身上，我陷入困境，那您也不会幸福的。我希望，您能尊重我，认同我所说的。我求您了，放手吧，不要故意搅乱了我的心，我现在真的很需要宁静。

我和我的丈夫相亲相爱、相敬如宾，我的幸福只能来自于我的丈夫一个人，这也是我作为妻子所能做的。我现在很快乐，找不出任何不快乐的理由。纵然这个世界上有比这更加幸福的事，我也不想要的，更加不想触碰。心情舒畅，生活安逸，每日安然入睡，自然醒来，还有比这更美好的日子吗？您所说的快乐，不就是纵情于肉欲中吗？即使在一旁观看，也够令人骇闻了。我想问问您，这种风暴我怎么能抵御？

我怎么敢在这漂浮着千万艘船的残骸的海面上航行呢？又怎么会有人和我同舟共济呢？抱歉，我是不可能下海的，我会坚持守候在岸上，我珍惜把我系在岸上的念想。这些念想，纵然我可以斩断，但我也不愿斩断，如果没有了念想，我也会马上去获得它们。

您为何要对我穷追不舍？您的信，本应只是一两封而已的，现在却是一封接着一封地送来。信中的内容本应理智冷静，克己守礼的，现在却侈谈您对我疯狂的爱情，一封连着一封。您想要打动我，这比您以前在我身边转悠更让我难堪。就像把先生您挡在前门，不让您进来，您却乔装打扮来到后门。有一些话，我不让先生说，您却换了其他方式一直向我诉说。您用甜言蜜语让我陷入困境，竟然还很得意。我向您提出的反驳之词，您都假装不理会。对不起，我不想答复您的信，也不会再次回信给您了。先生，对于那些您的情人，您是怎么对待的？一说起她们，您的语气那么的厌恶！也许她们之中有人活该被这样对待。但我相信，并不是每个都让人鄙视！确实，她们没有守住自己的本分，陷入了充满着罪恶的情爱之中。从那一刻开始，她们就失去了一切，甚至是那个令她们失去所有的男人也看不起她们了。这本来就是报应吧，只要稍微想一下就让人不寒而栗。这事和我没有任何关系，不管是她们还是您的事情，我都不想去管。您又为何偏要扰乱我的清静？请您不要再纠缠我。还有，我求您了，不要再写信给我了。这也是一种警告。这是我最后一次给您写的信。

一七××年九月五日，于××

# 第五十七封信
# 瓦尔蒙子爵致梅特伊侯爵夫人

我昨天到达巴黎了。一看到您的信，就想到您怒气冲冲的样子，我反而心花怒放。我想，即使是唐斯尼得罪了您，您也不必发这么大的火。您竟然诱使他的小情人做出不忠于他的事来，这无疑是赤裸裸的报复。您果真是一个水性杨花的女人啊！当然，您很有魅力，她能抵挡住唐斯尼的诱惑，但是抵挡不住您的。

这部爱情小说的主人公，对我而言，再无秘密了。我对他说，纯洁的爱情是至高无上的，一次发自真心的爱情比十次的一夜情更加迷人，说我自己也陷入爱情的网中，无法前进。他觉得我和他是同一类人，又听闻我的坦白，就把他心里想的全都告诉了我。他发誓说把我当他的知己，对我很信任。可是，我们的计划还是没有丝毫进展。

他自有一番大道理：首先，他觉得一个未出阁的女子，很纯洁，不能像对待一般妇女一样随便。其次，他觉得如果女方家里的条件远比男方家好，就像他们两个人的现状，然而男方弄得女方非他不嫁，不然就名声扫地，了此残生，那是绝对不行的。此外，小姑娘纯洁、真诚，她的母亲把她守得很牢，这让他害怕，停滞不前。他这些解释，即便是真的，要解决起来也不难。我们只需要在一旁煽风点火，加之他自己也有心火，这些解释说法就会不攻自破，最后变成笑话。他现在之所以振振有词那是因为他对现状很满意，很快乐。

的确，初恋都是纯洁的。我现在倒是确定，进展之所以这么慢，不是因为害羞或者是害怕对方受到伤害，而是对他们来说，需要慢慢品尝，体会其中奇特的味道，让一颗刚刚享受到初恋的心，沉溺于其中，忘乎所以。这个道理真真切切的，即便一个好色之徒坠入情网，他也不会急于追求欲望的满足。唐斯尼对沃朗日家的小姑娘的态度，就如同我和杜维尔夫人，虽有不同，但也相差不远。

这位年轻人啊，现在走得太顺利了，必须给他点苦头尝尝，刺激一下他，创造一些神秘感，才能更好地激发他的胆量。我觉得您对他过于仁慈，阻碍了我们的计划。您的做法，对于一个情场高手来说，可以当作经典，因为他所想要的只是欲望。但是，您应该明白，对于一个初陷情网的年轻人来说，女性至高无上的爱情宣言，才能证明爱情的存在。他越肯定女方爱上了他，就越不会急于前进。如今，到底要怎么做呢？我现在一点儿头绪也没有。我觉得，这个小姑娘在结婚之前失去贞洁的机会不是很大，仿佛我们做了无用功。我虽然生气，却也没有办法。

我在这里为我们的事烦恼，您却和您的骑士打得火热。这让我想到您曾经允诺过为了我而抛弃他。白纸黑字，我绝不会让它变成一纸空文的①。我承认还没有到时间，但是，您要是在期限之前就兑现，那么就显示出您的慷慨大方了！而我呢，就会酌情免掉一些利息。您意下如何呢？我美丽的

① 这一番话影射妮依·德·朗格洛的故事。她的情人之一拉·沙特尔侯爵于她下乡之前，让她写了一纸忠贞的具结书。她每一次失信时，就会说道：“天啊，拉·沙特尔手上有份具结书！”妮依是路易十四时代的才女，聪明而美丽，是当时出了名的放荡女人。她的众多情人均为俊男子，所主持的沙龙也是文人雅士群贤毕至的场所。

朋友。一直对着一个人，您不会觉得厌烦吗？您的这位骑士到底有何能耐？您是不是发现了他的优点，而忘了我的存在呢？

再见了，我美丽的朋友。我想亲吻您，我想要您。我可以很确定地说，骑士给您的吻，绝不会有我这般热情。

一七××年九月五日，于××

# 第五十八封信
## 瓦尔蒙子爵致杜维尔院长夫人

夫人，从您的字里行间我能看出您是多么愤怒。可是，这到底是从什么时候开始的呢？我热烈地爱慕着夫人，尊敬夫人，一旦您眉头一皱或者手指一动，我就会马上站到您的身边，俯首帖耳，马首是瞻。这就是我对夫人的爱啊，这种感觉太痛苦了。从前，我可以安慰自己还能够看到您，但是现在，夫人您命令我不再见您，这简直让我仅剩的安慰都没有了。我只能听从您的命令，毫无怨言。您曾答应我给您写信，补偿我的付出。可是如今，您竟然要把我唯一的快乐来源也斩断，不可以，我绝对不会答应。这是我仅剩的乐趣了，我真的很珍惜这份快乐啊！

夫人，您怪我的信件寄得太频繁了。我斗胆希望夫人您好好思考一下，从我被放逐开始，已经整整十天了。我心里装的只有您，但是，在这期间，我只收到夫人两封信件。我深深地爱恋着您，不抒发自己内心的思念，还能写什么呢？我现在能做的，只是极力地压抑自己的感情罢了。夫人您要相信，您所看到的只是我对您的爱意中掩饰不了的那一丝罢了。您威胁我，以后再也不给我写信了。这么说吧，有一个男人，他深深地爱着您，尊敬您。但是您却对他很严肃、苛刻，这还不够，如今，竟然还要侮辱他。您的这些愤怒究竟是从什么地方来的呢？您还有其他的要求吗？您知道的，对于您的任何命令，不管是否合乎道理，我都会服从的，我之前所做的就是明证。我仰仗于您，您就要践踏我的感情吗？您说，您希望心灵得到安宁。可是，您这样对我，把我置于痛苦中，您还能享受到心灵的安宁吗？有一天，您会不会扪心自问："他把未来的痛苦和快乐全部交给我，但是我只让他不快乐，对于他的求救，我漠然处之。"在我绝望之际，您晓得我会有什么举动吗？您不知道的。

想要知道我的内心有多苦，您就必须要知道我对您的爱有多深厚，但是您并不清楚我的心啊。

您抛弃我，到底是为什么呢？不过是您害怕未知的事情罢了。这份害怕因谁而起的呢？不过是因为一个男人，他拜倒在您的石榴裙下，爱着您，将您的话奉为圣旨。您到底在害怕什么呢？他虽然爱您，但您永远都可以支配自己的意愿。您不断在心里幻想，生出了怀疑，臆想出很多的妖魔鬼怪，觉得这些都是爱情惹的祸。其实，您只要相信自己，这些鬼怪就会自动消失的。

有位贤人说，想要除去恐慌，必须找到恐慌的来源。这个方法准确无误①，这个真理很适合爱情。夫人，爱情会把您的怀疑害怕都去除的。到那个时候，在您心里作怪的魔鬼就会消失，取而代之的是令人心心念念的感情和体贴又听话的情人。您的每一天都充满快乐，唯一让您后悔的是曾经因为冷漠而失去的快乐时光。我已经改过自新了，并且为了爱情活着。一想到曾经荒唐的日子，就感到惭愧。如今我才明白，我的快乐来源于您。每当我给您写信的时候，是我最开心的时候。求您了，不要让我在最快乐的时候，因为害怕会

---

① 所引用的句子虽然有错误，不过确实是卢梭在《爱弥儿》内所写下的话："找到痛苦的原因，就是对症下药。"

让您感到不开心而忧虑。我这不是不服从您的命令，而是我的不情之请，请您不要夺去我的快乐！我向您大声乞求：请听听我的请求吧，请看一下我的眼泪吧。啊！夫人，这样，您还会拒绝我吗？

一七××年九月七日，于××

# 第五十九封信
## 瓦尔蒙子爵致梅特伊侯爵夫人

唐斯尼的话，让人难以置信。您了解情况的话，和我说一下吧，到底发生了什么事？怎么会完了呢？他那样固执地坚守礼节，难道把他的小情人惹火了？也真是难为她了，他的做法已经够过火的，要是换成别人也许早就忍受不了了。他说想要见我，我想也不想就同意了。今天晚上，我要怎么和他说话呢？如果对我们的计划没有任何帮助，谁想浪费时间做个听众。悲伤的爱情之歌，如果没有谱成宣叙调，或大咏叹调，又怎么会赢得观众①？请和我说一说具体的经过，我才能做出决断。不然的话，我可不干，这件事的无聊程度可以想象。今天上午您有时间吗？我们也许可以就这件事交换看法。若是没有空的话，最好给我写个回信。还有，我希望您能暗示我一下，让我清楚我们的计划怎样进行下去。

您昨天去哪里了？我都没找到您。说实话，我九月份真不想留在巴黎的。下一步该怎么处理，希望您能尽快决定。我已经收到贝某某伯爵夫人极为热情地邀约，她邀请我去乡间看看她。她在信里的表达很是有趣，她说，她丈夫有一片美丽的林子，他用心地照看它就是为了邀请朋友们来游玩

① 两者都是歌剧用语。前者是歌与乐混合并密切配合；后者是为大的抒情曲。

的[1]。您清楚的，这个林子我也有份的。如果您不需要我，我就到林子去游玩了。再见了，不要忘记唐斯尼四点的时候会过来。

一七××年九月八日，于××

---

① 法文 bois(树木/林子)引申为鹿角。法俗称男人头生角，相当我们中文的“戴绿帽子”。

# 第六十封信
## 唐斯尼骑士致瓦尔蒙子爵
（附于上信内）

先生，我什么都没有了，都结束了。我内心痛苦万分，却不敢把它们书写一二。我需要有一个忠心、诚实、靠得住的朋友，可以让我倾诉。希望您可以抚平我的伤痛，给我指一条明路。您什么时间有空，可以见见我吗？我向您敞开心怀，倾诉的那一天，一定很开心啊。如今，什么都变了，就仿佛天地都改变了颜色。我内心深处的痛苦滚动着，但是这并不是为我自身而忧虑，那实在是太微小了。我担心的人啊，那种痛苦让我备受煎熬，因为那个人比我的生命更重要。您是那么的幸运，可以见到她。我想求您一件事，我相信您肯定不会拒绝我的。但是这件事我一定要和您当面说，亲口告诉您该如何做。您一定会同情我的，会帮助我的吧？您是我最后的希望啊！不仅因为您是重情义的人，清楚爱为何物，而且我也只有您一个可以说说心里话的朋友。请您向我伸出援助之手吧！

再见了，先生。一想到还有像您这么好的朋友，我的悲伤仿佛减少了许多。请给我一个时间吧，一个可以见到您的时间。如果今天上午不能见面的话，我希望今天下午可以尽快见到您。

一七××年九月八日，于××

# 第六十一封信
## 塞西尔·沃朗日致索菲·卡尔奈

亲爱的索菲，同情一下您亲爱的塞西尔吧，我真的很可怜，很不幸啊！妈妈什么都知道了。我不明白，她怎么会怀疑我的，总之我的所有事都被她知道了。昨晚，我察觉到她不太开心了，但是没有过多地在意。晚餐的时候，我和梅特伊夫人说了很多有关唐斯尼的话题呢。我记得妈妈打牌的时候，还很开心呢。梅特伊夫人一离开，我就回房了。我换衣服时，妈妈进来了。她打发了侍女，就要我把写字台的钥匙给她。她和我要钥匙的语气很严肃，让我忍不住发抖，差点儿就倒了。一开始我装作找不到钥匙，但是最后，我还是交了出去。她打开的第一个柜子里，放了唐斯尼的信件。我心里害怕死了，她向我逼问这些信，我那时脑子很乱，不知道该怎么回答，只是一直说没什么。接着，她拿了最上面的那封信，念了起来。我难受地向安乐椅走去，还没走到，就失去意识了。我醒来之后，她把侍女叫了过来，让我去床上睡觉，就走出去了。但是，唐斯尼的信都被她收走了。我很害怕面对妈妈，不敢走到她面前了。整整一个晚上，我都在哭泣。

我在天亮的时候写信给您，希望约瑟芬可以来。只要能和她偷偷地说上话，我就把字条塞给她，那是我给梅特伊夫人写的，那字条我会让她送到夫人家中的，我现在就要写了。如果不行的话，我就把字条放到这信中，希望您把它以您的名义寄给她。现在，只有她能帮助我了。如果帮不上的话，我和她至少还有共同话题，可以谈谈唐斯尼。对于能不能再见到唐斯尼，我一点儿把握也没有，我太不幸了。也许，她会好心地帮我写信给唐斯尼呢。这件事，我不敢拜托约瑟芬，更不会交代给我的侍女。说不定就是侍女出卖了我，告诉妈妈我的抽屉的秘密。

我先不写了，还要忙着给梅特伊夫人写字条呢，最重要的是，我还要给唐斯尼写那封信呢。只要她好心帮助我，就有现成的信给唐斯尼了。我会在写完信之后，躺回床上的。这样，如果有人进来了，就会看到我躺在床上的样子。那个时候，我就会称自己生病了，不能去见妈妈。其实我说的也不是什么假话，我现在真的比生病还要难受。我哭得眼睛又红又热的，胸很闷，都不能喘气了。想起自己也许永远都看不见唐斯尼了，我就觉得比死了还难受。再见，索菲。我无法再继续写了，我的眼泪让我无法缓过来了。

一七××年九月七日，于××

# 第六十二封信
## 沃朗日夫人致唐斯尼骑士

我的女儿很单纯，我作为她的母亲，很信任您，但是先生却以为我们好欺负，并做出这种事来。我们家把先生当作朋友，真诚对待您，但是您却用这种毫无仁义可言之事，来报答我们。从今天开始，我们家不再欢迎您，谅先生您也没有脸面来见我们。尚且希望先生好自为之，不再进我家的门。如若不然，门房把您挡在门外的话，传出什么流言蜚语，不只对您没有好处，还会让我们家蒙羞。您本来就理亏，谅您也不敢逼我采取这个对大家都不利的计策。您把我的女儿引入迷途，如果有一天，您做了什么事，让我的女儿陷入不可挽回的地步，我就把她送往清修之地，永远不让她出来，以阻断您的纠缠。先生之前肆无忌惮地毁了我女儿的清白，不知道您还会不会一如既往，将我的女儿置于绝境？是还是不是，就取决于您了。对于我来说，我心里已经有了决定，并且已经告诉她了。

先生您写的所有信件，我都还给您，用来换取我的女儿给您写的所有书信。我相信您一定能完好无缺地退还给我，并且不会落下一封。我还相信先生您会答应我，不会让事情留下任何的痕迹。之所以这么做，是因为我一想起这件事，就会觉得愤怒，我的女儿一想起这件事，就会感到惭愧，想必先生也会感到后悔的。

一七××年九月七日，于××

# 第六十三封信
## 梅特伊侯爵夫人致瓦尔蒙子爵

应该对您说的，没有错，我和您说一下唐斯尼给您写信的原因好了。他写信给您，是因为在这些时间里，发生了一件大事，而且，是我一手促成的，可以说，这是我精心制作的作品。从接到您上次给我的信后，我就一直在忙活了。引用雅典建筑师的名言：他做而言，我起而行。

生活过得太滋润了，人就会缺少动力，昏昏欲睡。所以要给这位情爱小说中的男主人公，一点挫折尝尝。我会让他知道时间的宝贵，我想，这个时候他一定会觉得自己之前浪费了多少时间。我还得给他制造点神秘感，您说对吧。但是现在为时尚早，况且他如今也不缺这点。我有个优点，如果有人点明我哪里做错了，我一定会改正的，不然我不会心安的。那么，我到底做了什么事呢？

前天上午，我回到家，读了您的信豁然开朗。您把我的缺点都指出来了，我才可以一心一意地思考怎么改正。唉，我的骑士精力太旺盛了，简直是百战不殆，让我精疲力尽，所以我一回来就准备上床睡觉了，结果竟然睡不着。我无法睡觉，心里想着唐斯尼的事，我想着如何让唐斯尼变得勇敢点。最后，深思熟虑后，我定下一个主意，然后入睡，并且睡了两个时辰。

当天晚上，我赶去沃朗日家里。按照计划，我告诉沃朗日夫人她的女儿与唐斯尼现在正纠缠在一起。这个女人明明很聪明，把您的底都摸透了。当局者迷，竟然说我搞错了，说她的女儿还很小，不懂事什么的。我没有把知道的全部告诉她，只是透露他们见面就会调情，并举出一些言语上的例子来证明自己所说非假。我说自己对朋友重情义，崇尚良好的品德，所以对此感到惊讶不已。我甚至说，即使一个虔诚的教徒也比不上我。最后，我还给她了一个震惊的消息：我看到过他们私下里信件来往。我还补充道，我曾经看到过塞西尔写字台的抽屉里有好多的信件，我想一定是她收藏的。您想要知道她在与谁传信吗？说到这儿，沃朗日夫人的神情不对劲了，她的眼里蓄满了泪水。她紧紧地握住我的手，激动地说：我很敬重您这个朋友，谢谢。我一定会把这件事查个水落石出。

我们说话的时间不长，不会引人怀疑的。说完，我就去和小姑娘说话了。不久我就走了，走之前，我还专门要她的母亲保密，不要让她女儿知道是我告的密。我还补充，她的女儿相信我，愿意和我说心里话，我可以好好劝导她的。沃朗日夫人想也不想就答应了。我相信她一定会保守秘密的，毫无疑问，她在乎她的脸面，她了解自己的女儿。这样的话，她就是应允我以朋友的身份和小姑娘说话了，也不会觉得我是装样子的了，我是不想让她对我产生这种感觉的！当然，这对我来说是个好机会，以后我就可以自由地和小姑娘在一起了，不用在意时间和方式了，也不会再害怕她母亲的怀疑了。

这个好处，当天晚上我就体验到了。一打完牌，我就把小姑娘拉到了角落里，和她说关于唐斯尼的事情。一说起唐斯尼，她的话就说不完了。我开了个玩笑，说第二天她就可以见到唐斯尼了，这种快乐让她激动起来，开始说胡话了。

她在现实中得不到的，也只能在幻想中满足。不用说，如此一来，对她的打击会更严重。我坚信，她现在跌得越惨，她就会越急，一旦有机会补偿，她就会极力争取。上天赐予她浪漫爱情，但她必须先适应苦难，这是好事。

不说其他，只要想到唐斯尼给她做情人这一件快乐的事，只是以几滴眼泪作为代价，她怎么会不乐意呢。她现在肯定想唐斯尼想得发疯了。好吧，我敢说，经过这次的挫折，好事才会来得更快。就好比是一个噩梦，只要清醒过来就舒服了。这么一算，她最要感激的人就是我了。本来嘛，我的处事方法虽然有点恶趣味，那也不过是找点乐子罢了。有一首诗可以作证：

天生蠢物在人间，供我娱乐寻开心。

最后，我辞行回家时，感到很满足。我觉得，唐斯尼经历过这次折磨，爱情的火焰一定会熊熊燃烧，那么，我应该竭尽全力帮助他们促成这件事。不然，他要是没有了斗志，承认自己的失败，那他就是一个没用的人。有时，我就是这么觉得的。要是如我所料，如果他整我一下，我也会从他身上讨回来。自从发生这一件事以来，身为母亲的人对我更加尊敬，女儿也把我当成好友，两个人都信任我。我的死对头，热古尔。呵！我已经掌握了她老婆，并让她毫无条件地信任我。要是这样，我还不能随便整他，那我也太没用了吧？我一想到这么开心的事，上了床，就马上入睡了，很晚才醒来。

一醒过来，我就收到了两封信，那对母女寄来的。这两封信里有一句是一样的：我所期望的安慰只有您一个人能给我！读到这里，我哑然失笑。真是的，白的黑的，都变成了安慰的话。我以一人之身成为两个我要对付的人的经纪人，难道不是很有趣？我现在不是神仙吗？倾听两个凡夫俗子相互对立的愿望。但是，我不想当这让人尊敬的神仙了，还是去当慈悲的仙女吧，按照他们赋予我的角色，去分别看望那两个遭遇挫折的朋友吧。

我去见过那位母亲了，她现在很伤心。她曾经通过您的那位一本正经的美女让您吃了很多苦头，现在，我给您报仇了，虽然只是一部分。我现在觉得，我们的计划若是成功了，一定让人惊叹。我现在害怕的是，沃朗日夫人会抓住机会取得女儿的信任。这是很容易做到的，只要对她女儿说话时轻言细语，面目友好善良，劝解女儿时懂得把握分寸，晓之以理，动之以情就可以了。庆幸的是，她表现得很严肃，一直板着脸，没有把这件事处理好。没错，她的女儿马上就要被送往隐修院了。这一个决定，几乎打乱了我们的计划。但是，我阻止了她。我劝她答应我，这个决定只有在唐斯尼一直纠缠不清的情况下，才可以使用。我们这么做是为了让那两个人不敢轻易地行动，这对我们的计划意义重大。

然后，我去了小姑娘的香闺。因为伤心欲绝，反而让她变得更具魅力，这种魅力真让人着迷！如果有一天，她懂得了一丝丝风月之事，我敢说，她必然会常常流泪。不过她这次的流泪，倒是发自内心的。她这种风情万种的样子倒是少见，我之前从没见过，所以我很惊讶，也很欣赏。对她安慰了一阵子，可是没有效果，她反倒越来越伤心了。谁能想到仅是一个小小的计策，就能让她哭得昏天黑地了。最后，她终于停止了。为了防止她抽筋，我让她躺回床上，她很听话地躺下了。我充当她的随身丫头，服侍她。她还不曾梳洗，头发很乱，裸露的肩膀、胸脯上都是散乱的发丝。我把她抱在怀中，不停地亲她，她就又哭了。上帝啊，她真是太美丽了！啊！若是玛达肋纳和她一样①，那么她勾引他人时的样子绝对诱惑，绝对不是她为之忏悔时可以比拟的。

等哭得让人爱怜的美女躺上床后，我就真心真意地安抚她。首先，她害怕被送往隐修院，所以我不断安慰她，让她觉得自己不会被送走。接着，我安慰她还可以偷偷见到唐斯尼，让她不再那么绝望了。我坐在她的身边，对她说："您把我看作是唐斯尼吧，我就坐在您的身边陪着您……"以此展开话题，和她说一些快乐的事，直到最后，她才把难过的事暂时忘掉。分手时，如果她没有要求我给唐斯尼传信，我就会对此更满意了。我一直不喜欢做传信这件事，我的理由是这样的，若是您知道了，也会觉得我这么做是正确的。

其次，当着唐斯尼的面，将我牵扯到其中，是不妥的。这个理由，我只是应付一下她的。其实，对我们来讲，找理由还是很方便的。但是我花了这么多的精力，如果随随便便就教给他们减轻痛苦的方法，还这么着急，不会影响我的利益吗？再说，让他们怀疑他们的仆人，对我来说又没有坏处，不是吗？如果这件好事成了，如我所预想的那样顺利完成，我一定要在婚礼的前夕散播出去。想要让这个消息快速传播，还得靠仆人的嘴巴。要是出现了意外，导致仆人们不乱嚼舌根，我就自己来说。当然，即使我们说了，我也会让他们背负暗地里说人坏话的责任的，毕竟他们是最合适的人选。

因此，今天，您就向唐斯尼提一提这件事。我不相信沃朗日小姐身边的侍女，塞西尔也防备着她呢，您和他提一提

---

① 玛达肋纳：《圣经》中的人物，曾经是一位荡妇，后因耶稣的宽恕而追随耶稣。

我信任的薇可朵娃吧。我会吩咐她把事情办好的。这个主意很好，给他们私下里传信的是我们的人，不会听从他们的，这一点特别让我欣慰。我还有事情要做呢，还没结束。

我拒绝给小姑娘传信，心里挺慌的，担心她请求我将信件投到小置邮里[1]，那样的话，我就没有理由拒绝了。万幸啊，她没有提出这样的要求。具体原因我不清楚，可能是她那时心烦意乱，也可能是对小置邮不了解。如果不是的话，也许就是她觉得回信比寄信更加重要吧，而投小置邮是不能接到回信的。但是为了彻底斩断她用小置邮的可能，我劝她的母亲带着她去乡下，离开一段时间。她们到底会去哪里？您现在肯定开心得快跳起来了吧？去您的姑母家，也就是罗斯蒙德太太家，您的姑母今天就会接到通知的。这样的话，您就可以正大光明地去见您的虔诚的女信徒了，不必担心孤男寡女相处一室引起议论。还有，要不是我的努力，这次沃朗日夫人也不会亲自来向您道歉。

听我的话，不要只顾自己，将正事忘记了。不要忘记了，我可是一直记着呢。这两人之间的传信就靠您了，您还得帮忙出主意啊。把小姑娘要去乡下的事和唐斯尼说一说，承诺您可以帮他们一把。记得和他说，现在仅剩的难题是要怎么把他的委任状转交给小美人。这个难题您就暗示我的贴身丫头可以帮忙。无疑他不会拒绝的。虽然费了点精力，但是您会得到回报的：博取一颗纯洁的心，并让她信任呢。这颗心，很诱人吧。让人怜惜的丫头啊，不知道她将第一封信件转交于您时，会不会脸红？说句实在的，私下传递信件，是不被允许的。但是，这对于心事重重的您来说，也算一种消遣吧！

---

① 小置邮：邮筒的一种。

计划成功与否，决定于您的努力。至于何时让剧中的主角们相见，随您决定。乡下到处都是机会，至于唐斯尼，对您肯定言听计从。选个很黑的晚上，乔装打扮一下，找一扇窗户……总而言之，如果小丫头回来后，与离开巴黎前没有两样，我就唯您是问了。要是您觉得还需要我从中推一把，尽管说。我已给她好好地上了一课，让她知道收藏信件的风险。我觉得，她不会再傻到继续这么干了。但是，我依然想收她为徒。

啊！我忘记和您说了，她的信件暴露这件事，她本来觉得是贴身丫头做的，最后在我的暗示下，她开始怀疑是告解神父了。真是一举两得。

再见，子爵。我为了给您写信，午饭都耽搁了。写信之时，自尊心、光荣感，还有深深的友谊，这些都让我无法停笔。这封信，在下午三时就可以交到您的手里了，如您所期望的。

您还有什么要和我说的？如果您无法克制自己想我，您就去贝某某的林子踩踩吧。他说他的林子是专门为朋友们寻欢作乐而建的，如此，岂不是随便什么朋友都可以？再见了，我可是很饿的。

一七××年九月九日，于××

# 第六十四封信
# 唐斯尼骑士致沃朗日夫人

## （信稿，附在《第六十六封信：瓦尔蒙子爵致梅特伊侯爵夫人》内）

夫人您好，首先我不会为我的行为进行任何的辩解。其次，我也不会议论您的行为，我只是觉得我们三个人本可以避免陷入痛苦的局面。我深受其害，但我同时也明白，这件事因我而起，我感到更加痛苦。从昨天开始，我好几次想写信告诉您，可是我不知从何说起。纵然我心中有千言万语，却只能尽量克制。如果这封信有前后矛盾的地方，请夫人谅解，因为我正处于痛苦之中。

首先，请您准许我对那封信的第一句话进行解释。您十分地信任我，沃朗日又是那么活泼善良，天真可爱，我绝对没有非分之想。不管是夫人还是小姐，我都十分敬重。虽然，我可以控制自己的行为，但却无法抑制心中的情感，请夫人怪罪我吧。我大胆地说一句，我心中的情愫确实是沃朗日小姐引起的，夫人您觉得不痛快，我想说，这情愫并没有冒犯到您。这件事一言难尽，我只希望夫人能公正对待我的信任。

您禁止我以后去您家，只要是夫人的命令我就应该遵守。但是，我如果突然在您府上消失，这不是刚好授人把柄，让他们胡说八道吗？为了您女儿的清白，希望夫人您三思而行、权衡利弊，不要为了严厉的管教而忽视了小人的闲言碎语。我相信夫人肯定会为您女儿考虑，我静静等待您的新命令。

如若夫人您准许我到府上见您一面，我保证，绝对不会借机与小姐交谈或偷传私信。君子一言驷马难追。我违心地向您保证，也是担心毁了小姐的清誉，如果能偶尔见她一面，我就知足了。

夫人您说，小姐的命运，由我的行为决定。前面我所说的，就是我对您的承诺。也许您觉得我表达的有点轻率，但是我没有半分欺骗的意思，我不会卑鄙地见机行事。我对小姐的爱是发自内心的，我一定会坚持。

您要我在小姐的世界里消失？要我忘却小姐吗？这完全做不到。我对小姐已经死心塌地，我决不背弃诺言。实在是抱歉，夫人，我感到自己失态了，我们言归正传。

另外有件事，一定要和夫人您商榷，夫人您要求归还信件。夫人您怪罪我并非一件事，可是对于您的这个要求，恐怕不能如愿。这可以说是罪加一等，我万分难过，但请夫人聆听我的理由。请您切勿忘记，我失去与您的友谊，不想再受到您的鄙夷，唯尔。

小姐写给我的信，我一直都视若珍宝，在这个时刻，除了它们我已经一无所有了。通过小姐的书信，我还可以回忆一下这段令人难忘的感情，也只有这段感情能让我对生活有所期待，这是我唯一觉得欢愉的事了。话虽如此，但是如果您一定要坚持，我可以忍痛割爱。虽然没有书信我遗憾万分，可是我更想表明我对您的尊敬之心。诚然，我不遵守您的命令，着实还有其他的原因，不过您不在乎罢了。

现在您知晓您女儿的心思，但我认为这并不是主动说的，而是您套了她的话。我不敢苟用这种母亲关爱孩子的方式。当然我尊重您所拥有的权利，但您不能违背信义。有人对我诉说衷肠，我不泄露秘密，这是义气。如若有人将不愿公众的事情只告诉我一个人，而我却大肆宣扬，这是不义之举。现在小姐向您诉说衷肠，一定是将事情的来龙去脉全告诉您了，所以这些书信对您来说一无用处了。如果小姐不愿说，请您恕我不能讲述。

夫人您说想息事宁人，那您大可放心。只要是关于小姐的事，我关怀至极，并不比一位母亲的考虑欠周到。为了省去夫人您的担忧，我已经明白，这一包书信极为重要，原来上面写的是“待焚”，现在已经改成“沃朗日夫人所需文件”。我的这个措施，再次证明绝对没有冒犯您的意思。

夫人，这封信已经很长了。但是如果您阅完还怀疑我真挚的情感，怀疑我对您的敬重，那就说明我的这封信还不够长。

一七××年九月九日，于××

# 第六十五封信
# 唐斯尼骑士致塞西尔·沃朗日

此信未封口，附在《第六十六封信：瓦尔蒙子爵致梅特伊侯爵夫人》内

哎哟，我亲爱的塞西尔，您说该怎么办才好呢？面临如此巨大的困难，谁会来救救我们呢？希望爱可以让我们共渡难关。当看到我和您的那些书信，又看了您母亲给我写的信时，我根本无法描述我的震撼和恐惧。到底是谁，哪个人如此恶毒，没有帮我们保守秘密？您的心里有没有怀疑对象啊？难道是您平时疏忽大意了？您过得还好吗？他们有没有跟您说些什么呢？我多么想在您身边，可是我却无能为力。或许，我知道的比您多些。

在后面附了您妈妈给我的书信及我的回函。我请求她允许我们都在一起。但结果无法预料，我们都无能为力，不过我还是做了一些安排，希望您能考虑。我做的这些安排主要是为了互通近况。我还想和您找机会见面，在比过去轻松愉悦的气氛里，我会努力想办法。

我最爱的塞西尔，您想想，如果我们重逢，那是多么幸福快乐的事情啊。我们可以重温爱的誓言，可以在我们对方的眼中和心灵中感受对方、体会对方。我是多么渴望那个时刻的到来。但是，我敢确定这个时刻的到来，完全取决于我刚才和您说的所谓的安排，我希望您可以答应我的要求。该怎么跟您说呢？应该说这要感谢一位有情有义的好朋友，是

他帮助我走出了伤痛。我希望您也能完全把他当作朋友对待。

或许，我不能在没有得到您的答复下就将他当作我们共同的好朋友。然而，我也是迫不得已啊，您也知道，我们正面临着困难，这也是无奈之举。看在我们爱情的分儿上，原谅我向他说出了我们的故事吧。如果我不告诉他的话，我们这辈子也许再也见不到了呢。那位朋友您也认识的，就是您最好的朋友的朋友，我们都认识的瓦尔蒙子爵了。

我向他寻求帮助，本来是想着他能帮我请求梅特伊夫人转交书信给您的。他认为这行不通。但是，梅特伊夫人觉得不好办。子爵保证自己的侍女可以帮忙。这封书信就是她转给您的，您的回信记得也要交给她。

如果，真的像瓦尔蒙说的那样，您准备去乡下了，那么这样安排就没有什么意义了。不过，如果真的如此，他也会竭尽全力帮我们的。您去乡下要待的那家是他的亲戚家，他也会去的。到那时，我们的书信就由他来帮我们传达，而且他还保证，只要您愿意，他能让我们秘密地见上一面，而不用担心走漏风声。

此时，我最爱的塞西尔，如果您也爱着我，您和我一样怀念我们的爱情，请您相信他吧，他可是现在唯一可以依靠的人啊。如果没他，我将束手无策。我们的痛苦会过去的，我坚信。亲爱的塞西尔，请您允诺我，您一定不要在悲伤中度日。因为当您悲痛时，我同时也在忍受着这份煎熬。只要我的努力能让您幸福，做什么我都愿意！我相信您能理解我。我希望您能保证，爱情让您痛苦，但您不怨恨爱情。

必须要说再会了，我最爱的塞西尔！再会了，我的爱人。

一七××年九月九日，于××

# 第六十六封信
# 瓦尔蒙子爵致梅特伊侯爵夫人

附上另外的两封信，我的好朋友，您读完了这封信，应该就能明白我是如何全力办您交代的事情了。那两封信的日期是今天，事实是昨天我看着他写好的。交给小姐的书信，当然也是按照我们的意思来的。看到您的举动所带来的效果，我只有敬佩，自叹弗如。唐斯尼现在已经心急如焚，只要随便给他点儿甜头，您就可以随意指使他了。只要那位小姐不做妨碍的事，那么等她到了乡下，事情就会按我们希望的方向发展。我现在有很多计划准备实施。这次让您出面，我变成唐斯尼的好朋友，接下来我就要让他变成亲王了。

唐斯尼骑士真是够稚嫩的了。相信您也无法相信，我劝他跟小姐的妈妈说要放弃那份爱，明明清楚这是个谎言难以说出口，他一直嚷嚷这是欺骗人家的行为。切！他心想拐走别人的女儿，还假装高尚，满口的仁义道德。男人就是这样啊！明明下流卑鄙，却还要标榜正直正义。

我们这位朋友在书信里难免有一些出格的言论，沃朗日夫人肯定会大吃一惊的，而您要做的就是让她镇定下来，千万别提隐修院这茬儿了，当然也要让她不再固执地要回小姐与她的唐斯尼之间的书信。首先，他是不会归还的，我认为也没有必要归还。那些信我都读过了，实在乏味得很，我根本读不下去啊。但那些信以后可能有用的，所以不能归还。

不管我们多么的小心翼翼，俗话说得好：纸包不住火，婚事会被我们弄吹的，是吧？那我们要报复热古尔的计划岂不是要泡汤了？而且，我这还有一笔账要找小姐的妈妈好好算，我要亲自来毁掉她女儿的名誉。我们只需将这么多的信好好筛选一下，部分公开出去，就足够让外人认为是那个丫头投怀送抱，主动要到别的男人的怀里去的。并且这里面有几封足够毁掉她妈妈的声誉，单说她教女无方，这一点就足够让人诟病。我明白，那时，我们这优柔寡断的年轻朋友一定很愤怒，但是，他既是箭靶，最终还是会乖乖就范的。这些事，大概就先发展到这个地步，我们有十足的把握赢得胜利的。当然，做事情一定要考虑到方方面面。

再会了，我的好朋友，一位大帅夫人的饭局，我没能拒绝掉，明天记得一定要来和我共进晚餐啊。

对了，有关我要去乡下的事情，千万不要透露给沃朗日夫人，这一点我想也不用我多说了吧。不然，她可能会改变原来的计划。她总不会在乡下待不下去第二天就回去。我可以向您保证，只需要一周的时间，我就能很好地实行我们的计划。

一七××年九月九日，于××

# 第六十七封信
# 杜维尔院长夫人致瓦尔蒙子爵

如您所愿，我已经没有再给您回信了，现在我的心里五味杂陈的，确实不适合回信。但是，我实在不想落人口实，不想留下可以让您对我抱怨的证据，所以才回信，我尽全力了。

我答应您可以给我来信，我记得我是这么说的吧？我承认，我是答应过您的。但是，您来提醒我这一点，难道是怕我出尔反尔，说话不算话吗？这个约定难道还有重申的必要？如果我不遵守约定的话，先生您还能看到我的信吗？包括这封信，您也已经收到我的三封回信。先生您用尽手段，逼我和您断绝书信来往，而我却一直想办法和您维持书信联系。维持这个联系方式的办法也只有一种，先生您如果不愿意接受的话，也完全可以证明您不珍惜这个通信关系，即便有一百种辩解的理由。

所以，请把我做的说的不好的自动抛却，消却您心中的不快，您的那种情感会让我觉得不悦甚至恐怖；先生您也应该能想象得到，那种情感只会造成我们之间的隔阂而让我们疏远彼此，甚至放下这种感情。难道先生您心中只存在这种情感吗？难道爱情真的可以替代友情，让友情无地容身？如果真的是这样，在我心中爱情又多了一个缺点了。如果您对一个朋友的情谊超过了友情，就是不想用友情来对待这位朋友，这也是缺点之一。先生，您有经历过吗？我坚信您是没有的。如果您让我相信您有这个缺点，我的确会感到十分难过和羞愧，这会让我想远离先生您，不愿再靠近您。

献上我对先生您的友谊之情，我竭尽所能，将我可以给您的一切都给予您。先生您还有什么要求吗？友情对于我们来说是件多么美好甜蜜的事情，尤其对于我来说是件多么令人愉悦快乐的事情。此时，只有等待先生您亲口许下诺言，而且我恳请您能许下承诺。我们的友谊是件令您感到幸福的事情，而能得到您的友谊，我感到非常的欣慰。过去别人的那些闲言闲语对我来说都是过去了，毫无影响。而我此刻需要的是先生对我上面所做的陈述表示赞同。

以上一片丹心，您完全是看得到的，这足够证明我对先生您的诚意，而是否能进一步发展我们的友谊，就要先生您来定夺了。我在这里先向您申明，如果您有一句言辞涉及男女的情情爱爱，那么我的一番赤诚之心将倒覆长河一去不返，这也会让我对您的惊恐之心重新燃起。而最糟糕的是，对于我来说，这就是一个永远不再理睬先生的信号。

如果真的像先生您说的那样，您已经知错就改了，那么您一定因有一位正直善良的女子做朋友而感到愉悦，这远远胜过于有一位道德败坏的夫人让您感到憎恨。再见了先生，上面阐述的十分明白，在没有得到先生您的回信前，我也没有其他的话可以说了。

一七××年九月九日，于××

# 第六十八封信
## 瓦尔蒙子爵致杜维尔院长夫人

亲爱的夫人，回复您寄来的信，我该怎么表达呢？我将我满腔的真挚情意奉献给您，却只收到了您的不屑和嫌弃。如此一来，我就不敢将我心中的真话告诉您了。但是，我内心对您的赤诚让我不会计较您的行为，我会勇敢地向前。我对我自己说，一次又一次地在心中叮嘱自己：即使不能与您厮守，也一定要照顾好您，不让自己遗憾。即使您一直不愿让我得到心中希望的那种幸福，我也一定要告诉您，我的心可以毫无愧疚地接受它。

就如您告诉我的，我已经重新做人了，但是让人叹息痛心的原因也就是这里！不然的话，现在我阅读您的信的心情一定是很开心的，回您的信也就不用这么战战兢兢了！您在您的信中用真心和我交谈，非常相信我，您还在信中赋予我您的友谊，真的是令人心中愉快、感激不尽！但是我却不能借机利用它，真是让人感觉非常遗憾！我怎么会变得和从前完全不一样了呢？

但是话又说回来，如果我自己的天性就没有改变，又如果，您给予我的就是非常平常令人愉悦的情感，而这种令人愉悦的情感非常浅薄，只是产生于肉体的交欢和挑逗调情罢了。这种愉悦的感情，在当下这个时代也被当作是爱。如果真的是我说的这种情况，一旦遇到了有利可图的情况，我就一定要抓紧利用它们。只要可以达到我的目标，我就可以不惜一切代价。如此一来，我就会劝您多说说真心话，来揣度您心中的想法。我就怕您不相信我，觉得我一早便做好了以后糊弄您的打算，我还会十分坦然地接受您的友谊，然后我再让它消失得无影无踪……这样的话，会怎么样呢？亲爱的夫人，我这样说有没有让您心惊胆战？就是这样的呀！如果我告诉您，仅仅是做您的朋友我就十分感激满足了，那么我刚刚所描述的一切就是我心中的真实目的！

您说的是谁，是我吗？我竟然愿意和别人共享您的情感？如果真的有这么一刻我告诉您这个情况，那么请您从那一时刻开始就不要将您的真心交给我了。因为从那一时刻开始，我将用尽一切手段欺骗您，也许我对您还有肉体上的依赖，但我肯定对您已经没有爱的那种情感了。

其实我也不是说，您那令人愉悦的真心，令人感觉温暖的信任还有那深刻深厚的友情都在我的心里没有任何价值。但是，爱！没有任何其他东西掺杂的爱，已经包括了我刚刚说的所有的感情，而且还使得这所有的感情更加有活力，这便是您在我心里种植下的并萌芽了的爱情。它与其他一些情感不同，这些情感不仅愿意享受灵魂深处的宁静与淡泊，而且愿意受到深深浅浅的比较，它也可以忍受亲近与疏远的偏差。亲爱的夫人，我是不愿意做您的友人的。我内心对您的爱情，是最深刻的感情，也是最热情的，但是这份爱情又是没有失去它那需要人敬畏尊重的本质的。对于这份爱情，您可以让它毫无希望但是却绝对不能让它消失殆尽。

我将充满了我对您的爱慕情感的这颗心献给您，您即使不愿意接受我的情意，但您也没资格随您的心意来摆弄我的情感！更甚的是，您连我爱慕您的愉悦，都不愿意赐予我。我真的无法理解，一个人的心怎么会狠到这种程度啊？这些幸福是我的，您不能也不可以支配摆布它们。我愿意用我的一切保护它们。这份爱情虽然是我一切痛苦的来源，但它同时也是我治疗伤痛的良药。

不可以，最后说一声，不可以。您可以狠下心继续不接受我的爱，但是您千万不要再去触碰它。您把您的快乐建立在我的痛苦上！算了，您还是按照您的心意来吧。可是，您可以尝试一下，看看能不能让我感到灰心丧气。如此一来，我还能让您不得不展示您内心的态度，处理我。也许，很久以后会有这么一个时刻，您会明白您的内心，给我一个公平合理的解释。我不奢求我一直的努力最终会感动您，但是，就算您不能真正地认清自己的内心，承认我的爱情，您也会明白，同时会自己责怪自己，承认您是误会我了。

就让我说得更加清晰明白一些吧，亲爱的夫人，您的魅力远远超过您的想象，能够与您相识却不起爱慕您的心思，起了爱慕您的心思却不能对您不离不弃，这些情况是不存在的。您为人谦虚令人仰慕，这些种种都使您的光环愈加耀眼。对于自己会令人起爱慕之情这一点，您应该是心中有数的。但是责备他人对您产生感情，于您而言，却是十分的方便啊。而我的话，只有一点让我自豪的就是我知道发现夫人的好并赞美它们。这一点，我是不会放弃的。夫人您赐予我的如果有别的目的，我是绝对不会同意的。我爱着夫人，这份情意不会改变，我再一次在夫人跟前重复这份心意。

一七××年九月十日，于××

# 第六十九封信
# 塞西尔·沃朗日致唐斯尼骑士

您问我在做什么事，我在做：永不停止地爱您，没有间断地哭泣。我的母亲现在不理我了，还将我的信纸、笔墨全都没收了。我现在手头只剩下一支铅笔了，那是我唯一的希望，我全靠它来给您写信，写在您寄给我的信纸上的空白之处。您做的所有事，我都会无条件地赞同并且支持您，我真的好爱您。不论用什么手段，我都愿意。只要能得到您最近的境况，并把我现在的状况传给您，让您知道。对于瓦尔蒙先生这人，我本是不喜欢，也不相信您有这样的朋友。但是，看在您的分儿上，我已经让自己接受他了，甚至告诉自己要喜欢他。我不知道究竟是谁背叛了我们，我所能想到的就只是告解神父以及我的侍女。对此，我感到十分痛苦，明天我就要去乡下，不知道什么时候会回来。天啊，我不能再看见您了！没有地方可以让我写了，再见。我写的字您可以认出来吧。虽然铅笔字很容易擦掉，但是刻在心里的情是永远不会被抹去的。

一七××年九月十日，于××

# 第七十封信
## 瓦尔蒙子爵致梅特伊侯爵夫人

我现在要严肃地警告您，当然，这也是我作为朋友表达我对您的忠心，我亲爱的友人。昨天，我被某某元帅的妻子邀请到家享用晚餐，这件事您是知晓的。大家在吃饭时谈到了您，当然，我也参与了其中的讨论，我列举了您的优点。但是这些优点都不是我真正认为的，相反，恰恰是我意识里您身上所没有的优点。昨天在座的所有人看起来都赞同我说的观点，谈到这里，整个谈话氛围慢慢地冷淡了下来。不过这也是正常的，只要我们在谈话的时候只谈了周围的人的好话，那么最终谈话的结果就会变成刚刚我所说的情况。但是，就在这时却站出了一个与大家意见都不相同的人，那个人就是普雷旺。

他站起来说道：“希望我真的能够认为，梅特伊夫人是一个贞洁烈妇。请容许我放开胆子说一句，我个人认为梅特伊夫人之所以会拥有这个荣誉，并不是因为她那各种原则，反而是因为她本性十分地轻佻。或许，得到她的青睐并不困难，只是追寻她的踪迹，抓住她的心比较困难而已。其实在让一个女人喜欢您的过程中不免会碰到其他的女人，在将梅特伊夫人和那些女人的种种相比较后，您会发现那些女人不一定比梅特伊夫人差，还有可能会比她更胜三分。那么在这种情况下，有的追逐者就会因为喜新厌旧而朝三暮四，而有的追逐者则是因为路途漫长没有追下去的毅力导致中途放弃。这位夫人，也许是整个巴黎到现在为止最不需要提防的一个人。”然后，在在场的多名女士的浅笑的鼓励下，他又说了一句：“而对于我来说，如果我骑死了六匹马去向梅特伊夫人求欢而她却还不能答应，那么我才会相信她真的守身如玉。”

不过话又说回来，他的笑话虽然十分低俗，但和其他以损毁他人名誉为主要目的的笑话一样，他这个笑话非常成功。普雷旺在哄笑声中回到座位。这样一来，大家的话题也改变了方向。但是，我们的这位行事大胆的朋友的身边是两位贝某某伯爵夫人，她们和他在私下悄悄地交谈。而我离他们不远，有幸听到了他们的谈话内容。

原来，他受到了他人的怂恿，他要去勾引您得到您的心。并且他还许下承诺，一旦成功，就在事成后将中间所有的细节过程公开宣扬。在这场风花雪月的韵事中他答应的所有诺言，还有事成后全部公开的承诺，想来他一定会像对神明起誓一般全部遵守！好了，我也已经提醒您要提高警惕，注意周围的动静。正所谓古语有云：知己知彼，百战不殆。唉，这些话就不说了，想必您心里都懂得。

最后还要和您说的事情是，普雷旺这个人，您对他的了解不多。他是一位非常惹人喜爱的家伙，有着许多十分高明的手段。倘若，您在过去听到我说了好几次他的坏话，那都是因为我实在是非常讨厌他，故意贬低他所得到的成就。同时也有另外一个原因，我明白我说的话对这里三十多个最爱出风头的夫人都能起到一些作用。

是的，为了阻挡他在我们所谓的大舞台上露面，我用的这一招屡试不爽。他立下了许多赫赫有名的功劳，却没有得到相应的赫赫名声。但是在他的一箭三雕的战役闻名遐迩之后，人人对他刮目相看。如此一来，他就拥有了以前所一直没有的自信。从那以后，他就真正成了一个令人害怕的人物了。说实话，在这么多人中，他是唯一一个我害怕正面交锋的人。如果您能在他勾引您的时候让他出丑，这对您自己，不用说那肯定有大大的好处的，同时也帮我解决了一个大问题。我可把这个人交给您了，我想等我回到巴黎时，这个人应该已经声名狼藉了吧！

同样的，您来我往，我保证可以完美完成您的事情，我肯定会好好地照看他，就像照顾我的那位情人。

我的那位情人刚刚将一份她写的降书草案寄给我。整封信中字里行间都透露着一个信息：她十分相信我，并自愿被骗。她渴望我能成为她的友人。别人不会教我更加容易被人接受、更加实用的方法了。但是对于我来说，就是热爱用新的方法，偏好走小路。我不愿意让她这么容易地通过我这关，如果到头来，这一次风花雪月的事情变得非常普通平淡，我又何必花这么多心思在她身上，耗费我那么多心血呢？

我现下伟大的计谋与之恰好相反，以后每一次一旦我牺牲自己的某样东西，我就要让她深刻地体会到，她所要付出的巨大代价和她所不能想象到的深远后果。而且，我不愿她太快进入我的陷阱，省得她日后回想起来连后悔的机会都不存在。我要把她的贞操品德慢慢地用小火煮着，让她求生不得求死不能，让她的心中永远都有这饱含屈辱性的场景。我要使她，再也不能掩饰她内心对我的渴望时，再得到我，享受和我在一起的快乐时光。说实话，如果她不用向我开口，向我求饶就能与我在一起，那我不是显得非常廉价？像她这么一位清高自傲的女子承认自己非常爱我，爱得刻骨铭心，但是她对这种情感却感觉非常羞愧。我这样小小的报复，又怎么会显得过分呢？

所以我拒绝接受她那所谓的珍贵的友谊，我始终没有放弃我作为情人这一身份。其实情人这个称号，我心中对它的定义十分清楚。乍一看，我好像只是为了维护我的自尊心，争面子而已，但在实际上却有着非常重要的意义，我无论怎样都会得到这个头衔。因此，在写信的过程中，我很是用了一些心机，我想方设法地使自己呈现出一种为情所困，以致说话颠三倒四的状态，我想也只有这样子的状态才能使那个女子明白我心中的情意。回信中，我说话不颠三倒四，不胡乱说话就不能表达我心中对她情感。所以，我觉得就是因为这样，女人写的情书总是要比男子写的要美妙得多。

最后，在信的结尾，我对她甜言蜜语，使她被情话蒙蔽，不知所措。但是我这样做，也是经过透彻的思考观察后所产生的一系列行动。

女人们的内心受到一次次忐忑的挑逗戏弄之后，也是需要休息的。我观察到，只要是女人，一些甜言蜜语就相当于赐予她们一个非常温暖舒适的枕头。

再会吧，我香艳的朋友。明天我就会离开巴黎，如果您有什么旨意需要我传达给某某伯爵夫人，那么请您告诉我。经过她家的时候，我会在她家休息，最少也会与她一起吃午餐。但是在离开巴黎以前没能与您见上一面，这是何等的遗憾啊，所以我现在恭敬的等候您的指示。而且请您在这个非常关键的时候不要吝啬于您对我的教导，这些教导对我将有非常大的帮助。

您千万要小心普雷旺，不要忘记注意他，千万千万。还有您的付出，容许我以后对您回报，再会。

一七××年九月十一日，于××

# 第七十一封信
## 瓦尔蒙子爵致梅特伊侯爵夫人

我的那个脑子里装满糨糊的小跟班，竟然把我的公文包留在巴黎了！我的那位可人儿的信、唐斯尼和沃朗日小姑娘他们两人的信也全部留在了巴黎，这是对我来说非常重要的信。现在那个小跟班就已经前往巴黎了，去处理自己犯下的错误。趁他现在正在准备的片刻工夫，我来告诉您一个故事，发生在昨晚。我告诉您这个事就是为了让您相信，我见缝插针，片刻的时间也不愿浪费啊！

这次寻花问柳的事儿其实也没有什么新鲜的，只不过是我的老情人某某伯爵夫人重新温习一番老交情①。让我感觉非常有意思的是，这个事件每一处的小细节。对于这次的事情我感到非常自豪，也可以让您瞧瞧，我虽然擅长于破坏女人的名节，然而，只要我愿意，我在维护女人名节方面的能力也是极好的。我所要做的事情，如果不是最令人为难的，那肯定就是最令人感兴趣的。并且，我也不会阻止自己去做一些好事，但前提是我能够获得快乐。

我在这儿遇到了子爵夫人，大家都哀求我一定要留下，在城堡里面过夜，子爵夫人也一直在边上应和着。然后我就

① “重温一番老交情”：也是放荡派术语，指与已无爱情的旧相好寻欢。这是当时新生代情色味的词汇，伏尔泰、狄德罗等人也都使用过。

告诉她，我可以在这里睡觉，但是有一点您必须答应我，那就是我要和您一起过夜。她回答说：这是不可能的，弗雷萨克也在这里哦。之前她没有拒绝我的时候，我也就嘴上说说而已，不外乎为了表达我对她的恭维。但现在她拒绝我的话中那三个字“不可能”让我的心里十分不舒服，我向来是这种性格。要我心甘情愿地让给弗雷萨克，我感觉十分没面子。于是我决定不收手，执意要与子爵夫人一起过夜。

那个时候，形势对我来说不是有利的。那个弗雷萨克呆头呆脑的，他已经使子爵起了疑心，导致子爵夫人已经没有办法回他在家中做客了。于是大家就商量谋划，既然来到了伯爵夫人的家里，就要想点办法享受几次一夜情。子爵在这个时候发现弗雷萨克竟然也在，不是很高兴的样子。但是他爱好狩猎，他的狩猎心胜过了嫉妒的心理。所以，他便本着既来之则安之的心理待在这里。至于伯爵夫人，她一直从未改变过，她总是让女客人睡在主要走廊两边的客房，然后再把女客人的丈夫与情人分别安排在客房的左右两边，随便他们怎么安排协商。这次碰到的两名男士的运气不太好，恰好遇到了我睡在了她对门的房间。

就在那一天，我的意思是昨天，其实不用我说您也明白，弗雷萨克对着子爵溜须拍马，十分殷勤。即使他自己不喜欢狩猎，他也一直陪着。弗雷萨克打算着躲进子爵夫人的怀中以弥补自己整个白天陪伴子爵的无趣。然而我心中想着弗雷萨克也是要休憩的，于是我说服他的相好，给予他一些时间养精蓄锐。

我成功了。她决定在狩猎这个事情上做些文章，与他大吵一架。弗雷萨克同意与子爵一起去狩猎，不用说别人也能够明白，他的目标只是子爵夫人而已。显而易见的是，没有比她这个借口更蹩脚了。毫不讲理地发脾气，并且发脾气的理由越站不住脚，她的脾气越不容易消。不过，这本来就是女人拥有的本领，但是我觉得没有一个女人能够与伯爵夫人相媲美。总而言之，那个关键的时刻也不是解说的时候，我既然只求一夜的风流快活，所以答应到了第二天她便可以与弗雷萨克握手言和。

弗雷萨克回到城堡时，子爵夫人沉着脸。弗雷萨克刚刚想要询问她发生了什么事，可是子爵夫人根本不给他解决问题的机会，只是一味地发脾气。弗雷萨克急急地为自己辩解，她就用自己丈夫在场作为借口，打断了两个人的谈话。后来他在她丈夫离开的时候告诉她，让她给他机会夜里和她说清楚。这下可好，子爵夫人的表演令人赞叹不已。她陡然变了脸色，大声谴责某一些男人的过分行为：他们在受到女人的优待宽容时，就算女人受到了委屈，也还认为自己还有机会能够更进一步。后来子爵夫人用十分厉害的办法转移了话题，开始对情感和体贴之心之类的话题侃侃而谈，谈得十分有理，令人信服，使得弗雷萨克瞠目结舌、不知所措，到最后就连我也都觉得她说得很有道理。但是您懂的，我与他们两个都是很好的朋友，所以，在言语来往上，我自然是处于中立的地位。

最终她决然宣布，她不乐意使弗雷萨克那经历了狩猎辛苦的身体再去经受爱的洗礼，并且她为使他失去享有甜美的趣味而感到愧疚等等。这个时候，子爵夫人的丈夫也已经返程回来，弗雷萨克灰心丧气却不方便反驳，便转向与我说话。他花了好长时间告诉我整件事情发生的缘由，但他不清楚的是其实我是知道事情的来龙去脉。后来，他又求我和子爵夫人说说他的事，我也应下了他的请求。虽然我后来真的和她说了话，但只是感谢她，而且还与她商量约会的时间，怎么个约法等等。

她告诉我她住在她的夫君和她的相好之间，如果约弗雷萨克去自己那里，自己前往他的卧室都会方便安全得多。同样的和我约会也是一样的，我住在她对门，她也觉得来到我的房间会比较稳妥一些。于是我们商量只要她的贴身女仆一离开，她就会前往我的卧室。我需要做的只是不锁上房门。

事情按部就班地进行着，她在凌晨一点的时候来到了我的卧室。正是应了一句话：

一袭轻纱美人来，两目惺忪只半开。

这一个夜晚的种种细节我就不详细说明了，我不喜欢自己夸奖自己，我的能力到底怎么样，您也是明白的，并且我觉得这一次我的表现十分不错。

故事说到这里天已经快要亮了，我与子爵夫人也不得不分手了。然而故事也是迎来了高潮。夫人迷迷糊糊认为自己的卧室门是没有锁上的，等到我们回去时才发现门不仅仅关上了，钥匙还落在了房间里面。子爵夫人看到这种情况与我说："啊啊，这下糟了！"她说这句话的时候脸上那种手足无措的神色您是无法想象出来的！如果在这种情况下我抛下她不管，事情一定会非常有趣，毋庸置疑的。但是，我还没有做什么的时候，那女人就失去了她的名节，这让我不能忍受。我怎么能像一般的俗人那样，在这种危急情况之下束手无策呢？我必须得想个办法。如果是您，您会怎么做呢？我香艳的朋友。我的做法是这样的，并且我的做法取得了成功。

我立刻意识到，只要不发出非常大的响声，房门还是可以被撞开的。我花了好大的工夫才使子爵夫人答应用我的办法。只要她骇人地尖叫几声，就好像有小偷啦杀人啦之类的。我们俩约定好，只要她一尖叫，我就撞开门，然后她立马跑上床。不过告诉您，您也可能不相信，即使她答应了我的办法，可还要花很长的时间才下定决心。最后她大叫了一声，我踹开了房间门。

让人高兴的是，子爵夫人没有浪费时间，子爵与弗雷萨克因为听到了声音跑到走廊上，与此同时，子爵夫人的贴身女仆也立马跑到了她主人的卧室中。

这么多人里面只有我一个人是镇静的，所以我有机会神不知鬼不觉地把点燃了的长明灯熄灭并将它打翻到地上。不然的话，在房间这么亮的情况下子爵夫人却一副受惊吓的样子，显得十分可笑！于是我斥责了睡在子爵夫人房间两边的夫君与相好，骂他们两个人怎么会睡得这么死。我还和他们说，从我听到夫人的叫声去撞门，已经闹了不下五分钟了。

子爵夫人回到床上之后，胆子就变得很大，装得很像那么回事地与我一唱一和，手舞足蹈地说她的卧室里有一个小偷，并且还夸夸其谈，十分确定地说她从小到大没有被惊吓到这个地步。大家伙四处巡逻查看，却没有发现什么可疑的地方，也没有发现子爵夫人所说的那个贼。我把被我打翻在地上的那个长明灯指给大家看，给出一个解释说，很有可能是一只老鼠惹的祸①，致使子爵夫人受到了惊吓。大家看起来都非常赞同我的看法，后来，在大家说了一段时间和老鼠有关的笑话后，子爵就先于其他人回房睡觉了，并且他还祈

---

① 在西方文化传统中老鼠是阳具的对等物；猫，尤其是雌猫则暗指女性性器。

祷他的妻子以后碰见的老鼠不再像今天这只一样不安分。

弗雷萨克一个人留下来与我们待在了一起。然后他走到子爵夫人的床边，含情脉脉地说，这肯定是昨晚您与我闹脾气使风月之神生了气，惩罚了您。子爵夫人看了看我之后说："我现在非常累，只想能够睡一觉。"

我突然良心发现，就在我离开之前对子爵夫人说了弗雷萨克的好话，于是他们两人和好了。这两个人相互亲了一下，并且也亲了我。当然，子爵夫人的吻我已经不怎么在意了，倒是弗雷萨克的吻却让我感觉很满足。后来他与我一起出来时，对我千谢万谢，而我也接受了他的感谢，然后才回房间。

再会了，我那个糊涂的跟班已经等了我一个小时了，我只剩下一丁点儿亲吻您的时间了。再次叮嘱您一定要小心那个普雷旺。

一七××年九月十三日，于××城堡

# 第七十二封信
## 唐斯尼骑士致塞西尔·沃朗日
### （九月十四日方送到收件人手中）

唉，亲爱的塞西尔啊！我真的非常羡慕瓦尔蒙先生那极好的运气，他明天就可以遇见您呢。这封信件就是他转达给您的，但是我呢，距离您是那么遥远，只能一个人思念着您，苟延残喘地生活着，在惆怅与伤心中徘徊。亲爱的友人，我温柔可爱的友人啊，我真的非常痛苦，请您怜惜怜惜我吧！特别是由于您与我一样沉浸在痛苦中，但是我却更应该得到您的怜惜。再这么眼睁睁地看着您难过，我就没有任何勇气坚持下去了。

使您那么痛苦的人是我，我内心觉得非常抱歉。如果不是我，您现在一定过得很舒适，生活无忧。您愿意原谅我吗？哎，请您一定要告诉我，您不愿和我计较，您已经原谅了我。我也想要您对我说，您爱我，说您会一直一直爱我，不会改变。我内心渴望您能这样一遍一遍地对我说。这不是表示我对您有什么怀疑的地方，只是我认为，就是因为我十分相信您，所以这些话听起来也更加的甜蜜，令人心动。您是爱我的，对吧？肯定是这样的，您用您全部的身心爱着我。这些是您最后一次在我耳边说的话，我没有办法忘记它们。您的这一句话是多么地深入我的心扉啊，我的内心又是以多么热情的姿态接受了这句话啊！我的内心在回应您的话时又是多么地开心愉快啊！

哎，那个时候，我们都沉浸在满满的幸福中无法自拔，却没想到灾难就在通往幸福的路上等着我们，它那尖尖的獠牙刺破了我们的美梦，并用它深红的喉咙吞噬了我们的幸福。我亲爱的塞西尔，让我们找点法子来减轻我们所承受的痛苦吧。我坦诚地相信瓦尔蒙先生，请您也这样做吧，请相信他，他的为人是可以让我们这样对他的。

不过您看起来不怎么喜欢他，说真的，这让我感觉有些难受。我能够感受出来，您的母亲不喜欢他，不接纳他，您母亲的行为也影响了您。我自然不会违背她的看法，在很长一段时间内远离了他，与他越走越远。其实，瓦尔蒙先生这个人十分好相处，为人可亲。今天他为了解决我的困难，竭尽全力地帮助我。您的母亲不愿让我们两个人在一起，但是他却千方百计想要我们好啊。求求您了，我亲爱的宝贝，请您把他看得重一点。您思考一下，他是我的友人，他也渴望成为您的友人。也许，在不久的将来，他也会成为您的朋友，他帮助我与您相见，重温幸福的味道。如果说了那么多道理还是不能改变您的心意，我亲爱的塞西尔啊，这样便说明您爱我并不像我爱您那么深刻，您爱我也不像过去您爱我那么深刻。唉，如果您真的像我想象的那样不怎么爱我了……不能那样，我亲爱的塞西尔的心是我的，这一生都是我的。虽然不受众人祝福的爱，不幸运的爱，是非常令人痛苦的。我心中有一些担心，有一点害怕，不过我想只要我一直爱下去，坚持这份爱情，永不变心，那么我总可以避免受到因为移情别恋而导致的相互折磨。

再会了，我可人的友人。请记得，我生活在痛苦中，受着痛苦的折磨，能够让我感到全身心愉悦的就只有您了。请您用心倾听我内心的语言，接受我非常非常温柔的爱之吻。

一七××年九月十一日，于巴黎

# 第七十三封信
## 瓦尔蒙子爵致塞西尔·沃朗日
（附在前信内）

我作为您的朋友，很乐意帮您做事。我知道您现在没有写信的工具，无法完成一封信，所以我已经都为您准备好了。您现在所住的房子，位于前厅的靠左的大柜子，里面有我为您准备的纸、笔、墨水，您可以随便使用。若是您用完了，我可以再提供给您。如果您没有更加稳妥的地方安置它们，那您就暂且把它们放在这边吧。

在有人的地方，若是我表现出不在意您的表情，把您看作是一个小孩子，您不要生气，我这样做是为了不让人怀疑，是不得已的事。只有这样，才能做起事来事半功倍，给我的好友与您创造快乐。如果他有话想和您说，或者想要给您东西，我会给你们制造机会的。若是您能够积极地配合我，就更容易办到了。

请您把您接到的信件都退回去，减少您露馅儿的概率，降低您的危险。

最后，放心吧！只要您信任他，虽然您的母亲狠心将你们陷于痛苦之中，我也会尽力帮助你们的。您知道的，你们两个，一个是我要好的朋友，一个是令人怜悯的苦情人。

一七××年九月十四日，于××城堡

## 第七十四封信
## 梅特伊侯爵夫人致瓦尔蒙子爵

唉，我亲爱的友人，您是从什么时候变得如此草木皆兵了呢？这个普雷旺真的是令人闻风丧胆的人吗？这个情场高手我经常遇见他，但是从来没有真正地打量过他。看看我，我是多么矜持自重啊！如果不是您写了这封信告诉我，我还真的不知道曾经与这种人相遇过呢。不过，为了弥补我以前的疏忽，我好好地打量了他。我在歌剧院里见到了他，他就坐在我的正对面，我仔仔细细地将他看了一遍。他长得十分俊俏，仪表堂堂。如果凑近了仔细看，他的五官应该更耐看。您告诉我说，他要追我！其他的都不用多说，他肯定会在我的脸上增加些光彩的，为了得到我的青睐。有一点很值得说，我的心有些蠢蠢欲动了。就这样和您提前说了吧，我刚刚在影剧院的时候已经抛砖引玉了。不知道能不能成功，结果还没有出来。

歌剧院散场后，他离我两步远的地方，和我一起站在了出口。于是，我扬起声音与某某侯爵的夫人一起约定，约好星期五晚上到元帅夫人家一起吃晚餐。我想要与他相遇，也只能在这位夫人家。我觉得我与那位夫人的约定他肯定是听见了，毋庸置疑的。但是，要是这没良心的混蛋不去怎么办？您说说看，他到底会不会去？您知道不，如果他不去的话，我在那里整个晚上都会如坐针毡！您看看，要捕捉我其实也很简单嘛！而且以后他还会发现想要得到我的青睐更加简单，听到这些您有没有感到很惊讶？他放下话说要骑死六匹马来把我追到手，哈哈，但是我要帮他省下那六匹马的生命。我怎么可能耐心等他这么久呢？我的性子您是明白的，我坚持的原则是绝不为情所困，我决定一定要得到他了。

哈哈，其实您应该赞同这一点的，也就是您懂我的心理是一件十分有趣的事吧。您那十分严肃的告诫现在十分受欢迎啊！不过这也是没有办法的事，只能怪我太久没有找乐子了。我已经累计超过六个星期安安分分地待着，不寻他人开心了。这等送到嘴边的肥肉，我又怎么能忍住不吃呢？更有意思的是，这个普雷旺值得我花费一些心思去逗他。还有比他更加合适的吗？我说的合适的意思，您爱怎么理解就怎么理解吧。

就算是您自己也情不自禁地为他说了一句好话，您评价他时可不仅仅是赞赏，还有一些嫉妒吧。好了，就让我来评价你们两个谁高谁低吧，不过在这之前，我需要做的是先去了解了解普雷旺这个人，像我这样的审判官是不会徇私的。对于你们两个人，我用的是同一杆天平。您作为甲方，您的文件已经全部齐全了，您的案件我初步审判已经结束了，而我现在正在着手调查乙方，您有没有觉得很公平？您就按照我的安排先去好好地做事吧。好了，就先从这儿开始聊吧，他所做的一箭三雕的风流事儿到底是什么情况？听您说话的口气，似乎整个世界都知道，但其实我什么都不清楚。这件事很明显是我前往日内瓦的那段时间发生的，但却因为您嫉妒普雷旺，不愿意见到他的发展，因此写给我的信中没有写这件事的只言片语。知错要改，您要记得：只要是和他有关系的事情都和我有关系。我隐隐约约记得，在我回到这里后，我周围的人还在谈论这件事。但是，当时我有其他事情要忙，所以没有注意。

不过，即使现在我要让您做一些您不愿意做的事情，您也要去做，这是您应该帮我做的，这是我在有关您的事情上花费了心血所应得的最基本的回报！看看您自己做的这些蠢事，您被那位院长夫人拒绝到千里之外都还是我费尽心思帮您布置，才会让您有机会再次接近她。还有那位沃朗日夫人，她对您是满腔的恨意，而现在她自己送上门来，让您惩罚她，也还是靠我的帮忙嘛！如今，这两名女子都被您收入掌心，您可以随心处置，您也可以左手给她一个甜枣，右手给她一个巴掌。您一人享受两种感觉，这是多么幸福的事情啊！

就连您和那位伯爵夫人的一夜情，也都是因为我的缘故才能享受到的。您办的这件事情让我十分满意。然而，就如您自己说的那样，这些事最终是要被传播出去。在我看来，您现在对这些事情闭口不提，是受形势的胁迫。此外，您需要赞同的是，这名女子没有被人尊重的价值。

在此说一下，对于她，我的心中还有一股恶气没有出呢，主要是关于她的长相，贝尔洛施骑士对她的评价已经超出了我能容忍的范围。我还有更多充分的理由与她绝交。现在我正好可以借着这个理由与她绝交，实在是太符合我的心意啦，我能说："这样的女人，谁要和她交朋友！"

再会啦，亲爱的子爵，不要忘记眼前的天时地利，春宵一刻值千金哦！而我这里也要好好抓住机会，去给和普雷旺的幸福打基础去。

一七××年九月十五日，于巴黎

# 第七十五封信
## 塞西尔·沃朗日致索菲·卡尔奈[1]

我敢保证，他这人非常特别。我的母亲一直说他不好，但是唐斯尼骑士对他评价却很高，而我相信唐斯尼的话，像他这样机灵的人，我从来不曾见过。当时所有人都在场，他竟大胆地将唐斯尼的信件转交到我的手上。奇怪的是，居然没有人注意到这件事。老实说，那时我可被吓蒙了，先前我可是一点消息都没得到。如今，我心里已经有主意了。我很清楚，该如何将回信转交于他。要想明白他的意思也很简单，只要注意他的眼神就行了！我无法说清楚他是如何办到的，我记得以前给您的一封短信里说起过，他不会在我母亲眼前注意我，确实，他看上去无视我。但是，每次我想碰上他的眼神，我总能和他交汇上。

我还见到了一位我母亲的朋友，以前我从未见过，瓦尔蒙先生一直在讨好她，但是她看上去并不喜欢他。我担心他不喜欢这种生活，想要回巴黎去。如果是这样的话，情况就不好了。他专门过来帮助我和他的好友，心肠一定很好！我很想感谢一下他，却不能和他说上话。若是真有这个机会，我也会因为紧张，说不出任何话来。

---

① 本封信中，塞西尔所述的相关事件，读者已在第五十九封信及后续的几封信中知道了；本信只对她自身相关部分的细节进行大致描述，所以译者将重复部分予以删除，仅将关于瓦尔蒙的部分摘录。

说到爱情，我只能在梅特伊夫人那里畅所欲言。虽然我什么话都会和您说，但若要面对面和您说话，我还是害羞呢。我有点害怕和唐斯尼说话，所以不会把自己的心里话全都和他说。如今，我后悔了，每一次和他说话的机会，我都应该把握住的，我一定会对他说，我很爱他。瓦尔蒙先生向他保证过的，只要我听从安排，我们就有机会见面的。对于他的要求，我是非常乐意的。可是，我实在想不出，我们怎么有再见面的机会呢。

再见了，我的朋友，纸写不下了①。

一七××年九月十四日，于××城堡

---

① 读者从后面的信中读到，沃朗日小姐不久就要换一个人倾吐心事。所以本书信就不再收录她给隐修院好友索菲·卡尔奈的信了。

# 第七十六封信
## 瓦尔蒙子爵致梅特伊侯爵夫人

我真的不懂，您在信中写的都是开玩笑吗？或者在您写这封信的时候，精神有点儿异常。我亲爱的朋友，要不是我很了解您，我可真的要被吓到了。因而，不管您说什么，我都不会轻易被吓到的。

一遍遍重读这封信之后，我还是猜不透您想表达的意思。您到底想说什么呢？

对于一个微不足道的敌人，何需动这么多心思？倘若真这么想，那么您可是真的错了。普雷旺这个人，的确很吸引人，而且超出您的想象。他有个本事，能让人们大谈特谈他的爱情。只要一有机会，他总能巧妙地把大家引到他的爱情话题里。很少有女士不被他糊弄，沉默不语的。因为女人往往自以为聪明，不会放过卖弄自己聪明才学的机会的。您能想到，不久之后，这个和他讨论爱情事宜的女人，立马就会坠入他编织的情网。就算不是这么回事，她也会表现得像是个陷入热恋的少女一样。他的手法，可真是炉火纯青了。更厉害的是，他总能让那些失守的女人现身说法。跟您说的这些，都是我目睹的。

本来我跟普雷旺的交情不深，我所知道的这些，也都是从别人那边听来的。但是有一次，连同我在内共有六个听众，某某伯爵夫人对我们叙述了她如何向普雷旺认输，以及他们之间发生的事，讲得很详细，侃侃而谈，我们不时发出笑声。

她神态自若，郑重其事地讲着，甚至不介意让我们向普雷旺核实。

于是我相信，他对于每个人而言都是危险的。侯爵夫人，这人长得俊美，这难道还不够危险吗？您因为他向您发起的完美的进攻，所以想要犒赏他，要不您还会找个别的什么理由，觉得为他弃守是值得的。一个女人被感情控制，常常冒出一些奇怪的想法。现在您已经知道这样做的危险，我相信您知道该怎么处理。现在，让我们回到上个话题，您到底想说什么？

如果仅仅是想把普雷旺嘲笑一番，那您写得也太长了，何况对我也是白说。何不在大庭广众之下让他出丑？我再次就这点恳求您。

啊！我想我知道答案了！您在信中说的事，不是预言自己要做什么。您是在安排让他出丑吧？让他以为他要去您那边做那样的事。对于这个计划，我十分赞同，但您做得要谨慎点。因为在外人看来，钓一个男人上钩和接受他的追求是没什么区别的。何况像普雷旺这种人，只要在表面占了便宜，他就会大肆宣扬。恶人会装作相信他的样子，而一些蠢蛋就相信他的话。到时候您要怎么对待？我不是怀疑您手段不够高明，而是一般溺水的都是善于游泳的人哪。

我不认为我会比谁笨！我能举出上千个败坏妇人的方法，可是要我找出让她们逃出毒手的方法，我一个都想不到。我美丽的朋友啊，虽然您做得都很高明，但是我觉得如果您靠的是运气，那是不可靠的。

我费尽心思地思考了半天，说不定都是徒劳无功的。这其实是您向我开的一个玩笑，是吧？然后您就要笑我了。现在我们换个话题，换话题？不过也是老话题，无非是怎么把女人骗到手，或者怎么败坏她的名声。其实两者可以一起使用。

只要您要求我去做，在这两方面我都能够有所建树。不过二者难易程度不同，显然，复仇比爱情来得快。沃朗日家的小丫头，可是落入我手了，这我能拍胸脯保证。不过还缺少时机，我会设法制造机会的。不过，杜维尔夫人这女人我实在搞不懂，真令人郁闷。她爱我的证据是显而易见的，她不爱我的理由也是千真万确的。说实话，我真有点儿担心降服不了她。我回城堡后，看见她的第一个反应，倒让我希望大增。不用说您也知道，这是我有意为之，就是要来看一看她的反应。我回去的时间是对大家保密的，同时计算好在大家用餐的时候到达。结果真如我预料的一样，我像天神一样，突然从天而降。

我进门的时候，故意弄出很大的声响，结果所有的目光都聚集在了我的身上。姑妈是一脸笑容，沃朗日夫人显得有点儿生气，她女儿却尴尬地露出了笑容。而我的那位美人，背对着门坐着，连头也没抬地切着菜。我像罗斯蒙德夫人打着招呼，那位虔诚而敏感的女信徒在我开口说话的时候注意到了我，不禁叫起来。我从她的声音听出来，爱情的成分多于惊讶和惊恐。这时我已经足够近，能看到她的脸，她脸上各种复杂的表情跃然纸上。我在她身旁坐下，她已经完全不知所措，无法淡然吃饭了。过了一刻钟之后，她局促不堪，想不出更好的办法，只好借口要去花园透透气。沃朗日夫人本想陪她去，却遭到了我这位柔情脉脉的淑女的婉言拒绝。想必她想一个人待一会儿，去释放她的喜悦。

我尽量地缩短用餐时间。在尾餐还没上的时候，像恶魔般的沃朗日夫人立即站了起来，迫不及待地要去寻找那位身体不适的美人，显然是想中伤我。我知道她要做什么，岂能容她得逞，于是也站起来。我们俩的动作影响了沃朗日小姑娘和本堂神甫，桌上竟然只剩下罗斯蒙德夫人和年老的戴姓采邑骑士两人，于是他们也毅然离席。我们大伙全都去找那位美人了，在靠近城堡的小树林里找到了她。因为她需要的是独处，不是散步，所以最后她和大伙一起回来了。

当我确定沃朗日夫人没有机会单独和她谈话，我就动脑筋去执行您交代的事情，留心着小姑娘。喝完咖啡之后，我立即回到房间，又到其他人那里转了一圈，然后安排好了怎样和小姑娘通信。做了这一件好事之后，我给她留了个便签，告诉了她一些情况，要求她信任我。我回到客厅后，看到我那美人正躺在长椅上。

眼前的景色勾起了我心底的欲念，我的眼睛开始发光，我的眼里满是温情和殷切的期待，为了发挥我目光的作用，我选好座位，效果立即呈现。这位淑女立刻垂下了她的眼睛，我便从容地打量了她的全身。我透过她单薄的衣服，饶有趣味地观察着她身体的轮廓。我那漂亮的美人本来温柔地注视着我，四目对望之后，又很快垂下去。而我，为了让她的目光再次降临，便去注视别的东西。于是在我们之间建立了一种默契，这是腼腆的爱情定下的第一个条约。这样双方就能交替地注视着对方，直到视线的融合。

我相信我的美人正沉溺在这种新鲜的乐趣中，所以我有责任保护着我们暂时的秘密。我确定了大家正在热烈地谈话，他们的注意力不会转移到我们身上，于是我试着去激发她袒露心声。为了达到这个目的，我先是一连几度不经意逮住她的视线，但态度十分含蓄。为了让她自然点儿，我也表现出跟她一样的尴尬，我们四目相遇的次数多了起来，慢慢地，时间也长了起来，终于不再回避了。只见她露出温柔甜蜜的眼神，这是充满爱意和欲望的眼神。只是片刻之后，她又恢复到之前的理智，显出羞愧的样子来，正襟危坐。

为了表明我不知道她内心情感的变化，我猛然站了起来，一脸惊讶地询问她是不是身体不适。大家都聚集过来，我让他们从我眼前经过。沃朗日小妮子正在窗下织绣，她离开绷架要花些时间，我就看准这个机会把唐斯尼的信交给她。我在离她有段距离的时候，把信扔在了她腿上。她惊慌地不知道该怎么做，窘迫的样子实在惹人发笑。但是我忍住了，因为怕她笨手笨脚的会暴露我们。我做了一个手势，以确保她把信安全放入口袋中。

下面的事儿也没什么意思了，就先到这里吧。以后再告诉您感兴趣的事，关于被您监护的人的事情。但是，最重要的是把时间用在实现计划上面。我已经写到第八页了，也有些疲倦了，所以，再见吧！

不用我再说，您也应该能想到，沃朗日小妮子已经给唐斯尼回了信，我也收到了我那美人给我的信。我第二天也给她回了信。我把这两封信寄给您，读不读都随您，都是些常见的语调，连我都觉得无趣，对局外人而言就更加无趣了吧。

再次说声再见。我始终爱着您，要是您下次再讲起普雷旺的事，拜托您写得更明白些吧。

一七××年九月十七日，于××城堡

# 第七十七封信
## 瓦尔蒙子爵致杜维尔院长夫人

夫人，您怎么舍得逃避我的爱情？我对您的百般体贴，居然只换来您这样的态度？即使对待一个您最恨的人，也不该有这样的态度吧？爱情带我到您的面前，而我又很幸运地坐在了您的身边。但您怎么不惜装作身体不适，从我身旁离开？昨天，您多少次避开我的目光？虽然有那么一瞬间，您的目光没有了平日的严厉。您似乎是不想让我享受获得您片刻眷顾的快乐，而是想让我陷入短暂得到后的痛苦之中。

您这样对人，既不能被爱情容忍，也不能被友情容忍。您是明白的，爱情赋予了我生命的活力，至于友谊，我似乎觉得可以相信，您并不拒绝。您已经将友谊这种珍贵的情感给了我，可见您认为我受之无愧。现在我又做错了什么，让我又失去了它？是我对您的信任害了自己吗？您这样做，一点儿都不怕自己有嫌疑吗？见到人家坦白，反而借机处置人吗？难道我向好友倾诉是不应该的吗？我觉得我不得不拒绝她的一些条件。换作其他人，我本应该接受的。其实接受了我也可以不用遵守，或者用其谋取些利益。您对我这样严厉的态度，是想让我相信，只有欺骗您才能得到您的宽容吗？

我一点儿都不为自己对您的态度感到后悔。反而，我觉得值得赞美的行动，却带来了不幸，这究竟是什么原因？

您第一次夸赞了我的行为之后，竟然让我头一回尝到令您不悦的苦果。接着，为了满足您的要求，我舍弃了见您的快乐，您才允许我写信给您来安慰我所做的牺牲。现在，您竟然要我断绝和您的一切通信关系，甚至剥夺我的爱。但是，您之所以有权命令我为您牺牲，完全只是因为我的爱。最后，我不计算自己的爱情会有什么利害关系，向您倾吐我的爱，以至于您今天避之不及，认定我有险恶用心，竭尽全力地躲避着我。

您这样不公正，难道一点儿都不觉得乏味吗？至少请您明确地告诉我，我到底犯下了什么过错，以至于让您变得如此冰冷？请您向我下达新的命令，让我在执行的时候，仔细想想自己犯下了什么过错。这样的要求，您应该能满足我吧？

一七××年九月十五日，于××

# 第七十八封信
## 杜维尔院长夫人致瓦尔蒙子爵

先生，您好像很惊讶于我处理事情的方式。您在理直气壮地向我兴师问罪，好像您有权利这么做。请容我直言，我觉得应该是我更有理由向您讨个说法。在您明确表示拒绝接受我的请求之后，我立即按照您所要求的，不再理会您。这样不会受人议论，不会被人说三道四。然而现在，先生您要我向您澄清些什么，那我就满足您的要求。

凡是看了您的信的人，都会认为是我不公正或者不近人情。我认为，持有这种想法的人们显然是误会了我。我觉得，特别是您，更不该持有这种想法，您以为我是为自己辩解。我有必要把您我之间发生的事都提及一遍，或许这在您眼中，不会对自己有任何害处，我自己也觉得没什么损失。但是，我还是想解释，这或许是唯一能判断我们谁有权利来抱怨的方法了。

在您到达城堡之后，您也应该知道，您的名声让我不得不对您敬而远之。我相信，即使我用冷漠的态度对您，也不会有人指责我，说我的态度过于矜持。至于您，我相信您也不会与我计较的，像我这么一个见识短浅的女子，如果无法赏识您的长处，这也是情理之中的。这是一个很好的办法，所以我轻易地这样做了。不瞒您说，当罗斯蒙德夫人告诉我您回来的消息之后，我当时提醒自己，看在我和她以及她和您的情分上，我不能流露出不自在。

我很乐意承认，先生刚到城堡的时候，态度比我想象中的要好。但是好景不长，因为您无法忍受寂寞，不满足于只是得到我的好感，马上就不耐烦了。

于是您就利用我的真诚和疏于防范，肆无忌惮地向我表达感情。您也知道这样有可能冒犯我的。您坚持不懈地一再犯错让事情恶化，而我不断提供机会来弥补您的过错，然后寻找理由来忘却。我提出来的要求那么合情合理，连您自己也觉得对。我宽厚的态度让您得寸进尺。总之，您都如愿以偿了。我提出的要求，您都遵守了吗？您写的信每一封都有失分寸，每一封信都提醒着我不该再回信。但是您的态度一点儿都没变，我不得不把您推得远远的，但是我还是寄希望于这种联系中。在您眼里，光明正大的感情有什么价值？对友情，您不屑一顾，不管别人的痛苦，一味追寻自己的快乐。

您的行为那么轻率，却来指责我的不是，您轻易许下诺言然后又食言，这是在耍我吗？您答应我会远离我，却又不请自返，您根本没把我以前对您提的要求放在心上。您甚至也不屑提醒我您要提前返回城堡，丝毫不在乎您的行为会将我置于尴尬的处境。我的吃惊会引起周围的人对我的误解，但您也不去引开人们的注意，反而火上加油。您那么淡定地坐在我身边，我不得不因为不适离开餐桌，但您连这片刻的安宁也不愿给我，还率领大家过来打扰我。回到客厅之后，您又寸步不离地跟着我，我一说话，您就立即回答。连最不痛不痒的字句，您也要把它引到我最不想听的话题上。先生，即使您说话说得多么巧妙，但我和听众也不是傻子。

我已经被您逼得不能动弹，不敢出声，但您还是紧逼不放，我一抬眼就能触碰到您的目光。我不得不避开您的视线，您却故意地把大家的注意力都聚集到我身上。

可您还在抱怨我的态度！您还惊讶于我一心想逃避您！该责怪的是我的宽宏大量，该惊讶的是我本该在您到来之后马上离开的。如果您还是这样紧追不放，我就要采取这种行动了。我永远不会忘记我该守的本分，我会珍爱和捍卫我的婚姻。请您相信，如果我沦落到一个境地，必须要在婚姻和生命中做出选择，我也会选择婚姻的！再见了，先生！

一七××年九月十六日，于××

# 第七十九封信
## 瓦尔蒙子爵致梅特伊侯爵夫人

今天本想去打猎，因为天气恶劣，放弃了。手上仅有的读物是一本新出的小说，内容非常乏味，估计连隐修院的小姑娘也受不了。离吃早饭还有两小时，虽然昨天才刚刚给您写了一封长信，但还想和您聊聊。我可以确定这封信不会让您觉得无聊，因为我要和您谈谈俊美的普雷旺。您应该听说过他那一段感情史，那时，巴黎的三姐妹为他着迷。我打赌，我只要提出一个字，您就能记起来。

那三姐妹长得漂亮，而且关系甚好。她们自从进入社交界以来，一直很团结。开始的时候，人们认为她们是过于腼腆才这样，但是很快的，人们发现她们身边有一大群追求者，不断被人称赞着。从大家的殷勤中，她们看到了自己的身价有多高，于是变得更加团结了。人们都觉得，只要她们三个中有一个胜利了，也就是另外两个人的荣誉了。同时大家还期待，如果她们身陷爱情之中，她们也许就会被打败吧。我们那群追求者每个都跃跃欲试，以成为那醋引子苹果为荣①。但是当时某个伯爵夫人对我有意思，我在没得到她之前，怎么能去拈花惹草呢？

---

① 醋引子苹果：典故出自希腊神话三女神争第一美女称号，请巴里斯做裁判，由他将金苹果授予其中一个女神来决定高下。巴里斯将苹果给了爱神维纳斯，引出了“木马屠城”的故事。

这三位美人在同一个狂欢节看上了各自中意的男人。她们的关系也没有像人们所预料的那样，会有什么不和，反而因为互吐心声而得到了加固。

于是那帮落选的男人和女人们联合在一起，对这三个人坚定不移的友情展开了公开的批评。有人说，这三个女人的财产是共有的，连爱情也是这样。另一些人说，虽然那三个男人没有其他男性情敌，但是他们有女性情敌①。甚至有人说她们各自结交情人，只是为了应付社交场合，其实都是有名无实的。

尽管人们这么说，但是她们仍然跟没事人一样。三对情侣感觉到，如果他们这时候分手，情况会变得很糟糕，于是更加团结了。因为觉得无趣，大众的注意力很快就被吸引到别的事情上去了。过了不久，大家又开始赞美起她们三个了。这时候，普雷旺出手了，他要来验证这个奇迹，让大家相信他的结论。

于是他寻找机会跟这几位完美的人物打交道。不久，他就被她们接纳，轻易进入了她们的圈子。但是他也知道，幸运的人们之间是不好进去的。然而，他发现她们的关系其实没有想象中那么坚固，她们被人们羡慕的幸福，也不是那么可靠。她们中有的开始向外界寻求乐趣，想换换口味。于是他得出一个结论，她们的友谊或者爱情之链已经松动，甚至断裂，只是靠着自尊心和习惯勉强维持。

那三个女人，出于彼此的需求，还是保持着亲密无间的表象。但是那三个男人比较自由，他们虽然口中抱怨，推不掉的责任和事物却还是去尽力完成。于是晚上参加聚会的人

---

① 暗示三个女人是同性恋。

越来越少。

普雷旺正是看中了这个机会，他是每晚都到，很自然地坐在当日孤独无伴的女人身边，根据不同情况轮番对三位女士进行赞美。他知道，如果只选择一个，只会使自己陷入困境。被他选中的那位，要是发现自己的变心，会被自己生出的羞愧感吓住的，其他两位的虚荣心也会受到伤害，会敌视新来的情人，会用严厉的态度抵制他。还有，那位老情人，也是不可忽视的对手，出于妒忌，他便倍加殷勤。总之，稍不注意，便四面受敌。但是他关心三个人便让一切迎刃而解了。这样的关心让三个女人都宽宏大量起来，而三个男人也觉得跟自己无关，便不在意了。

那时候，普雷旺只用甩掉一个女人，就可以获得成功。这是个外国女人，而且她拒绝了一位很有来头的亲王的示爱，手段很委婉。这让这个女人名声大振，同样，普雷旺也利用这个提高了他在新情妇心中的地位。他面临的困难是如何维持三角形的平衡，最后再抓紧一份。我从他一个密友那里知道，他最棘手的是进展最快的那个，她比另外两个要快半个月左右，他差点就压制不住了。

最终，他等到了那天，三位美女都向他袒露了心声，他完全掌握了主动权。三个丈夫中，一个不在，另一个第二天一早要走，剩下的那个待在城里。那三位美人受邀去他那位老相好家里吃饭。当天早上，普雷旺就把外国女人给他的信分成了三份，一份附上她送他的肖像；第二份附上她手绘的同心结字①；第三份附上她的一缕头发。三位女人都收到了

---

① 同心结字：由男女双方姓氏的第一个字母的花式组合，来表示爱情。

一封信，但是都不知道其实是一封信中的一部分。接下来，作为报答，三个女人都要给她们原来的情人一封绝交信。

普雷旺多做了些安排，丈夫在城里的那一位，只有在白天的时候有空，于是普雷旺和她商量好，让她假装身体不适，不去他女友家吃晚餐，入夜的时间就献给了普雷旺。男人不在的那一位，就说好了晚上在普雷旺家过夜。至于第三位，因为丈夫第二天走，于是约好清晨见面。

普雷旺计算好了这一切之后，接着便赶到了外国女人那边。他情绪不好，引起对方不满，于是双方吵了一架。这样他就为自己取得了 24 小时的自由时间。万事俱备，他就略微休息了一下，等待后面的事。

那三位男人收到信后恍然大悟，马上明白过来他们是被普雷旺乘虚而入了。他们一方面因为被人玩弄而恼怒，另一方面因为被女人甩了有点生气。三人虽然没有通过信，但是却不约而同地想向普雷旺讨回公道。

于是，普雷旺收到了三封决斗挑战书。他坦然接受了挑战。但是他不想因为这件事影响到他即将得到的乐趣，于是他把决斗的日子定在第二天上午，把三个人约在同一时间同一地点，就在布洛涅树林的入口处。

那天晚上，他的三件艳事都获得了成功。他也经常这样吹嘘，他对每个情妇都在口头和行动上保证了他的爱，达三次之多。您会看到，在这方面的证据是不足的，如果谁去追究，或许会发现，这不过是他虚荣心和想象力造出来的奇迹。尤其是这么卓越的一夜过去之后，他也不用对以后留情面了。不管怎么说，下面发生的都是事实。

普雷旺准时到达他约定的地点，三个情敌已在那里了。他们三个见面时有些惊讶，不过同是天涯沦落人，觉得稍有安慰。他和蔼地以骑士的风度上前同他们寒暄了一下，然后说了一段话。有人向我转达如下：

“先生们，我们在这里相遇，很明显，你们和我有着同样的仇恨。我在这里等候你们，随你们决定由哪一位先来报仇。我没有带助手也没有请证人，现在也由我一个人来赔罪。”然后他露出赌徒的本色，“我知道，赌一赔七的胜算是极其微小的，但是不管我的命运如何，我既得到女人的垂爱，又得到男人的尊重，也不枉此生了。”

他的对手听得一愣一愣的，有点觉得这样的决斗不公平。这时，普雷旺又开口了：“实不相瞒，昨晚一宿，我实在精疲力竭了，你们如果允许我恢复体力，我将十分高兴。我已经在这里安排了早餐，如果你们赏脸，我们一起高高兴兴地共进一次早餐，好吗？为了这种微不足道的小事决斗倒也未尝不可，但是不要因为这事破坏了心情。”

大家接受了吃早餐的邀请。普雷旺的亲切态度是前所未有的，而且还巧妙地消除了情敌的屈辱感。他让他们相信，他们也能像他一样轻易地获得成功，也使他们承认，要是遇到这样的机会，他们也不会放过的。把话说明了之后，所有的问题都得到了解决。早餐还没结束，他们就说了好几遍，不该为这种女人决斗。因此，气氛更加融洽了，再加上美酒，让这种气氛更加和谐了。没过多久，他们不仅和好了，而且还想结为兄弟。

虽然这样的结果让普雷旺觉得很满意，但是，他仍然不想放弃能让自己出名的机会。于是他随机应变，对三个情敌说：“其实你们要去报复的不是我，而是那三个不贞的情妇。你们所受到的侮辱我感同身受，虽然我现在得到了她们的芳心，谁又能保证她们不会背叛我呢？你们连一个情妇都保不住，何况我还要保住三个呢？现在我给你们一个机会报复她们，今晚请各位来我家吃饭，希望你们都能过来。”三个人不是很懂，他说：“先生们，你们相信我就是了，我觉得我的办事能力你们是有目共睹的。”于是大家都同意了，和新朋友道别，准备在晚上实施他的计划。

普雷旺刻不容缓地回到了巴黎，按照礼数一一拜访了他的新情妇，让她们都同意今晚到他的别墅与他“单独”进餐。其中两个本来有些不便，但也没拒绝。根据他的计算，每场约会间隔一小时，完成准备工作之后，他通知了那三个男人，一同去等候他们的牺牲品。

听到第一个女人来了，普雷旺独自出门迎接，把她带到了公馆中最神圣的地方，她以为自己受到了最尊重的接待。然后他随便编了个借口离开了，让受了屈辱的情人出来招待她。

您可以想到，一个在风月史上阅历不深的女人，当时有多么羞愧，男人轻易占了上风。口中留情，少说一句责备的话就是恩典了。逃跑的女仆再次落入主人手里，只求得到宽恕，她心甘情愿套上枷锁，在僻静的地方定下和好的条约。剩下的两对也经历了相似的待遇，结局也差不多。

然而，每个女人都以为只有自己是这样的。晚餐时，三对情侣碰在一起，他们感到万分震惊。随后，普雷旺出现在晚宴上，将三个女人的秘密揭露了一遍。她们才知道自己被人耍了，羞愧万分。

但是大家还是安然入席，气氛变得跟从前一样。女人逆来顺受，男人们夸夸其谈，虽然怀恨在心，但是语气却和和气气的。这样融洽的气氛到第二天早上才结束。分别的时候，女人都以为自己得到了宽恕，结果男人们第二天一早便义无反顾地与她们决裂，还把这段事情传得沸沸扬扬。在那以后，三姐妹的其中一个进了隐修院，另外两个去了偏远的地方，整日郁郁寡欢。

这就是普雷旺，我觉得您最好不要用自己的事情让他再多加一个光环。您的信让我觉得不安，我希望您能给我一封明确的回信。

再见，我亲爱的朋友。您千万不要被奇特的想法迷惑了，请您考虑到，在您现在的环境中，单凭聪明才智是不够的。一次差错会带来不可挽回的恶果。我这样劝您，是看在我们深厚的友情上。

再见了，我一直认为您是个通情达理的聪明女子。

一七××年九月十八日

# 第八十封信
# 唐斯尼骑士致塞西尔·沃朗日

塞西尔，亲爱的塞西尔。我什么时候能够再见您一面呢？离开您以后，我真的不知道该怎么活下去，谁能给我力量和勇气？我再也无法忍受与您分离的痛苦了，每过一天，这痛苦就加重一天，望不到头。瓦尔蒙答应帮我找到解除痛苦的方法，不过看上去，他好像忘记了。他自己到了所爱的人身边，不能体会到我离开爱人的痛苦了。他只把您上一封信交给我，没对我说别的话，他应该告诉我，什么时候能见到您，怎样才能见到您。您也没有跟我提过这事，难道您没有这样的渴望吗？啊，塞西尔，我痛苦极了。我爱您，比任何时候都爱您，但是爱却成了我现在痛苦的根源。

不行，我不能再这样生活下去了，我一定要见您一面，哪怕只有片刻。早上起床的时候，我对自己说："见不到她的。"晚上睡觉时，我又叹息，今天没有见到她。漫长的白天，没有一刻是快乐的，只有失去的痛苦、绝望和空虚。我期待得到快乐，现实只有痛苦。我一面忍受着痛苦，一面又担心您也陷入痛苦。您可以想象，我每日的痛苦有多深。无时无刻，我都在想念着您，同时又心烦意乱。如果我知道您也这样悲伤，我会因您的痛苦而痛苦，如果我看到您悠然自得，那我的痛苦又会加倍。唉，我真是极致的不幸了。

过去，和您生活在同一个地方的时候，我是多么幸福啊！那时，我确信每天都能看见您，即使短暂分开，心里也是快乐的。随着时间流逝，我把我大多数时间都给了您，我做着自己分内的事，我努力学习着，让自己配得上您。即使参加社交，我心中想的也是您。在看戏时，我在想您会喜欢什么旋律，听音乐时，我会想起和您一起参加类似活动时的场景。在聚会中，在散步时，我总会从一些细微的相似之处想起您，您总是最美好的。白天，每时每刻增加着对您的敬意，晚上，我把敬意全向您奉上。

现在，我还拥有什么？只有回忆的痛苦，见不到您的空虚，以及一个微小的希望，现在连这希望也因为瓦尔蒙变得渺小，您的沉默加重了我的忧虑。我们只是相隔了短短十法里①，竟成了不能跨越的鸿沟。我请求朋友和爱人帮我渡过难关，但是你们两个无动于衷，不说帮助我，连回信都没有！

瓦尔蒙真挚的友情去哪里了？尤其您，您对我如此深情的爱去哪里了？以前您总会用您的聪明才智找到和我相见的方法。您也知道，我无时无刻都想见到您，但是出于职责和顾虑，我只能放弃这种愿望。那时，我的塞西尔，您总是找到各种理由来反驳我，您想什么就说什么，我每次不是都从了您的心愿吗？我不是在自夸，这算不上什么牺牲。凡是您的愿望，我都尽力地满足着您。现在轮到我向您提愿望了，我想和您见一面，哪怕是短短的一面。我对您永不变心，我也想听到您的海誓山盟。难道您不再认为我们俩在一起是幸福所在了吗？您爱我，您会永远爱我，我相信这点。但是，我现在太痛苦了，坚持不了多久了。再见了，塞西尔。

一七××年九月十八日，于××

① 大约相当于三十八公里。

# 第八十一封信
## 梅特伊侯爵夫人致瓦尔蒙子爵

您这样畏首畏尾的，真让我觉得您很可怜。就凭这个，就证明了我比您高明。如今您倒要来指引我前行了，这像话吗？可怜的瓦尔蒙啊，跟我比，您实在是上不了台面啊。把您男子汉的骄傲自大全搬上，也填补不了我和您之间的鸿沟。因为您实现不了我的计划，您就否认我的计划吗？您这样一个骄傲又懦弱的人，能议论甚至评价我的能力吗？说真的，子爵，您对我的谆谆教诲，循循善诱，真让我觉着生气。

您在院长夫人身边简直太无能了，您为了掩饰自己的懦弱，对我大肆炫耀您如何使这位胆小而爱您的女人短暂地失措了一下。您让她看了您一眼，仅仅一眼而已，这样也算是胜利？虽然您自己不想承认，但是，您的所作所为是没什么出息的。您期待得到我的注意，于是大肆宣扬您努力拉拢了两个孩子。可是，您自己也知道，这两个孩子本来就渴望见面，这功劳是我们俩的，不是您一个人的。最后一点，您凭借自己光辉的事迹，以教训的口吻对我说："重要的是把时间用来实现计划，而不是纸上谈兵。您有这种的想法也无所谓，原谅您好了。但是您居然认为不听您的话，我就会误入歧途，您想用您的理论来说服我，以此控制我的行为和心情。子爵，我是很愿意对您报以希望的，可惜我给予您的信任让您太忘乎所以了。

从您所做的事来看，哪一件事我不比您高明千百倍呢？

您引诱过不少女人上钩，使她们身败名裂，但是您克服过什么困难呢？超越了什么阻碍呢？您有什么功劳？您有一张英俊的脸蛋，但成功只是偶然的。您风度翩翩，只要在社交场混熟了，都会这样。有一点聪明才智，但是所谓的聪明才智都是可以用胡言乱语代替的。我看您唯一的优点就是脸皮厚了！如果我没有弄错，这就是您所有的能耐了。尽管您现在很出名，但是您也不会故意挑起事端弄得满城风雨吧！

至于谨慎、灵敏，不用说我自己了，哪个女人不比您更甚呢？喏，您那位院长夫人，不也是把您当孩子一样耍着吗？

相信我，子爵，才能不是与生俱来的。你们是不用担心风险的战士，行动起来不用瞻前顾后。对男人而言，失败只是没有获胜，少了几桩可以炫耀的事罢了。在这场不平等的赌博中，我们女人不输算是有福气，你们男人输了只是运气差。即使我承认你们跟我们女人一样有本事，但是由于我们要不停地努力，还是比你们男人强太多的。

这样说吧，你们征服我们所用的手段，跟我们抵御你们所使用的手段是一样巧妙的。你们也要承认，你们得手之后，就笨得可怜。你们一味品尝着快乐，毫无顾忌地享受，也不管这样的感情能持续多久。

的确，这种双方互相认同的、乐意接受的关系，只有你们男人能决定让它更加牢固还是一刀两断。如果你们哪天见异思迁，不像普雷旺那样大肆宣扬，而仅仅是一脚踢开我们，我们也算是幸运的了。

要是一个女人，不满足于这样的关系，想在男人之前挣脱这样的束缚，那她会承受怎样的风险呢？对于一个男人而言，她怀有强烈的厌恶感，但也不好轻易打发他。如果那男的执意不肯离去，那么她以前出于爱情所付出的，现在却变成因恐惧而答应了，正所谓："心扉虽已闭，但双手还是欢迎着。"

这种你们男人一砸就了结的事情，她却必须小心翼翼地用圆滑的手段解开。生死大权是掌握在男人手中的，如果这男人是个薄情的人，那这女人就一筹莫展了。男人宽宏大量时，会受到赞美，但是刻薄狭隘的时候，也不会有人指责他。

这些事实，您也无法否认吧？您不是也看到我呼风唤雨，将男人玩弄于股掌之间吗？想让他们怎么样，都是看我的心情啊。有的男人被我玩弄得丧失了害我的念头，有的，也打消了追我的主意。那些平时在别的女人面前张牙舞爪的人，他们的爪子不也被我一一拔去，然后一巴掌将他们甩得远远的吗？您看，我的名誉还是好的。难道您不该承认，我已经掌握了前人未曾用过的方法吗？我的职责就是制服男人，为女人报仇。

您的劝告还是留给那些神志不清、自命不凡的女人吧。她们头脑发热，从来都不思考，不断将爱情和情人混为一谈。她们活在幻想中，总是以为和她们一起寻欢作乐的男人就是她们爱情的寄托对象。

还有，您还要担心那些爱虚荣又不谨慎的女人，她们不懂在必要的时候收手。

那些空闲的、无所事事的女子，你们称其为善感型女人，爱情很容易使她们神魂颠倒。即使爱情不再给她们带来快乐，她们仍要抓住爱情不放，她们几乎无法自制，听任直觉在她们脑袋里翻腾，写出许多充满柔情的书信，这样是何其危险啊：她们会毫无顾忌地把自己的动情证据展现在令她们失去把持的人面前。她们也笨得可怜，不知道今日的情人会变成明天的敌人。

但是，您看我像那种女人吗？您什么时候看我偏离了自己的原则？我说的原则，不是随口说说的。不像有些妇女，随意听之任之，随波逐流。我的原则是自己深思熟虑后，一手制定的。我敢说，我之所以是我，都是我一手成就的。

刚进入社交界的时候，我只是个女孩子。当时，由于身份，我只能安静地待着，不能随便乱动，可我知道利用这样的机会来观察和思考。人们认为我冒冒失失心不在焉的，我没兴趣听他们那一套话，我只对他们不让我听的话感兴趣。

我通过这种好奇学到了不少东西，有时候，为了不暴露我自己感兴趣的对象，我故意东张西望。从那个时候开始，我便学会了控制自己的目光，您不是很欣赏我的这种才能吗？第一次尝到了甜头，我便再次尝试用这种方式来做各种表情。我感到悲痛时，我就练习摆出一副开心的样子，甚至有时我故意给自己制造痛苦，以便在这个时候练习快乐的神情。对于突如其来的快乐，我也学会了怎样抑制自己的表情。就这样，我对自己的面部表情也有了一种控制力，您也惊叹于我这种能力的。

那时候，我年纪轻轻，没引起别人的注意。我有的，只是自己心中的想法，我不能容忍别人看穿了我的心思。这种用于进攻的武器，被我频繁使用。我不再只满足于向别人隐藏心意，我还喜欢变换花样，让自己以不同的面貌出现，我非常注意自己的形象和谈吐。我还可以根据情况调节这两者。从这时起，我的思维方式是我独有的，别人知道的只是对我有利的一面。

我常常注意别人的面部表情和容貌特点，练就了非凡的眼力。这眼力虽然不是万无一失，但我还是挺有信心的。

那时我虽然不到十五岁，但是已经具备了政治者的才能。

可对我的追求来说，这只是刚入门。

您可以想象得出，和所有年轻姑娘一样，我想知道什么是爱情，什么是爱情的快乐。但是我没有进过隐修院，也没有闺友，再加上母亲小心提防，严加监督，在这方面，我只有一些模糊的、无法明确的概念，连我的身体也没给我一些启示。对这一点，我始终很庆幸。只有我的脑袋在翻腾，我的肉体并不想享乐，我只想弄明白这是怎么一回事。由于我求知心切，我想到了一个好方法。

我相信，只有和神父谈这件事，才能使自己不受牵连。一旦做了选择，我克服了少女的羞耻心，无中生有地说自己犯了错，做了所有女人都做的事。我当时是这么说的，但是我自己也不知道自己指的是什么意思。我的期望既没有完全落空，但也没有完全实现。因为怕自己露马脚，我也没有说得再详细一点儿。神父将我狠狠责备了一番，但我也得出一个结论，这件事，一定快乐无比。本来只想弄明白，接下来却激起了我放手一试的愿望。

我不知道这欲望会有什么后果，因为那时我没有任何经验，可能只要一次尝试就会把我毁了。算我幸运，过了不久之后，母亲告诉我，我要出嫁了。确定要真相大白了，我的好奇心也一下就消失了。不久之后，我以处女之身投入了梅特伊侯爵的怀抱。

我心平气和地等待着那一刻的到来，到时候我就都明白了。但是我还得动动脑筋，装出一副扭捏和害怕的样子来。新婚之夜，一般女人想的都是十分残酷或异常甜蜜的，但对我而言，只是一种体验罢了。刺痛和快感，我都分毫不差地感受到了，这些形形色色的感受，我只当成研究的现象。

很快，这种研究就引起了我的兴趣。但是，忠于我的原则，也是出于本能的缘故，我要让我的丈夫信任我。正因为我对这事感受热烈，我决定在他眼中显得冷若冰霜。表面上看来，我是麻木冷漠的。这也是他后来对我盲目的、不可动摇的信心的基础来源。经过一番思考，我在这冷漠的态度上，再加上了一重我那年纪该有的稚气，倒是很适合。他认为我最孩子气的时候，却正是我最肆无忌惮玩弄他的时候。

坦白说，这段时间我让自己卷入了社交圈中，整天做着无聊的娱乐。但是过了几个月，梅特伊先生把我带到了毫无生气的乡下住宅，在很冷清的日子里，研究体验的想法油然而生。身边男人的地位和我相差很大，不会引起怀疑，于是我扩大着我的实验范围。在那里，我确信了一点，人们夸夸其谈的爱情，不过是他们淫乐的借口而已。

这时梅特伊先生生病了，我不得不中止这种甜美的实验。他回城就医，我就跟他回到城里。不久，他就去世了。虽然，我对他没什么好抱怨的，但是我深深感到，寡居给我带来很大的自由，我决定好好利用。

母亲认为我应该进隐修院或者回家和她一块住。我拒绝了。为了在礼节上过得去，我又回到了乡下，何况我还要在那里处理几项研究工作。

我研读了一些书籍，但是别以为我读的是您想象的那种书籍。我读小说来研究我们的风俗习惯，读哲学了解大家的观念立场。我甚至通过最严肃的伦理学，来了解他们对女人有什么样的要求。我明白了什么能做，心里应该想什么，外表上该怎么表现。这三方面的想法明确了之后，我只觉得实行还会有点困难。不过我苦思冥想解决之道，希望能一一克服。

乡村的生活一成不变，对于活跃的我而言，实在太枯燥了。我感到我需要卖弄一点风情，因为我不排除爱情。我当然不是指真正的爱情，而是为了挑逗起爱而装作正陷入爱情之中。有人说，我也在书中读到过，爱情是假装不来的，我偏不信。我认为想做到也不难，只要有作家的心智和演员的才艺就行了。我在这两方面都勤加磨炼，因此还是有一些效果的。但是，我不打算用它来博取舞台上的掌声，这样是华而不实的。别的女人葬送给虚荣，我却打算来谋取自己的幸福。

为了这些事，我花了一年时间。服丧期满后，我可以重新露面了。我雄心壮志地回到巴黎，却遇到了一件我不曾想过的事情。

长期的幽居，加上严峻的退隐生活，我蒙上了一层假正经的外表，一些最可人的男人全被吓跑了。他们离我远远的，把我抛给一大群讨厌的家伙。打发他们的求婚也不是很麻烦，但烦恼的是这让我家人很不愉快。本想好好享乐的时光，就这样浪费在和家人的周旋上了。为了吸引某些人回头，也为了让一些人疏远我，我不得不大张旗鼓地弄出一些事情，把原本打算保护自己清誉的功夫，拿去破坏自己的名声。您可以想到，我毫不费力就达到了目的。不过我都没有投入爱河，我只是按照自己的想法做事，我谨慎地计算我可以轻率到什么程度。

一旦达到我想要达到的目标，我就马上退下来，表现出悔过的态度。这也归功于一些妇女，她们对自己的容貌姿色没有自信，于是转而标榜自己的优良品德。我这一招远远超过了我自己的预期范围了，那些老妇人纷纷充当我的辩护人，称我这样是她们栽培的结果，因此很是爱护我。当有人对我说三道四，她们便马上为我辩护。至于那批有野心的女人，我这一招也起到了收揽人心的效果，她们确信我不会在情场上和她们争，每当她们想证明自己不会诽谤别人时，总把我拿出来称颂一番。

与此同时，我前一段时间的行为，又为我招回来几个情人。为了迁就两方面，我就以一个多情又爱挑剔的女人形象出现。像我这样的女人，过度的挑剔也成了我的一种保护武器。

于是，这广阔的舞台，就任由我施展所学到的本领了。第一步，我先要为自己建立一个坚不可摧的名声。为了达到这个目的，我只要拒绝某些男士的殷勤就行，虽然他们并不讨人厌。我利用他们来为自己赢得善于拒绝的美名。同时，我又无所畏惧地投入到我喜欢的人的怀抱。但是在他面前，我又要装出害羞的样子，不让他和我一起进入社交圈，这样大家的注意力就都聚集在那几个倒霉的求爱者身上。

关键时候我也是非常果断的。我这样做，是因为观察到，泄露一个女人的私情的，莫过于在成事前的殷勤。不管怎么掩饰，成功前和成功后的心情和语气都是不一致的。这种差别逃不过明眼人。我宁可挑错人，也不愿让别人猜出我挑了谁，这样做的危险性小，而且别人也不知道我做了什么，不会对我评头论足。

除了上述做法以外，我还绝不写信，绝不留下任何自己向男人臣服的证据。或许您觉得我这样做有点儿谨慎过头了，但是我还是觉得不够安全。我换位思考，觉得所有人心里都有一件不想让别人知道的秘密。这条真理，古人比我们还清楚：参孙的故事就是一则高明的隐喻[①]。我像大利拉一样，总是施展我的法力去得到重要的秘密。当今有不少参孙，他们的头发就在我的剪刀下。我是不用害怕这些人的，我可以任意发落他们。对男人，我比较圆滑。有些人，我把他不着痕迹地推向别的女人；有些人，我把他维持在一种虚假的友谊里，让每个人都高高兴兴地认为我只当过他们的情人，通过这种种手段，我让他们守口如瓶。假使这些方法失败，决裂也在所难免，我就先中伤他，使这些男人所掌握的秘密变得毫无价值。

上面所说的，都是您亲眼所见的。而您居然还怕我不够谨慎。回忆一下，您最初向我献殷勤时，在向我求爱的男人中，没有一个像您一样能让我如此高兴的了。我看到您以前，就想得到您了，您的名声吸引着我，我觉得我的荣誉里独缺您给的一份。我当时一度对您钟情，这是我人生中的第一次，自己的感情控制了我。即便如此，就算当年您成心要害我身败名裂，您找得到下手的地方吗？您的名声如此之劣，您说的话谁信呢？还有那一串事情，从您口中说出，也是漏洞百出。不错，我后来跟您说了所有的秘密，但是您明白我们之间存在着怎样的利害关系，您也知道，应该指责谁。

既然已经跟您谈开了，也不妨多谈一些。您一定会对我说，我至少有把柄留在侍女手里。的确，虽然她并不掌握我情感上的秘密，但是她对我的行动了如指掌。过去，您这样说的时候，我只能告诉您，她不会背叛我。这个答复您相当

---

① 参孙和大利拉的故事见《旧约全书·士师记》。参孙具有神力。非利士人派一个女人大利拉去诱惑他，骗取了他神力来源的秘密，剪去了他的头发，使他丧失力量，落入非利士人手中。

满意，因为您后来为了方便自己出行，把一些相当重要的秘密都跟她说了。但是，现在普雷旺让您起了疑，您都晕头转向了。我感到您不再那么信任我了，那么有必要给您说清楚。

这个姑娘是我奶妈的女儿，这种关系对我们不算什么，但是对下人来说，这是一种荣耀。而且，我手中也有她的底细。她也是一次狂恋的受害者，如果不是我挽救了她，她早就被毁了①。她父母死爱面子，一心想把她软禁起来②。他们跑过来找我，我当时灵机一动，觉得他们的愤怒可以被我所利用。我帮助他们申请囚院令，并且到手了。接着，我主张宽大处理，他们也同意了。我又利用老国务大臣对我的信任③，授权给我，让我根据这个姑娘日后的表现来决定怎么处理她，所以我掌握着她的命运。万一我压制不了她，就揭露她的行为，让她被软禁。那样，谁还会相信她的话呢？

这些都是我的基本措施，此外我还有千百个伺机行事的措施。在必要时，只要想一想，再根据以往的经验，就都会跑出来了。在这里就不细讲了，但是这些措施在行动起来又是必不可少的。如果您想知道，可以观察我的一举一动。

您要知道，我这么多年辛勤的耕耘就是为了收获。我下了苦功夫，并且我的刻苦远远凌驾于别的女人之上，您觉得我还会像她们那样整日游荡在轻率和畏怯之间吗？特别是我要怕一个男人，只有逃跑才能自救吗？子爵，这是绝对不可能的！我是不会输的。至于普雷旺，我一定会得到他的。他要张扬我栽到他手里的艳史？门儿都没有。这故事的结尾是

---

① 应该是杀婴，在那个时代是死罪。

② 意思是关进隐修院。

③ 会不会指的是路易十六的国务大臣莫赫巴(1701—1781)？

由我们决定的。再见!①

一七××年九月二十日，于××

① 这里是嘲讽普雷旺。普雷旺原想整梅特伊，现在小说情节由梅特伊改编，狠角色要换人了。

# 第八十二封信
## 塞西尔·沃朗日致唐斯尼骑士

我的上帝啊，看到您的信我更加伤心了。我当初等得这样辛苦，值得吗？我不但没有得到安慰，反而更加痛苦了。我流着泪看完了这封信，并不是责怪您，我早就为您哭过好几次了，不过以往都没有这一切这么痛苦。

您到底想说明什么呢？您说，您的爱情，已经开始折磨您了，您目前的状况，是支撑不了多久了。您再也不想忍受这种痛苦了吗？因为爱情没有像以前那样给您带来幸福，所以您想放弃了吗？我也不比您开心多少呀，但是我却和您不同，我更加爱您了。瓦尔蒙先生没给您写信，这也不能怪我啊。我不能要求他给您写信吧？我跟他约定过，我们在大家面前不说话。这样做，也是为了您，这样您才能得偿所愿啊。我不是不想，您也应该了解，要是有能让我们尽快相见的法子，请您一定告诉我，我也求之不得呢。

我母亲大大责骂我，您以为我日子好过吗？过去，她可是从来都没对我说过这么重的话。现在的情况比在隐修院还要惨。有时候，我想到这是为了您，这样就觉得有点安慰，还觉得高兴。但是，我见到您也气呼呼的，何况这并不是我的过错，我就伤心死了。我最近遭遇的事都没让我这么伤心过。

光是收到您的信，就已经很难了。要不是瓦尔蒙先生存心成全我们，而且又机灵，我一个人真不知道该怎么办。给您写信更是难上加难。整个上午，母亲都在我的隔壁，而且随时可能到我房间来。有时候，下午练琴或者练唱的时候可以写，写一写停一停，好让外边听见我在练唱练琴。幸亏我的侍女一到天黑就想睡觉，我对她说，我一个人可以就寝，把蜡烛留下就可以走了。然后，我必须躲在帐子里，不让光亮透出去。我还得留神听外面的动静，一听到有人来，我就要把东西都藏到床上去。我真希望您能亲眼看到这场景，那样，您就会知道，唯有爱情才能使我这样做。总之我是尽力在做，还希望能做得更多。

我愿意也肯定地跟您说："我爱您，我永远爱您。"我每次说这话都是诚心诚意的，但是您还气着呢！在我对您说这话之前，您不是说，只要我说这话，就足以让您幸福吗？您可不能不承认，这话您都写在信上呢！虽然信没有了，但是我记得清清楚楚。现在不见面了，您的想法就不一样了。可是我们不会一辈子不见面吧。天啊，我是多么不幸，这不幸都是因为您！

说到您的信，那些我母亲从我这里搜走退还给您的信，您就好好保存着吧。总有一天，我不会像现在这样无计可施的，到那时，您再把您的信还给我吧。当我可以永远保存它们，而且没人指责我这么做时，我该多么幸福。但是，我现在还是要把信交给瓦尔蒙先生，留在我身边太危险了。尽管如此，我还是很心痛的。

再见了，我亲爱的朋友，我一生都全心全意地爱着您。我希望您不要再生气了，如果我知道您开心了，我也就高兴了。请尽快给我回信。您知道，没收到您的信，我是高兴不起来的。

一七××年九月二十一日，于××城堡

# 第八十三封信
## 瓦尔蒙子爵致杜维尔院长夫人

夫人，请您大发慈悲，让我们恢复以前的感情吧！您得给我机会，好让我向您证明，我绝对不是别人描绘的那般龌龊丑陋，尤其是让我得到您对我的信任，就像一开始那样。正因为您，我才感受到善德的珍贵与美好，也正因为您，所有一切正直的感情也变得更加美好。正因为此，您才引得人倾倒爱慕，这力量之强大，无与伦比。您所拥有的这一诱惑力，真是令人肃然起敬又难以抗拒。

凡是见过您的人，自然而然会生出一股想取悦您的想法。只要您说话，这种感情就变得愈加强烈。凡是有幸进一步了解您的人，探视到您的心，很快就难以抑制对您的爱慕之情。心中充满了对您的崇拜，把您当作一切善德的形象来膜拜。我也许天生比别人更加喜欢追求善德，但是我一时的错误使我偏离了善德，是您让我回头，让我再次饱尝了善德的魅力。您要将我这种新生的爱情视为一种罪恶吗？您要谴责自己的成就，责怪自己的关怀吗？为什么要害怕这种纯洁的感情呢？

您是觉得我的爱情太暴烈太狂热了，所以不敢接近吗？那您就用一种较为温和的爱情来节制吧。我把自己交给您，听您处置。我发誓不逃避您的支配，请不要拒绝我。我相信，您对我的帮助，有助于德行的发扬光大的。什么样的牺牲会让我觉得痛苦呢？一个男人不从自己的牺牲中获取乐趣的。如果一个男人，不懂用诚心的一言一行，来获得万千宠爱，而是强取豪夺，那么这种人实在太可悲了。而您却认为我是这种男人，于是就怕了我！啊！为什么不是我来主宰您的幸福呢！给予您幸福，就是为我自己讨回了公道！但是，只有爱，才能孕育这甜蜜，友谊这样贫瘠的土壤，是无法培育的。

您为什么被爱情这个词吓到了呢？那是更为浓厚的情义，更为紧密的结合。思想一致，命运相同，同甘共苦，这不也是您希望的吗？这就是爱情，这是您所激发的，也是我体会到的感情。只有爱情最能忘我，它在一举一动中所体现价值。它是多情的人们取之不竭的宝藏，凡是由爱情引发的故事，都是珍贵的。

这些真理都是容易理解的，而且实现起来其乐无穷，有什么可怕的？一个多情的男子对您有了爱情之后，您的幸福便是他的幸福，这个人会给您带来什么恐惧呢？使您幸福是我今天立下的唯一的愿望，为了实现这个愿望，我会牺牲我的一切，除了我对您绝对真挚的感情。我请您和我一起享用这感情，随您调度。不过，不可以让它拆散您和我，只能用它让我们聚合。如果您给予我的友谊不是一句空话，如果像您昨天说的，友谊是您心灵所熟悉的最美好的感情，那么，请用它来决定我们俩之间的关系吧。不过，作为爱情的评判者，友谊至少应该倾听爱情的诉说，不然，就有失公允了。友谊是不会做不公正之事的。比起第一次交流，第二次就显得方便多了。虽然会有很多偶然相遇的机会，但还请您定个时间吧。说我犯下什么错，我都会接受的。与其严厉地批评我，您不应该更愿意指引我走向正途吗？难道您还害怕我会不听话吗？要不是上次那个冒失鬼打断了我们的谈话，也许我早就被您驯化了。您对我的影响力之强，早已达到令人难以置信的地步。

您有一种我无法抗拒的力量，我只能服输。您主宰了我的思想和行动，我对您的威力和魅力不时心生恐惧。我要求和您谈话，感到恐惧害怕的人应该是我啊！也许，谈话之后，我受诺言的约束，即便我的爱情之火更加难以熄灭，我也只能眼睁睁看着自己饱受痛苦，也不敢再向您伸手求救了。啊，夫人，我求您不要再制造我的痛苦了。如果您觉得这样是幸福的，如果在您看来，我这样才显得和您比较相称，那么我还有什么怨言呢？是的，我感受得到，再和您谈话，是在给您提供更加有利的武器，我会更加受您的束缚。虽然您在信里写得跟您说的一样，但是信里写的我更容易辩解，您没有在现场，您的话没有什么力量。然而，为了能亲耳听到您的话，我宁愿牺牲一切。至少，能为您做任何事，都是我的幸福，甚至是无视我自身利益的。我的牺牲就是奉献给您的礼赞。整个世界里，您是我最心爱的人。我能用千百种方式感受到这点，如果能用千百种方式向您证明，我就太幸福了。

一七××年九月二十三日，于×城堡

# 第八十四封信
## 瓦尔蒙子爵致塞西尔·沃朗日

您也看到，我们昨天遭遇到多大的障碍。整整一天，我都没法把手中的一封信交给您，我不知道今天是否有机会。我怕自己不够机灵会害了您。如果我的冒失给您带来不幸，这不但会给您带来无休止的痛苦，而且还会害得我的朋友绝望，那我会抱憾终生的。但是，我也能体会热恋中的人那种迫不及待的心情，而且目前唯一能安慰您的事情可能要延迟。不过我终于找到了一个排除障碍的方法，需要您的配合，如果配合默契，那就一点儿都不难了。

您的母亲把您房门的钥匙放在了您母亲的壁炉架上。只要弄到这把钥匙，那一切就好办了。您只要把那把钥匙交给我一两小时就行，您应该不难拿到它。为了避免让别人发现钥匙不见了，我在信中附上了一把差不多的钥匙。别人是看不出破绽的，除非拿它去开门。只是麻烦您不要忘记给钥匙系上一条泛白的蓝色缎带，这样就跟您那把一模一样了。

最好在明天或者后天吃早餐的时候给我，那时比较方便，不过您的妈妈比较在乎那把钥匙，最好在午后放回原位。要是您配合得好，我可以在那之前交给您。

您知道，大家从客厅走到饭厅时，罗斯蒙德夫人总是走在最后。明天我会搀扶她。您只需要慢点从绣绷架后站起来，或者掉下什么东西，走在别人后面。我把握着钥匙的手掩在身后，那么您就容易拿到钥匙了。您一拿到，就追上我年迈的姑妈，跟她做些亲热的表示。如果不巧把钥匙掉在地上，没关系，我会装作是我掉下的样子捡起它。

您母亲这么狠心对您，又处处提防您，对她耍一些小把戏也不为过。何况这么做，是唯一能让您收到唐斯尼的信，同时也能把您的信转交他的方法了。别的方法都太危险了，会让你们败得一塌糊涂的。作为你们的朋友，凡事谨慎为上，上次的老方法再继续用，我会受到良心的谴责的。

钥匙拿到以后，还要花些工夫来预防门和锁发出响声。这很简单，在我给您放纸张的柜子下面有油和羽毛笔。您独自一人在房间时给门和锁上点油，唯一要小心的就是别把油迹留下，以免露出马脚。您要等到晚上再做这事，这样第二天一早就没什么痕迹了。

万一被人发现了，就要心安理得地说是给地板打蜡的人干的。要说清楚他什么时候干的，还说了什么话。比如说，他说这样是为了防止生锈，您知道，您看到他这样做而不问原因是不合情理的。细节构成了真实感，这样就可以打消别人追究的念头了。

信读完之后您再读一遍，要记住您自己要做什么事，有没有我忽视的什么细节。我不太习惯为别人的事耍手段，没什么经验，要不是看在我和唐斯尼深厚的友情上，还有我同情您的不幸，要不然我是不会下决心用这些手段的。这些看起来弄虚作假的事，我都极为厌恶，但是你们的痛苦感动了我，逼得我想尽办法来减轻你们的痛苦。

您可以想象，打开了这扇门，安排您和唐斯尼见面就容易多了。但是，您现在不用跟他说，说了只会让他急不可待，而且满足他愿望的条件还没有完全成熟。我想，目前先应该让他的情绪安定下来。关于这一点，我相信您能处理恰当的。

再见了，美丽的姑娘，对您的监护人好一点，尤其是该听听她的话，这样对您也是有好处的。我关心的是您的幸福，而且从中，我也可以获得幸福的，不必怀疑。

一七××年九月二十四日，于××

# 第八十五封信
## 梅特伊侯爵夫人致瓦尔蒙子爵

您心中的一块石头可以落地了，尤其不要低估我。听着，以后别把我跟其他女人混为一谈了。我已经结束了我跟普雷旺的交往。您懂得结束是什么意思吗？现在，您听我说，究竟最后是谁在别人面前炫耀，是我还是他？听故事可没有亲身经历来得有趣。您只会嘴上说道理，而我是花了时间付出了心血的，所以，我更有理由享受比您多的乐趣。

如果您还有什么计划，想大干一场，那么您可以动手了。您的竞争对手已经退出竞争。至少一段时间里，您没有敌手了。也许他吃了我这一闷棍，再也翻不了身了。

您有我这个朋友，可真是太幸运了。我是您命中的贵人。您离开那个令您神魂颠倒的女人时，也曾萎靡过。但是只消我一句话，她就重新回到了您身边。您要报复一个女人，我告诉您她的要害所在，如何下手，将人交到您手里，任您摆布。最后，您要除掉一个您情场中的对手，还是我指点迷津。说真的，要是您不感谢我一辈子，您可就是个忘恩负义的人了。现在，我们回头来谈谈我的这场好事。

那天我从歌剧院出来，我高声跟别人约会，不出所料，普雷旺听到了。他如期赶来了。元帅夫人很客气，她一连两天都接待他，很是高兴。他回答说，为了参加今晚的聚会，他从周二开始就推掉了其他事情。会听话听音的人是有好处的，为了进一步弄清楚他这样做想讨好的对象是不是我，我要迫使这位新的求爱者在我和他的嗜好中做出选择。于是，我声称自己不打牌。果然，他随后也找出各种理由不玩牌。我轻易就迎来了第一个胜利，就在这朗斯格内牌上①。

我挑选了某位主教讲话，因为他和普雷旺交情不浅。我这是给普雷旺提供方便，好让他接近我。同时，有一个见证人，对我而言有利，如果有这个需要，他可以为我的言行举止做证。

聊了几句不痛不痒的话之后，普雷旺很快左右话题的方向，他一次一次换着口气，看哪种口气能取悦我。我不喜欢谈感情，因为我不相信有感情这回事。我用严肃的神情压住了他眉飞色舞的姿态，我认为这样的开头太轻佻了。他马上改用朋友间温和的语气，于是我们就打着这面平常的旗帜，开始了相互进攻。

晚餐时间到了，主教不下楼，于是普雷旺把手伸给我，并且顺理成章地坐在我身旁。说句公道话，和我私下的交谈，他并没有变得轻松，看上去倒像是专注于餐桌上的谈话，俨然一副谈话中心的样子。上甜食的时候，有人提议去看下周一在法兰西剧院演出的新戏②。我面露难色地说自己没有包厢，普雷旺便表示要把他的让给我。我按照惯例，先拒绝了。他相当风趣地说，自己是不会随便把自己的包厢割爱给一面之交的人的，这包厢将由元帅夫人出面调度。元帅夫人不介意他开的玩笑，于是我也就接受了。

回到客厅，他要求在包厢里占有一个位子，元帅夫人待他很好，答应了。于是他抓住机会，做了一番双关的表白。

---

① 朗斯格内牌是德裔雇佣兵传入法国的，盛行于十五六世纪。

② 那时巴黎主要有三个剧院：歌剧院、法兰西剧院和意大利剧院。

他这方面的本事，您是称赞过的。他像个听话的孩子，跪倒在元帅夫人面前，借口征求她的意见，柔情地说了一大串奉承的话，而这些话是很容易转用于我的。晚餐后，很多人没有玩牌，谈话内容也很乏味。但是我们的眼睛交换了很多思想。我说"我们"，其实应该说他的眼睛，因为我的眼睛只有一个表达：惊讶。他一定想，他已经在我身上产生了不可思议的影响，我一定很诧异，正在思索。他肯定很满意，我自己也相当满意。

我们约好周一去法兰西剧院，剧情怎么样，我就不告诉您了，虽然您对文学很感兴趣。我能告诉您的是，普雷旺是一个灌迷汤的高手。我的全部感受是：这出戏演砸了。眼看晚上就要结束，我十分高兴，因为今晚之行，甚得我心。为了不让这好戏就此落幕，我邀请元帅夫人去我家吃宵夜，顺便邀请了这位可爱的迷汤大师。他只要求我给他一点时间，去某某伯爵夫人家一下，好取消约会。一听到这名字，我怒火中烧，他是要去把情况告诉别人了。我想起您的忠告，于是我决心让这事继续下去，我有办法纠正这个失误。

那天晚上，我没有接待多少客人，而且他是新面孔，出于礼节，他伸出手让我扶。我打算戏弄他一下，在接受他的手时，我故意颤抖了一下我的手。行走的时候，我双目低垂，同时呼吸急促，流露出对征服者的恐惧。他立即发现了这种改变。于是，这个奸诈的人，立即改变了语气和态度，从献殷勤变成了温柔动人，本来深浅有度的微笑，也变得得意扬扬了。他的谈吐中机智的火花逐渐熄灭，智慧让给了温情。如果当时是您，您还能比他做得更多吗？

我的神情变得迷离恍惚，甚至周围的人都发觉了。于是我马上为自己的笨拙做辩护。我同时向普雷旺飞快地瞄了一眼，羞怯还带着慌张，让他相信，我最大的心事，就是怕他猜出我心慌意乱的原因。

夜宵后，这位元帅夫人讲起她众多说不腻的故事之一。我趁这时机，躺在沙发上，无拘无束陷入甜蜜的幻想中，并让普雷旺看到我这种模样。可不是，他马上就全神贯注地观察着我的神态了。您可以想象到，我那羞怯的目光，是不会跟他的眼神相碰触的。我只会羞怯地望他一眼，随而垂下目光。我发现我已经获得了我想要的效果①。我还让他深信不疑，我和他是有相同的想法的。因此，当元帅夫人要告辞时，我用一种软绵绵的，满含柔情的声音喊道："啊，天啊，这里让我感到多么舒服啊！"但我还是站了起来，分别之前，我问了她有什么安排，这样我便可以说出自己的安排，使他知道我后天在家。接着，大家就分手了。

之后我开始计划，我确信不疑，普雷旺不会放过我刚才暗示他的约会。他肯定会尽早到来，以便和我单独相处，而且肯定会热烈地表态。但是我也有把握，鉴于我的声誉，他肯定不会用轻薄的手段，那是对于荡妇和没什么经验的妇女才用的手段。如果他说出"爱"这个字，或者他想从我口中得到这个字，那么我就绝对有把握成功了。

你们这些只知道遵守规矩的男人，跟你们打交道简直太

---

① 垂下眼看，并非矜持，而是便于观察：她是要确定普雷旺那贵族男子的宫廷式紧身裤是否鼓了起来。这一眼她看出了端倪，侯爵夫人便知道她的目的达到了。这就间接回答了瓦尔蒙子爵的描述，有关杜维尔院长夫人在卧椅上垂下眼睛的行为(第七十六封信)。

容易了[1]。一个昏了头的热恋中的人，就会让你们不知所措。爱情就像热病一样，会发高烧打寒战的。可太容易猜到你们的行动了。你们的举止、仪表、语气和谈吐，我在前一天就心中有数了。我很容易猜出你们想讲的话。我只想让您知道，我假装自卫，其实是在尽力帮助他，我露出窘态，其实是为了给他时间说话，我找些理由，是为了让他反驳，我表现出畏惧与猜疑，是想引他重新自我表白。他无休止地对我说："我只要您一个字。"我沉默不语，让他等待，其实是为了增加他的欲望。在这过程中，他几次握住我的手，我几次退缩回来，但始终没有拒绝。我们就这样度过了一小时，要不是有辆马车进来，我们还要持续更久。这煞风景的事情来得凑巧，他的要求更加迫切了。我清楚不会遭到他的轻薄了，就以一声长长的叹息作为开端，向他说出了那个珍贵的字眼。不一会儿，我的客厅里便坐满了人。

普雷旺要求第二天上午来看我，我答应他了。不过我做了周密的自卫安排，命令我的侍女在我们会面的时候，始终待在我的房间里，我就在梳妆室里接待他。您是知道的，在我的房间里，是可以把梳妆室的情况看得一清二楚的。我们谈的无拘无束，两个人有着相同的愿望，于是不约而同地想到，要是没有这第三者在。然而，我在等着他提出这点。

于是，我胡乱向他描述这一天的时间安排，让他相信，我们是没有片刻自由时间的，昨天那段时间可以称为奇迹。昨天那样做，我也太冒险了，因为随时会有人闯进客厅来。

---

① 指只会按老套办事，不懂变通的所谓按部就班的恶棍，这里指的是普雷旺。在子爵和侯爵夫人的来信中常会出现狼狈为奸的"我们"，很少把对方推到另外的阵营中去。但是这里，夫人却说"你们这些只知道遵守规矩的男人"，初次闻到了火药味。

我还补充说，我生活习惯的养成，是因为到现在为止，没有发生过让我颜面无存的事。我郑重告诉他，这规矩改不得。否则，我在下人面前会难堪。他挤出一副可悲的面容，有点生气地说我缺乏爱情。我似乎也很感动，为了发出决定性的一击，我借助了几滴眼泪。眼泪的效果总是不容置疑的。就跟“扎伊尔，您会落泪?”一模一样①。他确信我已经逃不出他的手掌心，可以按他所想的那样让我身败名裂，他心中怎么容得下奥洛斯曼那样的爱情。

这幕戏演完之后，我们商量着对付的办法。白天不行，那就利用晚上。但是我的司阍成了不能克服的障碍，我不允许他被买通。于是普雷旺说从后花园小门进来，我早料到他有这一招，于是骗他说那里有条狗，白天不出声，晚上却凶猛无比。我这么毫无遮拦地跟他商量细节使他胆大起来，于是他提出了一个最可笑的办法，我接受了。

首先，他说，他仆人就跟他本人一样可靠。这话不假，他们俩简直一个心眼，我将在家中举行一次盛大的晚宴，他来出席，适当的机会便离开。他的仆人替他叫来车子并打开车门，但是他不上车，而是巧妙地逃开。他的车夫毫无察觉。这样大家都以为他走了，而他可以留在我家，这样只剩下一个问题，即他如何进入我房间。我现在承认，要一一举出反对这条计策的理由，对当时的我有点吃力。他还提出了一个发生过的例子，他说这是他曾经经常使用的计策，不仅普通而且危险性最小。

---

① 这句话是指奥洛斯曼深信扎伊尔是爱着内雷斯当的，就还她自由。见到扎伊尔流泪，他恍然大悟。“扎伊尔，您会落泪?”是他对她说的话中的最后一句。(见四幕二景，《十八世纪戏剧》卷一，“七诗圣文库”731—732 页。)《扎伊尔》是伏尔泰悲剧作品。

我相信了这些不容置疑的例证，便老实承认，有条暗梯可以通到我卧房的边上。我可以把钥匙留在那边，而他躲在里面非常安全，等待我的侍女离开。接着，为了让我的允诺显得真实，我一下子又不同意了。等他表示他会十分听话，我才再次同意。总之，我愿意向他表白自己的情，但不是要满足他的爱情。

对了，我忘了说，他出去的时候可以从后花园走，那时候天亮了，恶犬不出声了，仆人们也正睡得香，没有一个人会在那时候出门。您如果对这些错误的推理感到惊异，不要忘记我和他各怀鬼胎，我们哪有必要举出更好的理由呢？他希望这事家喻户晓，我则肯定谁都不会知道。日子定在大后天。

这事就这么安排妥当了，不过谁也没在我的社交圈中见过普雷旺。我只是在一个我的一个女性朋友中跟他有过一面之缘。当剧院有一出新剧上演时，他让出了他的包厢，我接受了一个席位。在看戏时，我在普雷旺面前，邀请了我的女性朋友过来用餐，依据惯例我也邀请了他。然后他接受了邀请。两天后，他登门致意，这都合乎礼数。实际上，他是第二天早上就过来看我了。然而，上午的访客本就无足轻重，怎么看待他的造访就由我决定了。另一方面，我把他划入了与我关系疏远的一类人之中，我给了他一封邀请函，请他出席一次礼节性的晚餐。我完全按照计划执行了自己的构想。

决定命运的日子到来了。这一天，我会失去贞操和声誉。我对忠实的薇可朵娃做了指示，她执行得也很好，您就看着吧。

黄昏很快来到，当下人宣报普雷旺登门时，家中已有不少宾客。我以突出的礼节接待他，表明我与他的关系不深。

我引他加入元帅夫人她们那边，因为我是通过她们才认识他的。晚间，除了这位谨慎的恋人递给我一张字条以外，什么都没发生，而且我也按照惯例把它烧了。他告诉我他那边毫无问题，除此之外就是满纸冗长的爱情啊、幸福啊等等，这样的场合，这些字眼是不可少的。

到了午夜，牌局结束，我怂恿大家玩一场马塞端讷赌博牌局。我这个提议既可以便于普雷旺溜掉，又可以让大家注意到他已经走了。大家不可能不注意到他的离开，因为他嗜赌如命。还有呢，我也乐于事后让大家回想起，我当时并不急于让宾客散去。

这场牌局持续得太久了，魔鬼在诱惑我，不能自拔，我一心想去安慰已经等得不耐烦的囚徒。就在我将自行毁灭之际，我突然想到，要是我屈服了他，以后我就没法控制他了，我的计划就要落空了。我终于抵住了诱惑，又回到牌戏桌上，牌局结束，客人终于都回去了。于是我拉铃叫来侍女，匆匆换了衣服，同时快速把她们打发走。

子爵，我穿着单薄的衣服，羞怯地轻轻向前移动，用一只微微颤动的手去为我的胜利者开门。他一看见我，比闪电还要迅速。我来不及说句话就被他制服了。接着，他采取了一个更方便更适合当时情况的姿势，抱怨着自己穿得太衣冠楚楚了，使他不能贴近我。他说要以相同的衣服跟我干一场。我呢，不同意他这样做，同时对他又搂又抱，他呢，正忙着自己那头，可无暇顾及呢。

他仗着自己又尝了一道甜头，于是提了一些要求。这时我对他说："听着，到现在为止，您可以跟两位某某伯爵夫人讲一段挺得意的艳史了，还可以跟别人去讲。不过，我想知道您怎么讲这次的艳史。"一边说着，我一边使出全身力气去拉铃铛。这一下，我占了上风。他还结结巴巴想说什么的时候，我已经听见薇可朵娃迅速跑过来了，遵照我的吩咐叫喊留在她房间等候的仆人们。这时，我以女王的口气喊着："给我出去，先生，休想以后再在我眼前露面。"我刚说完，一群仆人就进门了。

可怜的普雷旺吓昏了，他以为自己中了埋伏，于是去取自己的剑，其实我只是想戏弄一下他罢了，幸好我有一个强壮的男仆，一把抱住他，把他摔倒在地。当时我也吓得半死，要他住手，命令大家放他出去，只要他离开我家就行了。仆人们照办了，但是他们议论着，对这个企图玷污他们"贞洁的主人"的人怒不可遏。他们义愤填膺，押着普雷旺出门，这正好符合我的意思。只有薇可朵娃留在房间里，帮我收拾凌乱不堪的卧榻。

仆人们回到屋里，仍然议论不休。我惊魂未定，问他们怎么这么巧还没睡。薇可朵娃告诉我，她刚好请她两个朋友晚餐，所以大家都在她屋里坐着没睡。其实这正是我计划好的。我向大家表示感谢，请他们回去。但是立即吩咐一个佣人去找医生。我觉得因为这场大惊请医生也是名正言顺的事情。这样一来还可以使消息不胫而走。

医生来了，很同情我的遭遇，叫我好好休息。我打发薇可朵娃一大早去左邻右舍宣传。

薇可朵娃成功了，以至于中午还没到，就有邻居到了我的床边，询问我事情的经过和细节，我不得不花了一小时跟她感慨世风日下，道德沦亡。一小时后，我收到了元帅夫人的信。最后，在五点之前，我见到了普雷旺的司令官的登门道歉，为其部下对我的不敬致歉，我着实吃了一惊。他对我说，他是在元帅夫人府里吃午餐的时候得知此事的，他马上传令给普雷旺，让他进监狱。我为普雷旺求情，他不同意。于是我想到，作为共犯，我也应该为这事负责，也应该受到禁闭，于是我吩咐下人闭门谢客，声称自己身体不适。

现在我很清闲，所以才能给您写这么长的信。我还要给沃朗日夫人写一封信，她肯定会当众宣读，您也肯定会知道我是怎么讲这个故事的了。

顺便提起，贝尔洛施骑士为这事很生气，非要与普雷旺决斗。可怜的孩子，还好，我有时间去消除他一肚子的怒火。写得有点倦了，我要停笔让脑袋休息下了，再见了，子爵。

一七××年九月二十五日晚七时，于巴黎

# 第八十六封信
# 某元帅夫人致梅特伊侯爵夫人
## （此短信附于前信内）

天啊！我简直不敢相信，亲爱的夫人。这年轻小伙子普雷旺竟然干出了这么下流的事情，而且还是对您！做人真是危机四伏啊，难道我们在家中也没有安全可言了吗？说真的，这类事听多了，我觉得年老是一件幸运的事了。但是我觉得内疚的是，您在府上接待这样的恶人，也有我的原因。如果我听到的话是事实，那我向您保证，他再也不能进我的门了。这是一个正派人物应该做出的正确决定。

听说您身体不适，我为您的健康担忧。夫人近况如何，请告诉我，您的消息对我而言非常珍贵。如果您不能来，请派一个侍女告诉我。我只求您给我一句话让我安心。要不是我的医生让我不能中断沐浴疗法，我今天上午就过来看您了。下午我又必须为了我侄子的事跑到凡尔赛去。

再见了，我亲爱的夫人，请永远相信我对您真挚的友谊。

一七××年九月二十五日，于巴黎

# 第八十七封信
# 梅特伊侯爵夫人致沃朗日夫人

亲爱的好朋友，我是在床上给您写的信。我碰上了一件极为不堪的事情，因而忧郁地病倒了①。这不是说我自己在这方面有什么过错，但是对于一个正派又谦虚的女人来说看到自己成了众人瞩目的人物，总是觉得难堪的。这场不幸，如果能躲得过，我是不惜任何代价的。我现在说不定要去乡下住住，等公众淡忘这件事。事情是这样的：

我在某元帅夫人处遇到一个名为普雷旺的男士，您或许听闻过这个人。这个人我也只是听过，并不认识。他既然在这里出现，那想必是正人君子，看上去友善又聪明。那天大家都在玩朗斯格内牌，因为我对牌没什么兴趣，于是我和某主教同普雷旺聊了会儿天，聊到晚餐开始。席上有人讲起有新戏上演，普雷旺就顺水推舟把他的包厢让给了元帅夫人，她也接受了，说留了一个位子给我。于是上周一，我们一起去看了新戏，散场后，我请元帅夫人去我家吃宵夜，我顺便邀请了他。过了两天，他登门造访，彼此寒暄了几句。第二天上午，他又来了，这实在有点儿轻浮了。但是我认为，与其冷冷对待他，不如礼貌地接待他，让他明白，彼此的关系

---

① 同一件事用两种方式叙述，这里又是一个很好的例子。第一种见第八十五封信梅特伊侯爵夫人致瓦尔蒙子爵。第二种，她在这里说给沃朗日夫人听，两种说法正好相反，一封是老实话，另一封是虚言欺弄。前信读到真实情节，那么邪恶，再读这封信，就觉得可笑。

不如他想象的那样亲近。为了达到这个目的，我给他寄去一份正式的请帖，让他参加一次晚宴。那一晚上，我跟他只是礼节性地打几句招呼，而他也在牌局结束后离开了。到那时为止，还没有任何要出事的迹象。后来，大家又玩了一阵马塞端讷，散局的时候已经凌晨两点了，我就回屋睡觉了。

大概过了长而又长的半小时之后①，身边的女仆散去，我听到我套房里有声音，我胆战心惊地拉开床幔，只见一个男子从通到我房间的门走了进来，借着灯光，我认出是普雷旺先生。他厚颜无耻地叫我不要惊慌，他声称要解释他这次行动的原因，恳请我不要发出声音。他这样说着，点亮了一支蜡烛。我吓得说不出话，但是他却从容自在，若无其事。他开头才说了几句，我就明白他的意思了，不用说，您也想到，我唯一的反应就是死命地拉铃。

真幸运，我的仆人们刚好在我的一个侍女房里聊天。我的贴身侍女在走到我卧房的途中，听到我声音那么激动，吓坏了，马上叫来了我的仆人。您可以想象一下当时的场面是多么混乱不堪。我的仆人们都很生气，有个仆人还想去杀了他。我承认，我当时看到自己没有危险了，还是很高兴的，但是我宁愿当时只有一个贴身侍女，那样事情还不足以宣扬出去，以致让我苦恼。

可是喧闹声又吵醒了邻居，仆人们又逢人就讲，于是整个巴黎都知道了。普雷旺的部队指挥官下令将他收进监狱，还很有礼貌地登门致歉。普雷旺这一下狱，只会让这件事更为轰动。我尽力劝说，但是他还是没有收回命令。城里宫中

① “大概过了长而又长的半小时之后”，这里虽然梅特伊夫人在捏造故事，但是不经意泄露了自己急切的心情。

的人纷纷过来拜访我，我只好闭门谢客。我的侍女告诉我，大家都在为我主持正义，对普雷旺愤恨至极。话是不错，但是这场事带来的不快却挥之不去。

而且这个人肯定有不少与他沆瀣一气的朋友，谁能知道他们会捏造什么来坑害我。天啊，一个年轻的女人多么不幸。光躲避这些中伤的恶语还不行，还要大力对付造谣诽谤者。

再见了，我亲爱的好朋友。您知道我对您的感情始终不变，在此拥抱您可爱的女儿。

一七××年九月二十六日，于巴黎

# 第八十八封信
# 塞西尔·沃朗日致瓦尔蒙子爵

虽然能收到唐斯尼骑士的这几封信，我很快乐，我也像他一样渴望能见面，但是我还是不敢按照您吩咐的去做。这太危险了，您给我的钥匙，的确很像那把，但是还是有点儿不同的。我母亲样样都看得紧，什么都瞒不过她。虽然这钥匙一直放在那边没人用，但是万一倒霉被抓住了呢？那我就永远没救了。再者，我觉得这样也不太好，配两把钥匙太过分了。的确，这事您好心自告奋勇去办，但是，其他人可不这么想。万一叫人知道，人家责骂起我来，也是不会轻饶您的。因为您是为了我才这样做的。最后一点：我曾有两次想去拿，要是换作别的东西，不消说，做起来会很轻松。但我不知道怎么回事，我每次都发抖，鼓不起勇气来。我想还是算了。

只要您好心，始终像以前那样帮助我们，您一定有办法给我们传信的。最近这一次，要不是您一时不巧把头突然转过去，我相信那信就轻而易举交过去了。我很清楚，您不会像我一样，一心只盯着这事想，不过我情愿耐心点，不要冒这么大险。唐斯尼也一定会说同样的话的，因为每次他所要求的事情，只要让我觉得为难，他就会放弃的。

先生，您的信、唐斯尼先生的信和您的钥匙，都会随着我的这封信一起还给您。我对您的好心一直很感谢，请您像以前一样对我。我很不幸，这是千真万确的，但是，要是没有您，我会更加不快乐的。说到底，她毕竟是我母亲，我应该忍着点。但愿唐斯尼先生始终爱我，您也始终没放弃我，也许总有一天，我会等到幸福。

先生，向您表达我深深的谢意，您顺从而谦卑的女仆奉上。

一七××年九月二十六日

# 第八十九封信
# 瓦尔蒙子爵致唐斯尼骑士

我的朋友，您还不能见到您心爱的女孩，这事不能怪我啊。这里障碍太多了。沃朗日夫人提防得紧，同时又十分严厉，可这并不是唯一的障碍。您那年轻的女友也给了我几样难题。我总认为她应该知道该怎么做，但是她不是冷淡就是胆怯，总不能跟我很好地合作。

我想到一个简单又方便的方法，可以把您的信交给她，还能安排你们见面。但是她没有按照我说的做。更让我感到很痛苦的是，我也想不到别的方法让您接近她了。仅仅为了你们的传信，我就已经动了很多脑筋了，要是事情败露，我们三个都完了。而您是知道的，我不愿意自己冒这个险，也不想让你们俩冒这个险。

您的心上人不能完全信任我，如果因此妨碍我为您效劳的话，那会让我很是心痛的。也许，您应该写封信跟她好好谈谈，您自己决定吧。因为问题不仅仅是为朋友效力，而且还要知道怎么做才符合你们的意思。您这样做，还可以进一步探测她对您的感情，如果一个女人心中有主张，那么她并不像嘴上说的那样爱您。

我不是怀疑您那公主用情不专，只是她还十分年轻，对她母亲又如此惧怕。您是知道的，她母亲一心想损害您的利益的。因此，你们长时间的隔离，对你们而言是危险的。但是您也不用对我上面所说的过分担忧，因为我没有什么证据，这些只是出于友情的关心罢了。

我不再写下去了，因为我也要处理些私事。我自己的事情，虽还没进展到您的那种程度，但我的爱情一点也没有褪色，这一点我甚感安慰。而且，就算我自己徒劳无功，只要能为您尽点力，这也是值得的，再见了，我的朋友。

一七××年九月二十六日，于××城堡

# 第九十封信
## 杜维尔院长夫人致瓦尔蒙子爵

先生，我很希望这封信不会给您造成任何不快。如果事与愿违，那我请您念在我给您写信时也觉得难堪的份儿上，能冲淡您的不愉快。现在，您也应该能了解，我没有存心要伤您的意思。而您，肯定也不想把我推入永恒的绝望之中吧。所以我恳求您，看在我们曾经的友谊上，看在您对我的情分上，我们还是不要再见面了。也许您对我的感情比较热烈，但一定不如我对您的真挚，在您走之前，请不要与我有单独的交谈，那样太危险了。过去，不知道受什么力量左右，都没跟您说清楚我心中所想，从头到尾只听您讲些我不爱听的话。

昨天也是如此，您来花园找我，我当时就该和您说清楚的，这也是我现在这封信里说的。但是，我都干了什么？翻来覆去地谈的只是您的爱情。我绝不该对您的爱情做出反应的。唉，您行行好，离我远远的吧。

不用担心，分离不会改变我对您的友情。我已经没有勇气和这种感情做斗争了，我怎么可能战胜得了它呢？您看到了，我毫无保留地跟您说了，我虽然承认了自己的弱点，但是我不能向它屈服。这感情，我没办法与它分庭抗礼，何况是要将它彻底铲除呢。但是在行动上，我要保持这种力量，即使以生命作为代价。

不久前，我满怀信心地以为，自己不会经受今天这种挣扎了。也许是我过于自满，上天要惩罚我。但是，即使在它打击我的时候，也时刻提醒着我。我自知无力抗拒，因此要谨慎从事，否则要铸成无法挽回的错误了。

您对我说了好多次，您不需要用我的眼泪换取幸福啊。不要再谈幸福了，让我重新获取一些安宁吧。

您如果接受了我的请求，那么在我的心灵上，您就有了一切权利了。您的要求既然是以德行为基础的，那我没必要拒绝。我将会对您表示感激，我明白是您给了我快乐。但是现在相反，我的感情我的思想都让我惊骇。甚至您的形象一出现在我的脑海里，我就觉得害怕。在我无法逃避它的时候，既然无法清除，我只能暂时压住它。

终止这种焦虑不安的日子，对您对我，都有好处吧？您有一颗始终充满怜悯的心灵，即使误入歧途的时候，它仍然爱好和平。请您理解我的处境，不要拒绝我的请求。我这一阵激烈不安的心情也将过去，然后迎来一阵更为热烈的关切之情。到那时，我因为您的善举得以恢复元气，倍觉生命的可贵，会说："我今天体会到的安宁，全靠我的朋友。"

我不强求您，只求您稍微节制点，便能使我脱离苦海了。您会认为这是要您付出昂贵的代价吗？请您相信，假使用我自己的不幸，可以换来您的幸运，我绝不会迟疑的，但是，现在是要我犯罪啊……我的朋友，这样可不行啊，我宁死不屈。

现在，我觉得很是羞愧，也觉得后悔。我既害怕别人，也害怕自己。在众人面前我脸红，一个人独处也寒栗不已。我生活里尽是痛苦，只要您肯点头我才有安宁。即使是我正大光明下的决心，也不曾令我有所安慰。我这一个决心是昨天下的，但我却为此付出了一夜的眼泪。看吧，您所爱的朋友，她不知如何是好，惶恐不安地请求您赐予她安宁。上帝，要不是您，她怎么会沦落到向别人做出这样的请求？但我没有责备您，我自己体会太深了，要抹杀这种感情太难了。请您不要把我的诉苦当作抱怨，我这样做是守着我的本分，请您也这样做，用您宽宏的那颗心。在因您产生的各种感情外，我将会对您多一层永远的感激之情。再见了，先生。

一七××年九月二十七日

# 第九十一封信
## 瓦尔蒙子爵致杜维尔院长夫人

夫人，您的来信让我觉得沮丧，我都不知道该怎么答复您了。如果需要在您的不幸和我的不幸中选一个，我会毫不犹豫地牺牲自己。这样重要的事，在我看来，我们得在一起商量一下，弄弄清楚。如果我们不能再会面交谈，那又怎样商量呢?

将我们结合起来的，是最柔美的感情，而拆散我们的，是一种虚幻的恐惧。亲密的友谊，火热的爱情无法享受它们的权利，它们的呼声无人理睬。这是为什么呢? 究竟什么可怕的危险使您这么担心? 请相信我，这类恐惧，几乎是无中生有的。就凭这一点，就是令人安心的理由了。

请容我向您明说，别人强加给您的那些关于我的不利印象在这事上又起了作用。一个人和所尊重的人在一起是不会恐惧战栗的，更不会把他打发走。只有危险人物才会被人惧怕，不愿与之交往。

然而，我对您是那么恭顺听话。您看我用字是那么检点。我不敢再使用我喜欢的那些甜蜜字眼了，只能在心里暗暗对您吐露。我已不再是一个忠诚而不幸的情人，聆听他温柔善感的女友并从她那里获得劝告和安慰。我变成了一个犯人，一个奴隶。新的身份意味着要接受新的义务，我向您保证，我会履行。请先听我说，您如果觉得我不对，那我会接受并离开这里。您喜欢专横不听人申辩就下判决吗? 您虽然明知自己有失公允，还可以面不改色吗？那么发号施令吧，我会遵命的。

不过，这判决，或者这命令，我要听您亲口说出来才好。您要问我为什么的话，那您对我的爱情和我的心灵都太不理解了。难道和您再见一面都是微不足道的小事吗？您把绝望注入我的心灵的时候，您的一瞥可以拯救我，也许还能给我心灵抵抗绝望的力量。如果我不得不放弃这支撑我的友谊和爱情这两根支柱，那您至少要看看您把我变成什么样的人吧。您会对我表示怜悯，即使我不配得到，为了这一丝希望，我会乐意付出昂贵的代价的。

唉，您要驱逐我，让我们成为陌路人吗？您不只是同意，您还要这样做。您向我保证，我的离开不会损害您和我的感情。其实，您是想借助我去熄灭这感情。

您对我说，您会对我有永恒的谢意。一个路人对您的帮忙，甚至一个对您停止攻击的敌人，也能得到这谢意吧。而您却要我满足您的这个恩赐。请您扪心自问，要是您爱的人或者朋友，哪天对您表示感谢，您难道不会愤怒地对他说：您走开，您这个忘恩负义的家伙！

我的话就讲到这里为止，请您谅解。在您引起的悲痛下，我口不择言。不过我的痛苦不会影响我对您命令的服从。但我还是请您同意让我跟您表明一次心意。看在这十分柔美的情感上，同意我的要求吧。是您把我推入这生不如死的情况的，请您可怜可怜我，不要再拖延见面日期了。再见了，夫人。

一七××年九月二十七日晚

## 第九十二封信
## 唐斯尼骑士致瓦尔蒙子爵

我的朋友，您的来信把我吓死了。塞西尔她……老天爷！怎么可能，塞西尔她不爱我了？虽然您出于友情，故意含糊其辞，但是我还是看清楚了这可怕的真相。您是想让我做好思想准备，接受这致命的打击吧。我谢谢您的苦心，但是爱情能这样屈服吗？对心里牵挂的事，他能事先预料到，不用他人相告时便已猜到凶吉。我自己心中已经猜到结局了，您不用拐弯抹角，直说无妨。请您全部告诉我吧，到底是什么引起了您的怀疑，又有什么证明了您的猜疑。细节也是很宝贵的。仅仅把一个字换成另一个字，整句话也能改变意思。有时候，同一个字会有两种意思，可能是您误解了。老天，到这个地步了，我还在自我安慰呢。她跟您说了什么？她又责怪我什么？她有为自己辩解吗？至少，这其中的突变我应该早点预料到的，这段时间里，她遇到的困难太多了。真有爱，那她是不会寸步难行的。

我要怎么做，您能给我个指点吗？该不该见她一面？难道真的没有办法了吗？两个想相见的人不能见真是痛苦。而她却拒绝了一个能够见到我的办法。虽然您没告诉我是什么办法，要是做起来实在危险，我也不愿她太冒险的。不过我知道您是个谨慎的人，只怪我倒霉。

现在我该怎么办？给她的信该怎么写？她要是看出我在怀疑她，她会伤心的。如果我冤枉了她，我伤了她的心，那我还能再原谅自己吗？要是我隐瞒对她的怀疑，那是欺骗她，我是不能对她有所隐瞒的。

唉，要是她知道我受了多大的痛苦就好了，也许我的痛苦还会感动她。我知道她感情丰富、心地善良，我也能找出千百条证据证明她爱我。但是她到底太年轻了，太腼腆还太害羞，再加上她母亲对她这么严厉。我这就给她写信，让她完全信任您。就算她仍然拒绝，她也不会对我的请求生气的，但愿她能答应。

对您呢，我的朋友，我向您赔不是，为了我也为了她向您道歉。您为我们这样劳心劳力的，我拍胸脯保证，她是能领会得到的，她不是不信任您，是羞怯，请您原谅她吧。您为我们这么操心，我真不知道该怎么感谢才好。再见了，我马上给她写信去。

我现在害怕极了。我做梦也没想到，我有一天给她写信竟然会难以下笔。就在昨天，写信还是我觉得最甜蜜的事情。

再见了，我的朋友。请您继续帮助我，并且深切地同情我吧。

一七××年九月二十七日，于巴黎

# 第九十三封信
## 唐斯尼骑士致塞西尔·沃朗日
### （附在前信内）

瓦尔蒙告诉我，您对他仍然不是很信任，不瞒您说，我听完之后不知道有多难受。您知道他是我的朋友，而且他是唯一能让我们接近的人了。我原以为靠这些理由您能够信任他了。但是现在看来，我错了，心里十分伤心。您至少要告诉我，您为什么这样做。您也许还有什么为难的地方不便开口。然而，您一句话都不说，我实在猜不透您为什么是这样的态度。我不敢怀疑您的爱情，您也不会背弃我对您的爱的。啊，塞西尔！

有一个办法可以让我们相见，而且那方法很简单方便，您却拒绝了①，真有这回事吗？您就是这样爱我的吗？才分开短短几天，您就改变了对我的感情吗？那您为什么要骗我？您为什么说您一直爱着我，比以前还爱我了呢？您的母亲不仅毁了我们的爱情，而且还破坏了您的真诚吗？如果她还让您保住了几分怜悯之心的话，您现在得知我极度伤心的话，您也会觉得难受吧？啊，就连死，也比这痛苦来的好受吧。

请您告诉我，您现在已经永远对我闭上心扉了吗？您把我完全忘却了吗？您不肯点头，我不知道您什么时候才能听到我的哀诉，什么时候您才会给我答复。瓦尔蒙出于友谊，

---

① 唐斯尼并不清楚是什么方法，他只是重复了瓦尔蒙的话。

让您和我的书信联系不中断，但是您，好像并不愿意，觉得这种联系讨厌，宁愿疏离我。不了，我再也不相信爱情了，再也不相信有诚心这回事了。如果塞西尔背弃我，还有谁可以相信呢？

回答我这个问题：您不爱我了，是吗？不可能的，这只是您一时的恐惧，一时的气馁。爱情是永恒的，是吧，我的塞西尔？肯定是我错怪您了。我错怪了您，反而高兴，我多么愿意含情脉脉地向您求饶。我要用永恒的爱来弥补对您片刻的怀疑。

塞西尔，我的塞西尔，您就可怜可怜我，答应与我相见吧。不管用什么方法。您清楚分离的后果，只有恐惧和猜疑。只要您看我一眼，说一句话，我们就会变得幸福。唉，我为什么还要谈幸福，也许，幸福已经永远地失去了。我在疑惧之下，坐立难安。我受到了两面夹击，一面是对您不公正的猜疑，一面是真相。我不知道怎么办才好，我所保存的生命力只能忍受这痛苦和爱您了。啊，塞西尔，只有您能恢复我生命的活力。您说的一句话会恢复我失去的幸福，或者让我陷入永恒的绝望，我只等您一句话了。

一七××年九月二十七日，于巴黎

# 第九十四封信
# 塞西尔·沃朗日致唐斯尼骑士

您的信看得我莫名其妙，除了引起我的痛苦，还能引起什么？瓦尔蒙子爵到底跟您说了什么？怎么会让您以为我不爱您了。要真是这样，那就好了，我的痛苦会减轻许多。我爱您爱到这个份儿上，您却在指责我这里不对那里不对。我从您那里得不到安慰，反而得到最多的抱怨。您认为我骗了您，但是没有。您是把我想成什么人了？就算我真想骗您，对我有什么好处呢？要是我真的不爱您了，我跟您直说不就行了。毫无疑问，大家都会称赞我那样做的。但是不幸的是，我的爱情已经到了不由我控制的地步，我为什么非要爱上您这个不明是非的人？

我到底做错什么，让您这么生气？只不过是有把钥匙我不敢拿，怕妈妈发现，怕这事给您和我带来难以挽回的局面？再说，我觉得这样做是不好的，而且跟我说这件事的只有瓦尔蒙先生。您既然毫不知情，我怎么知道，您是不是愿意我这样做。现在，我知道，您要我这样做，拿这钥匙，我哪里会拒绝不拿呢？明天我就去拿，看您有什么好说的。

瓦尔蒙是您朋友，我相信，我不比他少爱您。可是您总是觉得他对我错。说真的，这样我是很伤心的。不过，您也不在乎我伤心了吧。因为您知道，我马上就不伤心了。等我有了钥匙，我想什么时候见您都可以，但是请您明白，要是您总是这种态度，我是不想见到您的。我宁愿自己给自己找伤心事，也不愿是从您那里得来的。

如果您相信我，我们是可以深深相爱的！至少，我们之间的痛苦，仅仅只会来源于外人，而不是我们自己。相信我，如果我自己能够做主的话，一定按照您说的做。但是如果您不相信我，咱们就都不会有好日子过了，这可不能怪我了。我希望尽快见面，那样就不会像现在这样自找伤心了。

要是我早知道会这样，那钥匙我当时就去拿了。说实话，我当时以为这样做是不对的。您就别气我了①。我求求您，别再责怪我了，别悲伤了，像我爱您一样爱我吧，那样我会高兴的。再见了，我亲爱的朋友。

一七××年九月二十八日，于××城堡

① 塞西尔的文字特点就是啰唆、口语化、幼稚，作者故意在这里留下语病，所以中文译成“您就别气我了”。

# 第九十五封信
## 塞西尔·沃朗日致瓦尔蒙子爵

先生，麻烦您把钥匙给我，好吗？我准备拿它去替换另外一把。既然大家都要求我这样做，那我就不得不同意了。

我不明白您为什么告诉唐斯尼先生，我不爱他了。我从来没这么说，是什么让您有了这样的想法？您这话让他好伤心，我也很难受。我知道您是他的朋友，但是您也没理由让他伤心，也没必要伤我的心。请您做一件让我高兴的事吧，您下次写信给他时，就说我十分爱他，并且说有很多证据证明这一点的。他对您十分信任，但是他不相信我说的，那我就不知道该怎么办了。

关于钥匙的事，您放心好了，您信中叮嘱的，我都牢记在心。不过，您要是把那封信和钥匙都交给我，我一定会小心保管的。如果您明天午餐时能把那信和钥匙一起给我的话，后天早上，您就能得到另一把钥匙了。您怎么给我第一把钥匙的，您现在也可以给我这把钥匙吧。我希望时间短些，这样妈妈就不会发现什么了。

然后，当您手上有了这把钥匙之后，就请您费神多来取我的信，唐斯尼先生就能经常获得我的消息了。这样，比以前方便多了，不过我一开始太害怕，请原谅我。我希望您还是像过去那样帮助我们。我将始终感激您。

我是您卑微的、顺从的女仆。

一七××年九月二十八日

# 第九十六封信
## 瓦尔蒙子爵致梅特伊侯爵夫人

我可以打赌，您成功击倒普雷旺之后，您每天都在等待我的祝贺和赞扬。见我久久未通信，我相信您已经有点生气了①。但这不能怪我，我总觉得当一个女人只能被赞扬的时候，对她的牵挂可以放下不管，先忙别的事情去了。但是我还是要为我得到的好处向您表示感谢，也祝贺您的成功。为了使您更加高兴，我甚至可以承认，您的这一次表现，实在出乎我的意料。话说回来，我这次的行动肯定也不会让您失望的。

我跟您要谈的，不是杜维尔夫人。这个进展得太慢了，会让您不高兴的。您只喜欢已经有了结果的事情。慢慢展开情节的场景，只会让您觉得厌烦，而我，享受这缓慢的步调带来的欢乐。

一点儿不错，我很喜欢端详观察这个谨慎的女人，看她不知不觉走上了一条没有退路的小径，在危险的陡坡上，她不得不跟着我走。到这个地步，她知道自己陷入了险境，吓得手脚冰凉，想停住脚步却没办法了。她费尽心思，灵活地将步调迈的小一些，但还是一步步往下滑。有时候，她不敢

① 从九月十八日到十月一日，瓦尔蒙一直很沉默，清楚地说明了他内心的恶毒。这里，他对侯爵夫人第八十一、八十五两封信仅能以观察院长夫人缓慢但不容逃避的失身细节来聊以自慰。同时，他又轻易占了塞西尔的便宜，从而可以对普雷旺事件嗤之以鼻。

正视危险，闭上眼睛，任凭我摆布。更经常的是，心生畏惧，她企图挣扎倒退。她使尽全身力气才走上一小段，不消一会儿，自有一股神奇的力量置她于原来的险境中，甚至危险更甚于前。她枉费力气，只有我一个人可以作为她的向导和支柱。她势必要堕落，也顾不上指责我，只是一味恳求我推迟堕落的时间。凡人由于恐惧向神祈祷，谦卑地哀求，这些我都欣赏到了。而您，却要我对她的祈愿充耳不闻，并打碎这可笑的崇拜，将她草草了结。您至少多给我一些时间欣赏这场爱情和贞德之间的挣扎吧。

你们迫不及待奔去剧院，拼命鼓掌的，不就是这种剧情吗？您认为，发生在真实生活中，就没那么吸引人了吗？这样一颗心灵，它向往幸福，但是害怕幸福，到了无力抗拒的时候，还不停地进行自卫。这样纯洁温柔的心灵诉说的感情，可不是津津有味嘛。那么对于点燃这种感情的人，就更成了无价之宝。这位佳人每天供养给我的，正是绝美的享受啊。您却责怪我，不该去品尝。等她堕落的时候，身价不再，那时候，她会变成一个平淡无奇的女人。我只怕这时刻来得太快。

虽然说起了她，但是我不该谈她的，真不知道是什么力量，总把我引到她的身上去，老是无休止地谈到她，哪怕是在诋毁她。现在让我摆脱与她有关的危险念头吧，让我们来恢复常态，谈一个比较开心的事情吧。谈的是您的女弟子，现在是我的弟子了。我希望您会从我怎么处理这件事上认出我还是那个我。

几天来，我那位多情的美人不拒绝我了，因此我没有把全部精力放在她身上。我发现沃朗日小姑娘的确挺好看。唐斯尼为她坠入情网固然愚蠢，而我孤家寡人一个，不去动她的脑筋也太傻了。我觉得我为她操了心，而她要是不报答，也说不过去。再说，现在想起来，您原本是把她送给我的，那时候唐斯尼还没为她动心。正是因为我的拒绝，才落入旁人之手。我认为，现在提出物归原主的要求，也是名正言顺的。那丫头脸蛋标致，嘴唇鲜嫩，稚气十足，甚至她笨手笨脚的举止，都加强了我明智的决定。于是我决定行动，而且成功了！

您一定在想，我是用什么方法这么快就取代了她那心爱的情人。对于这样妙龄的少女，缺少经验，应该怎样勾引才是对症下药。您一定想不到，我什么方法都没用。你们懂得巧妙地使用女性的利器，以手腕取胜，而我只是用了男子生来就有的权利，用权威来制服。只要能接近猎物，我就能抓住它，只不过为了接近她，我稍微动了点儿脑筋。

我收到唐斯尼给他小美人的第一封信的时候，我就拿来利用。但是我用约定好的信号通知她之后，我没有拿出本事把信传过去，而是一筹莫展地表示交信有困难。她焦虑不安，但我又装出跟她一样的不安，制造出痛苦之后，我又帮她解决。

姑娘的卧室有一扇门通向廊道，她母亲理所当然收存了钥匙。只要拿到那钥匙就好办了。这事本来办起来轻而易举的，只要把那钥匙借给我两小时，我就能配出一把一模一样的来。钥匙一旦配好了，那么他们见面就不是问题了。但是，您难以想象，这姑娘心生胆怯，不敢干。换了别人，肯定就中断了，但我觉得这正好给我添点儿趣味。我给唐斯尼写信抱怨，说自己献计受拒。信写得太好了，使得我们那位糊涂虫非要让她答应接受我的要求，完全听我摆布，甚至严厉地要求他那位心存疑惧的心上人做，他才罢休。

于是我和他主客易位了。说老实话，我觉得很惬意。他原本指望我为他办成的事情，他倒反过来成全我了。一想到这里，我觉得这场猎艳更加值得了。于是，我在拿到这把钥匙之后，便刻不容缓地启用了。那是昨天夜里的事。

确保城堡内都安静之后，我手提藏光灯笼，穿着适合的衣服，探访了您的女弟子。我事先要她准备的她都做了，我就不出任何声息地进入了她房内。她那时睡得正酣，这也难怪，像她这种年纪，一直等我到了她床前，她都还没发觉。我原本想就此开始，让她以为跟做了春梦一样，但害怕她吃惊之后弄出声响，于是改变了主意。我弄醒了这美人，先发制人，没让她发出我担心的叫声。

我来的目的不是为了和她寒暄，因此，安慰了她的恐惧之后，手便不规矩起来。不用说，在隐修院里，没人好好教她，天真无邪加上胆怯是会遭到毒手的，没有教她有什么要害要好好保护，免得让人乘虚而入。亲吻不过是声东击西，要是尽力抗拒一个亲吻，只会让其他部位容易被乘虚而入。我就这么做了，我们俩都认为大事不好。那丫头吓得魂不附体，想大喊，同时又扑向铃绳。我灵巧地抓住了她的手臂。

“您要干什么，想找死吗？来人就来人，我不在乎。我在您房里，说不是您允许我进来的，有谁会信您的话，除了您还有谁会开门让我进来。况且这钥匙还是从您那里得到的。这钥匙本来要派什么用，您敢挺身说明吗？”我这样对她说。她终于安静下来。

这个小姑娘十分苦恼，便和我商量起来。我对她的哀求置若罔闻，我觉得我得出个价。您以为我会出高价？错了，我满口承诺只要她的一吻，但是吻过之后我没守信用，因为没说是我吻她还是她吻我。几番讨价之后，双方同意再来一次，这一次说好是我吻她。我引导她用双臂围抱我的身体，然后伸出一条更有情义的手臂紧拥着她。我甜蜜地一吻，让她尝了个透，连爱神都没我做得高明。

反应这么真诚，值得奖励，于是我抽回了那只手，但是却用身体代替了它。您一定认为我是着急了，是不是？我已经习惯慢慢赶路，我告诉您，既然胜券在握，我又干吗着急赶路呢？

说真的，这次能体会到“机遇”的好处，是一件快事。虽然是好机会，但是没有外力帮忙。我必须对抗的是这丫头心中的爱，她的羞耻之心，再加上她受了我的拨弄，有点生气，这些都会加固她心中的爱的。然而机会虽然孤立无援，但屹立不倒，而丫头心中的爱情，却早已不见踪影。

为了正确观察，我动了点儿脑筋，只用了她能挣脱开的力气。只是，万一她要挣脱，我会放出刚才的话吓她。但是，那春意荡漾的姑娘忘记了海誓山盟，变得心甘情愿。完事之后，她又开始哭泣和责怪自己。我不好说她是出于真情还是假意，只是每次哭泣都有停止的时候，也就是说，我再次下功夫，她就不哭了。总而言之，她情不自禁之后就内疚，内疚之后又情不自禁，这样周而复始，直到彼此都心满意足之后才分开，还同意今晚再聚。

我回房间时天已经有点亮了，极其疲倦，不过，一心不想错过早餐，只好放弃休息时间了。我一向都喜欢看情人销魂后第二天的脸色，她那张脸是什么模样您是想象不出的。她眼睛肿大而且还有黑眼圈，并且面露尴尬。她母亲看她像换了一个人一样，大吃一惊，也露出了颇为慈爱的关爱。院长夫人也一样，急忙到她身边去。啊，院长夫人的殷切关怀，算是借出去给她的吧，总有一天会还的，为期不远了。再见了，我的可人儿。

一七××年十月一日

# 第九十七封信
## 塞西尔·沃朗日致梅特伊侯爵夫人

啊，我的上帝啊，夫人我真的太悲惨了。这样的痛苦，还有谁能安慰啊。我落到今天这个地步，有谁能给我指点啊？那个瓦尔蒙先生……还有唐斯尼。不想再提唐斯尼了，一想到他我就没救了……怎么跟您说呢……不知道怎么说才好，但是我心里憋着这事真的难受……我一定要找人说说。我只敢跟您一个人谈这事。今天，这里的人都对我表示关切，我的痛苦就更深了。我深深感到自己不能接受这种关切。还是狠狠地责骂我吧，骂完后再救我一把。如果您不帮帮我，我会痛苦地死去的。

事情是这样的……我的手在抖，我都拿不住笔了，只觉得脸跟火烧似的。羞愧得无地自容啊。这是我犯错的第一个惩罚，好吧，我要跟您全说出来。

唐斯尼先生的信一直是瓦尔蒙先生传给我的，他突然发现传信太困难，要我给他一把房间的钥匙。我不骗您，我原先是不愿给他的。然后他向唐斯尼写信说了这事，唐斯尼也要我这样做。我是不会拒绝唐斯尼的要求的，自从我离开之后，他是那么伤心。我就照做了，但是没料到后果是这样。

昨天我在熟睡的时候，瓦尔蒙先生就用那把钥匙进了我房间。当他把我弄醒的时候，我吓死了。但是他马上开口说话让我认出了他，我以为他是想送唐斯尼的信。可根本不是这样。过了一会儿，他要亲吻我，不用说，我肯定不答应。

可是他实在难以对付，我真不想他再待下去。他非要我一吻才答应。那有什么办法呢？我本来打算叫人，但是我做不到。再说他毫不迟疑地告诉我，要真来人了，他会把错全推到我身上，因为那钥匙是我提供的。可是后来，他没有离开，他要再吻一次。这一吻，我也不明白怎么回事，把我的心搞乱了，下一步的情况就更糟糕了。啊！怎么办，做出了万恶的事。我还是不说了，我可痛苦了。

我还是要跟您说，我自责的是，我没有使出全力抵挡他。不知怎么搞的，我不爱瓦尔蒙先生，可昨晚有些时候，我好像又是爱他的。不说您也知道，我嘴上说着不爱他，但是我做的却跟说的不一样，我似乎身不由己。同时，我又心乱如麻。要是抵挡有这么难，那要常常抵挡才行。说实话，瓦尔蒙先生说话让人捉摸不透，我真不知道该怎么回答他。最后，您能相信吗？他离开的时候，我甚至觉得有点儿难过，竟然还同意他今晚再来。头一回，从头到尾，我都为自己苦恼。

不过答应是一码事，我这跟您说了可不会再随便改了，我一定会阻止他进来的。他前脚才出去，我就觉得我做错了。我为了这，就一直哭到天亮为止。我想到唐斯尼，痛苦就更深，每一回想到泪就会流得更凶，只是我还是停止不了想他，您看我现在还是在想他，信纸都湿了，不是吗？最后，我已经精疲力竭了，可是还是睡不着。然后，今天早上起床，对镜子一照，完全变了个样子。

妈妈一眼就看到了，她问我有什么不舒服。我立刻哭起来。我以为她会责备我，这样或许能减轻我的痛苦，但是没有，她对我反而和颜悦色。她劝我不要折磨自己，她不知道我是为什么伤心的，她说我这样会弄出病来。我真想就这样死了。忍不住扑到她怀里哭，说：“妈妈，您的女儿多么不幸啊！”妈妈也忍不住掉泪了。这一切更是增加了我的痛苦。幸亏她没有问我痛苦的原因，要是真问了，我是无法回答她的。

夫人，求您尽快给我回信吧。告诉我该怎么办。因为我现在什么都不敢多想。请您让瓦尔蒙先生把信转给我，不过，我求您，您要是给他写信，别告诉他我跟您说了什么。

对永恒的友谊，夫人我都不敢在这信上署名了。

您谦卑的侍女敬上

一七××年十月一日，于××城堡

# 第九十八封信
# 沃朗日夫人致梅特伊侯爵夫人

亲爱的好友，几天前，您曾盼我给您安慰并求我一愚见。今天要轮到我了。我向您提出的请求，就像您上次对我的请求一样。我现在真是痛苦万分。我逃不过现在的折磨。

我的女儿，让我心烦意乱。自从离开家来到这里之后，我一直看得出来，她郁郁寡欢、愁眉不展。这些都在我的意料之中，于是我硬起心肠，严厉对待。我认为她心里燃起的感情并不是爱情，是年幼不懂事。我希望她不会再与那人见面，散散心转移下目标，这种感情会消失的。但是到这里之后，情况没有好转，只见这孩子日益消沉，情况十分堪忧。我真担心她的身体会垮下去。特别是近日以来，眼看着她就变了一个人，昨天最为震惊，这里的每个人都意识到了事情的严重性。

还有一点足以证明她受了很大的创伤，我女儿在我面前一向很胆怯，但现在可不是这样了。昨天早上，我仅仅问她是否病了，她就扑到我身上大哭起来，说自己是多么痛苦。当时我也觉得心痛，眼泪夺眶而出，幸好我及时转过身去免得让她看到。我没有问她发生了什么事，其实事情是很明显的，不幸的感情在折磨她。

如果她一直这样下去，我该怎么办？一直为女儿制造不幸的是我。多愁善感和忠诚本来就是人心里最宝贵的品质，我怎么能因此压制她？这是一个母亲应该做的事情吗？期望儿女能够幸福，这是一个母亲的天性哪，我怎么能泯灭它。我相信那是我们母亲天职中最重要最神圣的一项，但我现在却把它当作自己意志薄弱。就算我现在强制她答应了，万一日后出了什么致命的后果，我可担当不起。逼自己女儿不走弯路，却要忍受悲惨的一生，一个母亲做成这样算什么？

我的朋友，我是十分不屑这种行为的，但是我还要去做。我应该能帮女儿选一个优秀的女婿的。那样做，是为了用自己的历练去帮助她，而不是行使自己的权利。现在她爱上了什么人，我和她都不明白这种爱情能持续多久，但是我事先没有阻止，现在又不管，反而有失母亲的本分。我不能容忍她嫁给一个人，但心里爱着另一个人。我宁愿牺牲我的权利，也不愿她的德行遭到玷污。

考虑至此，我想我应该会做出最明智的决定，就是收回对热古尔先生的承诺。上面已经说了很多理由了，相比较之下，觉得前面的承诺反而不重要了。事情到了今天这个地步，若是去履行前面的约定反而是毁约。我不能把女儿的秘密告诉他，也不能因为热古尔先生不知情就欺瞒他。如果他知道实情，那肯定会处置这件事，我要替他做同样的处置。他全心全意信任我，我怎么能做出背信弃义的行为。在他为他将来的子女挑选母亲这件事上，我难道可以欺骗他吗？我以上想的事情都是真实的，我不能装作没考虑到。我惶恐万分，无法向您言述其一。

上面所思所想，让我惧怕日后会产生的种种悲惨后果。相反，如果我女儿能嫁给她心上人，肯定能幸福，她为人妻时必会充满柔情。而我的女婿也觉得心满意足，每天都庆幸自己选到了合适的妻子。两人能在对方给的幸福中幸福，两人的幸福就会加倍，从而增益我的幸福。未来如此美好的情景，难道要葬送在我心里那些虚无的打算吗？究竟是什么让我不敢放手呢？不就是一些金钱方面的考虑。但是我女儿生于富贵之中，现在还要被金钱所左右，这财富对她有什么用？

我不否认，小女能配得上热古尔先生，还真有点儿高攀，超出了我对她的期望。当热古尔先生看中我女儿时，我觉得面子上十分光彩。话说回来，唐斯尼先生的出身也不差，人品也不错，所拥有的优势就是他热爱我女儿，我女儿也爱他。他虽然不是很富有，但是我女儿的财富足够他们花的了。我为什么要阻挠这事？两个相爱的人在一起是多么美好啊。

所谓的门当户对，不讲究是否存在感情，只一味盘算利害，所以才容易产生那么多丑闻。我对我女儿了解不甚多，但更乐意她晚点儿出嫁，好让我在这段时间内好好了解她①。如果她经历了这一次短暂的疼痛，获得了牢固的爱情，那我也还是能狠下心来这样做的。但我做的事，如果有把她推向终身痛苦的危险，那不是我愿意做的。

亲爱的朋友，上面所说的就是我心里在想的事，也是困扰着我的事，请您给我出出主意。虽然这些严肃的事情跟您快乐而又亲切的天性不合，也不符合您的年纪，但是您的智慧远在您的年龄之上。您和我的友谊那么坚固，相信您能做出好的决定。

我可以肯定，看在您与我的友谊，以及您那郑重的态度上，您都不会拒绝一个母亲的恳求的。

再见了，亲爱的好友，请接受我对您真挚的友谊。

一七××年十月二日，于××城堡

---

① 真是可怕的招供。倘若不是作者强调其作品的社会及教育企图，一再表达了他妇女教育的论点，这些话即便出自一个有目无珠的母亲之口，也会令人惊诧不已。

# 第九十九封信
## 瓦尔蒙子爵致梅特伊侯爵夫人

再告诉您几件小事，我的漂亮朋友，只不过是几件没有进展的小事。所以，请您耐心点。一方面，我的那位院长夫人迈的步子很小，另一方面，您那位女弟子却退缩起来，这可不好。还好，我总能找到事情解闷。说实话，我已经相当习惯这里的生活了，在我这姑妈死气沉沉的城堡里，我反而不觉得无聊。您看，我这正品尝着个中滋味呢。就算再大一点儿的舞台，也找不到更多的花样了。观众呢，以后也会有的。就算他们没看到我怎么工作的，我肯定会让他们看到我的劳动成果的。到那时，他们只管叫好鼓掌吧。对于咱们那位严肃忠贞的院长夫人，我终于可以十分有把握地预言她失守的时刻了。就在今晚，我就看到了她贞德意志的消失，取而代之的是甜蜜的动摇。我认为我的胜利不会晚于我们下一次的见面。唉，我听见您在信那头嘲笑我："事情还没成功，就夸下海口。"好了，我就从我的失败讲起，来表示我的谦虚。

说实话，您的女弟子真是个莫名其妙的小鬼。她根本就是个小孩，处罚一下饶过，算是从轻发落了。前天晚上我们发生那样的事了，昨日清晨分开时，还答应今晚去找她。但是，我去找她时，她竟然从里面扣上了门。这您有什么看法呢？这种幼稚的行为，在"事前"有时候也有过，但是可笑的是第二天还真遇到了。

可是当时我笑不出来，我总算体会到了我这性格是难以控制住的。我这次赴约本来只是出于礼貌，没什么兴趣。那时，我真的想倒头就睡，而且我觉得自己的床比任何人的都舒服，离开它去别的地方睡觉是非常遗憾的。可是我这个性，就是越挫越勇。被小孩玩弄，颜面何在。我气愤地回来，原打算以后也不管她的事，于是立刻给她写了封信，打算今天给她。在信里，我公正严肃地批评了她的人品。但是今天早上，我又突然清醒，我发现这里没有可供消遣的，还是先留住这个，于是我扔了那封言辞犀利的批评信。我对这事想了想，还没拿到足以使主人公名誉扫地的把柄，怎么能提前结束呢？越想越觉得匪夷所思，我竟然想提前结束，可见一时的冲动是会做错事的。我的漂亮朋友，像您这种从小就懂得自我控制的人真是幸运。君子报仇，十年不晚，看在您存心要收拾热古尔的份儿上，我就忍一忍。

我现在气消了，只觉得您的女弟子行为莫名其妙。我真想知道她为什么这样做，她这样做有什么好处，我可真弄糊涂了。如果说是为了防止失身，那也晚了一步。她总有一天会告诉我答案的，我急于想知道。也许她只是太累了，但是她大概还不知道，爱情的箭就像阿希尔的矛，固然会刺出伤口，但是还是自备了解药的①。不过从她每天难看的脸色看来，她一定后悔了……那里面……好像有贞德的东西在作祟。说起贞德，她有什么贞德可言。她可别去碰了，把贞德留给真正为贞德而生的那个女人吧。只有那个女人才能使贞德耀眼，吸引众人的注意。话说远了，夫人，我想说的是关于杜维尔夫人的事，就是在今晚上演的。留下的回忆现在还回荡

---

① 阿希尔的矛，能治愈本矛刺出的伤口。这个形象自古就是文学上的情色隐喻。

在我心里，我要好好抑制它。甚至我给您写信，也是为了抑制它。

几天以来，我跟杜维尔夫人在双方感情上有了一定的默契，只是在争执一些无所谓的字眼。说实话，一直是老问题：她用她所说的友谊回应我的爱情。不过这种话改变不了事情的根本。而且，就算我们各唱各的调不变，步伐也许会略微有点儿缓慢，但还是稳步向前。她原先是想把我推开的，但现在只字不提。至于平时的交谈，她也会意地抓住我提供的机会。

我们一般在散步时约会的，所以我对今天的恶劣天气感到恼火。但没想到这天气反而为我带来这么大的好处。

既然不能散步，于是用完餐后，我们就开始打牌。我一向不喜欢牌局，于是上楼回到自己房间，想等到牌局散去再下楼。

当我要下楼跟大家会合的时候，发现我的心上人正要回房，不知道她是一时不慎还是不由自主，柔声对我说："到哪里去啊？客厅里现在一个人都没有。"不用说您也知道，这一声让我想进她的房间，她也没怎么抗拒我进入。但我仍小心翼翼地先在她门口跟她讲些不痛不痒的话题。一旦坐下之后，我就跟她谈起了爱情，她回答说："唉，我说，别在这里谈这个，好吗?"她颤抖起来，这可怜的女人，以为自己快死了。

她没必要害怕。一段时间以来，我确信我总有一天会成功，看到她在做无谓的挣扎，我就决定以逸待劳，等她疲惫时再进攻。您很清楚，我是要大获全胜，不想趁这半点时机了。定下计划之后，我又开始提起爱情这个字眼，虽然被拒绝多次，但是我还是再次使用。我使用了一种较为温和的语气说话，表示她这样拒绝我，已经让我痛苦万分了。我这位善感的朋友，难道不该给我几分慰藉吗？

她一只手放在我手里，安慰着我。她那婀娜的身子靠着我的一只手臂，两人靠得很近。在这样松懈的防守之下，我的要求和她的拒绝也越来越频繁。她的头转过去，她的目光下垂，说话的声音是那么微妙，越来越小，后来就断断续续了。这种种迹象，都透露出她心里的允诺。但是还不是很肯定。我认为，这个时候尝试过于明显的动作是危险的。人在这种忘我的境界里会尝到十分惬意的乐趣，如果要强制将他脱离，必然会引起反感，而反感又会引起反抗。

在这种情况下，我确实要谨慎地行事，不可以让这个美人发觉自己已经忘我了，那她会大吃一惊的。我请她表达她的爱情，但是我不要求她用语言表达，只要求她看一眼，我就觉得幸福了。

我的漂亮朋友，她美丽的眼睛望向我，可爱的嘴说："好吧，我……"但是她的眼神突然失去了光泽，也听不到声音。这位令人倾倒的女人竟倒向我的怀中，我还没来得及把她抱住，她突然就使出一股力量把我推开。她目光涣散，双手伸向空中，然后喊道："上帝……我的上帝啊，救救我。"刹那间，她跑得离我十步之远，跪了下来。我听到她呼吸急促，便跑过去想要扶她一把，她却抓住我的手，泪水滴在我手上，好几次还抱住我的膝盖，说："是的，救我命的一定是您，您不想我死就放了我吧，看在上帝的面上。"她抽抽搭搭的哭得越来越厉害，断断续续地夹着点话。但是，她紧紧地抱着我，我挣脱不开。于是我使出全身力量把她扶起。这时，她不哭泣了，也不再说话，四肢变得僵硬，紧接着出现了激烈的抽搐。

老实说，我很感动，我想当时不是这样的情况，我也会放开她的。事实上，我在她缓过来后说了些她想听的话，这样大家都觉得愉快。何况我也几乎已经获得了回报。

我原本觉得，她当天晚上是不会露面的，就像我第一次表白的那一天。但是将近八点时，她到客厅来了，向大家解释说她身体不适。只见她脸色疲惫，声音细微，强撑着姿态，却不断用温柔的眼神注视我。她不肯玩牌，我只好代替她坐上那个位置，她就在我身边坐着。吃晚餐的时候，她独自一人留在客厅，而当大家回到客厅时，看得出她哭过。于是，我问她："您似乎又不舒服了。"她客气地回答道："这种毛病来得快，去得慢。"最后，大家回房之后，我伸手给她，到了她房门，她用力握了握我的手。这似乎是一个不由自主的动作，这证明了我对她的影响。

我敢说，她现在肯定为自己走到这一步而高兴：一切费用都已经付清，现在只等着享用了。也许，在我跟您写信的这会儿，她正想入非非呢。或许与此相反，她正在考虑新的逃跑计划，我们也清楚她思考的内容。我问您，到下次跟您见面的时候，这计划应该能成功吧。当然，下次跟她见面要花点儿心思的。像她这类苦修的女子，既然已经迈出第一步，她还会停止吗？她们的爱情就像一种炸弹，越挣扎，爱情的力量就越强。我这时要是停步不前，说不定她会过来追我。

好了，我的漂亮朋友，不久我就会回到您那里要求您履行您的承诺，您不会忘记吧？给您那位骑士戴的绿帽子准备好了吗？我热切盼望着这一天，简直像我没见过您似的。或许，正是因为了解您，所以使得我更加想要您。

这也是我征服那个自重的女人后，对她的首次不忠。我跟您保证，一有借口，我就向您奔去，冷落她二十四小时。这也是对她的惩罚，是她把我困住，让我跟您那么久未曾见面。您知道我已经在这里待了两个月又三天了。我把明天也算进去了，因为这事到明天才算真的完结了。这让我想起了，我被贝某某小姐拒绝了整整三个月[①]。看来一个公然风骚比苦修的德行还能守的长久，真是有趣呵。

就写到这里，我的漂亮朋友。就要跟您道别了，夜已经深了，这封信长得超出了我的预期。这封信明天要寄去巴黎，让您能提早一天分享朋友的快乐。

一七××年十月二日晚，于××城堡

① 有关贞信女子火热的虔信，圣·德弗赫蒙指出，她们投向天主只不过是换了个对象而已，她们会随时再换对象的。

# 第一百封信
## 瓦尔蒙子爵致梅特伊侯爵夫人

我的朋友，我现在真是痛心，我被耍了，我被抛弃了！杜维尔夫人跑了，而我竟毫不知情，没能阻止她离去，指责她可耻的背叛。我是不会让她轻易地走掉的，我一定要她留下来，不惜动用暴力的。我太大意了，以为自己胜券在握，高枕无忧。趁我熟睡，一个当头闷雷劈中了我。

想起昨天白天的情景，谁料得到会有这样的状况。晚上的情景也没有异常啊。那眼神多么温柔，那声音多么美妙！还有那只紧握着我的手！但是这些带来的后果却是她一心一意地逃离我。女人啊女人，要是您被别人抛弃，你们也得怨自己。因为我们男人不管用什么手段，肯定都是从你们那边偷学来的。

日后我一定要一雪前耻，那滋味才叫美呢。这个虚情假意的女人，我会把她抓到的，我会重新主宰她。在过去，仅仅是心中的爱情就让我找到这么多办法，现在再加上一颗复仇雪耻的心，还有什么事是做不到的？到那时候，我将看到她跪在我面前流泪，全身颤抖，发出口是心非的声音向我乞求。而我，将冷酷地对待她。

她现在在想什么呢？也许是在因为骗了我而得意吧。身为女人，肯定会为这种事高兴。嘴上说着贞德，凭尚德的心哪里尝得到这样的乐趣呢？只有坏心眼才能尝得到。真可笑，我一直怕她坚贞不屈，其实更应该提防她的坏心眼。

现在我还不好发作。虽然我很愤怒，但是我还不得不表现出悲伤。她现在逃脱了我的掌心，我只好向她去屈求了。难道我一定要受这奇耻大辱？我到底是栽在谁的手上？一个没有什么经验又腼腆的女子。我在她心中占了一定地位，然后又用爱情将她的心包围，使她到了不能控制的地步，这些对我而言又有什么用呢？她现在金蝉脱壳，为自己的脱身扬扬得意。我没有半点胜利，我难以咽下这口气。我的朋友，您是怎么想的？您没有把我当成这么窝囊的人吧。

我到底是撞了什么邪，居然迷恋这女人而无法自拔？外面渴望我去献殷勤的女人，何止成百上千，她们个个都等着投怀送抱。就算没有一个比得上她，但是口味众多，以新换旧，还不吸引人吗？环肥燕瘦任我品尝，可不有趣嘛。我何苦无视这些送上门来的艳福，而去追求那逃避我的裙摆。这到底是为什么？我说不出这是为什么。

我对这个女人又爱又恨，要是我不能征服她，我会觉得寝食难安，再也得不到快乐。我要主宰她将来的命运，我还要将她置于我今日所处之惊涛骇浪中，我要给她希望又让她失望，时而疑虑，时而安心。我要把爱情带来的甜蜜和痛苦都让她一一品尝。那个时候一定会到来的，可还有很多功夫要下。昨天眼看着要成功了，今天又远去。我不知道要采取什么行动才能再接近她，我觉得要心平气和才能做出决定，可现在我热血沸腾。

这是件大事，于是我问大家她离堡的原因，对这事有什么看法。但是让我受挫的是，每个人回答我时口气都若无其事，他们也不知道原因。他们东拉西扯，就是不谈起这件事。早上我刚听到这事，跑去问罗斯蒙德夫人，她用一贯高冷的老妇语气淡漠地对我说，杜维尔夫人昨天身体不舒服，这样做也没什么问题，她害怕得什么病，认为待在自己家中比较妥当。在她看来，这件事就这么简单，还说换她自己也会这么做，好像她们之间有什么共同之处似的。其实，一个是半只脚进棺材的，一个是可以在我生命中呼风唤雨的。

我起先以为沃朗日夫人是同谋，但是看到她那么难受，就没去找。她害了我之后，没有去尝那乐趣，我很高兴。此外，她也没有像我一开始担心的那样，得到了那女人的信任，算是少了一个对手。如果她知道人家是为了逃避我，那会多么高兴。如果是她在背后出主意，那她不是更加得意。我的上帝，我恨透了她，我要重新跟她的女儿搭上关系，然后调戏她。所以，我还打算在这里再待一阵子。

那个无情无义的女人做下这么惊人的举动之后，应该害怕跟我见面吧？要是她想到我会追踪上门，我难免会吃闭门羹的。我不愿意看到她用这一手，也不会去自取其辱。我宁愿告诉她我留在城堡里等她回来。然后让她确信不会再见我了，再突然造访她家。到时候，我再欣赏她如何解决吧。不过为了有效果，我要推迟见面时间。只是，我不知道自己是否有这个耐心。今天我有好几次想准备马车出门，但是都被我强压下来了。我决定要在这里等您的回答，我的漂亮朋友，别让我久等。

不明白事情到底发展得怎么样了，这或许是最恼火的。不过我的跟班在巴黎，他能接触到她的侍女，应该有点用。我现在要给他写封信，并且放点钱。请您费心派一个仆人把这信送给他本人。我这么做是因为害怕这小子使计，这小子每次我写信让他办事，他总说没收到信。而且，他对他勾搭上的女人没我想象的那样迷恋。

再见了，我的漂亮朋友，要是您有什么好方法能助我尽快成功，那请您一定要告诉我。我一直觉得有您这样的朋友真好，您总是帮助我很多，我现在体会更深。给您写了信之后，我情绪平静多了。从今天早晨以来，我一直待在一群木头人身边，跟他们待在一起，无聊透顶。说实在的，我越来越觉得，在这世界上活着的，唯有您和我两人算有点价值了。

一七××年十月三日，于××城堡

# 第一百零一封信
# 瓦尔蒙子爵致跟班阿左朗
## （附在前信内）

您实在愚蠢，您是今天早上离开城堡的，怎么不知道杜维尔夫人也离开了，还是说您是知道的，但是您没有来告诉我。我给了您钱，让您把本来用于伺候我的时间去讨好侍女，和仆役买醉。但是，我的消息居然还不灵通，这可白白浪费了我的一片心意。您竟这样漫不经心，我警告您，要是您在这件事情上跟上次一样漫不经心，那您就等着走人吧。

杜维尔夫人府上的一切情况，事无巨细，您都要向我汇报。她的健康，她的睡眠情况，以及心情状况等。她如果常常出门，去的又是哪个人家里？她在家里接待的又是些什么人？平时又做些什么？她是怎么对待女仆的？尤其是那个从城堡里带回去的女仆。杜维尔夫人单独一人时喜欢干什么？是看书还是发呆？写信时是什么神态？您都要告诉我。您还要想办法和那个送信人成为朋友，您当然也可以自告奋勇地替她送信。她要是同意，您可以把那些看起来无关紧要的信送走，其他的就送给我，尤其是看到送给沃朗日夫人的，千万寄给我。

跟您那个相好，想办法再高高兴兴地当一阵子情人。如果她真的跟您想的那样，有了其他的男人，您就想办法说服她，让她脚踏两只船。别为此而觉得面子上有问题，许多地位比您高的人也有处于这样处境的时候。要是您的对手太碍事，比如他白天一直纠缠，使她不能侍候在主人身边，那您就想个办法把他挤走，或者干脆挑战他。您不用担心后果，我会给您撑腰。重要的是不要离开这家半步。万一凑巧，她家有人辞职了，那您就自荐顶替那位置，就当不是我的佣人，已经从我这边辞职了。这段时间里，我还是会照常雇佣您，就像您当年在某某公爵夫人那里一样，日后您也会得到杜维尔夫人的赏赐的。

如果您够机灵，我上面的指示应该够了。不过避免万一，我再给您一笔钱，凭附在信里的那字条，您可以从我嘱托的人那里拿到二十五路易，我猜您身上已身无分文了。这笔钱，您可以花点钱劝动您的相好跟我书信往来。有余钱的话，您可以请那群仆人喝酒，经常跟他们聚餐。这样，您经常去的话，那群仆人也会高兴的。但是您要清楚，我花钱不是给您找乐子的，而是要您为我办事。不管事情大小，都要粗细不漏，全部上报。即使看起来微不足道的小事，也不可放过。宁写十句废话，不能漏下一句要紧的。何况有些看起来无关紧要的，常常深藏大意。凡是您认为值得注意的事情，应该立即通知我。收到这信后立刻派菲立普骑一匹马去某某村，在村中留守待命，这样一旦有需要就有马匹可以接力。不太重要的信件就交给邮局吧。

这封信千万别弄丢了。每天读一遍，这样不仅可以提醒您，还可以确定信还在。最后一句话，我信任您，这算是您的福气，该做什么您应该知道。我如果觉得满意，是不会亏待您的。

一七××年十月三日，于××城堡

# 第一百零二封信
## 杜维尔院长夫人致罗斯蒙德夫人

夫人，对于我匆匆离开，您一定很惊讶。这个举动在您看来也是极不正常的。但是夫人要是知道了这原因之后，那您会更加惊讶。以夫人的年纪，起居应该心平气和，如果我跟您说实情，您会觉得我对您的安宁不够体谅，甚至背离了我对您的崇敬之情。夫人，请您原谅，我心里憋得慌，需要向一位温柔又谨慎的朋友倾吐，我除了选择您，就没别人了。您就当我是您的孩子吧，请您像个母亲那样关怀我，好吗？

唉，过去的时光一去不复返了。那时拥有的感情都是光明正大的，但是我现在完全陷在了一种我以前不曾体会过的感情中。这感情使我心烦意乱，坐卧不安，甚至丧失了抵御力。但是这感情又让我不得不抵抗，这是我的本分。唉，这次的出门真是把我给毁了。

要我怎么说呢？这么说吧，我爱上了一个人，爱的不可自拔。我第一次吐出爱这个字，多少次他要求我说这个字，我都拒绝了。但是我现在多么想让他听到这个字，哪怕只有一次也好。让我尝尝那种甜蜜的滋味，就算死也甘心。可是，我只能一次次地拒绝他！对我的心意，他应该有所怀疑吧。我真是痛苦啊。他既然轻易地就主宰了我的心，那么对他来说，看清我的心不是很容易嘛。如果他能明白我受了什么痛苦，那么我的痛苦也会减轻一点。然而，就算我跟您说了，您也不太清楚我的痛苦吧。

过一会儿，我就要逃避他了，他会难过的。当他还以为我在他身边时，我其实已经远去了。到了平时见他的时刻，我却逃离到一个他没去过，我也不同意他去的地方。眼前摆着我整理好的行李，我眼睛看到的一切都让我想起这次痛苦的离别。一切都准备好了，只有我自己还没准备好。我的心越是不想离开，我就必须要离开。

我马上就会走的，与其罪恶地活着，还不如死了。我感到自己的罪孽太深了，我的理智尚存，德行却全失了。我之所以能安然而退，还得承蒙他高抬贵手。见到他的人，听到他的声音，我就觉得快乐，在他身边，我就觉得甜蜜，想到自己能给他带来幸福，我就更幸福了。我就沉迷在这感情中，不能自拔。眼看危险靠近，我只是害怕，但是却没有力量抗拒。好在他看出我的痛苦，心生怜悯。我欠他的，不止我的生命，这叫我怎么能不疼爱他呢？

啊！我不愿离开他，如果我留在他身边，我只要为自己的性命忧虑，我是不会远离他的。没有了他，要这性命又有何用？我被迫无限制地给他和自己制造不幸，既不敢为自己诉苦，又不敢安慰他。每天跟自己过不去，给他苦头，其实巴不得让他幸福。这种日子真是生不如死，然而我的命运就是如此，我会咬牙撑下去的。啊，夫人，我把您当作母亲，您就接下我这誓言吧。

我还有一个誓言，也请您接受，我发誓，我不会对您隐瞒我的一举一动。请您收下这誓言，求您接受我的请求。其实我只是需要一个见证人，这样我立下誓言后，会觉得您总是在我左右，我就会以您的品行作为自己的品行。那么，您觉得可耻的事情，我是绝对做不出来的。您心胸宽广，可以倾听我向您坦白的这种种，我本来就把您当作我珍爱的好友，我会尊您为我的福星，保佑我不致蒙羞。

我向您这样恳求，是我觉得这行为相当可耻。当初情愫初生的时候，我就应该及早戒掉。为什么安慰自己可以压下去的？真是不自量力啊。对于爱，我真的了解得太少了，如果我当初多下点功夫对付，现在这感情也不至于掌控我，我也不至于沦落到离开的下场来。就算一定要做出艰难的决定，我们也不必非要一刀两断，只要来往不要太频繁就行。瞧我，在给您写信的时候，还没迷途知返啊。走出来吧，让我做出牺牲，改正这些不自觉产生的过错吧。

再见了，我尊敬的朋友，请像女儿一样疼爱我吧，收我做女儿吧。请相信，我虽然意志薄弱，但是我宁死也不让您看错人的。

一七××年十月三日凌晨一时

# 第一百零三封信
# 罗斯蒙德夫人致杜维尔院长夫人

我亲爱的朋友，当得知您要离去的消息时，我感到万分的遗憾，但对您离开的原因，我却并不深感意外。我非常理解您现在的所思所想，我过去的经验以及对您的关切之心让我明白这一点。您内心期待着的方向，我亦是了然于胸的。我就直接说了吧，如果仅凭您给我的来信所述，我是无论如何也不能知道您心之所向的人儿是谁的，因为您在信中只字未提那人的姓名，单只用“他”来代替了。不过您也无须告诉我，我是明白的。对于我而言，那人是不言而喻的。因为爱情的姿态就是这样，不管过去还是现在，都能一目了然。

那是很久以前的事情了，那些风花雪月的往事，与我现在这年龄却是不相符了，因此也没想过有一天要回想起。然而，我昨天确实好好回想了一番，因为我想从中找出一丝一毫可供您参照的事物。然而，我只能钦佩您、赞许您了。但是对于您这样的决定，我又深感恐惧，您做这样的决定，一定是非这样不可了，但是要长久地远离此人，可不是一件容易的事，毕竟您自己的心无时无刻不带着您走向那人。

当然，您也不要就此伤心了。您冰雪聪明，您一定会战无不胜的。假使有一天您不幸失败了，那么，亲爱的人儿，请您一定相信，至少您已经竭尽全力为自己斗争过了，至少这一点能给予您安慰。另外，尽人事就该听天命了，当人类智慧对此无能为力之时，上天或许会降下恩赐。在经历了这么多的考验之后，您的德行会因此越发纯洁而耀眼。而您今日所缺失的力量，明日也许上天眷顾而得到吧。但是您万不可就此一劳永逸，您更应该使出自己的全部力量来锻炼自己的意志。

对于您的处境我无能为力，我只能仰仗上天来助您脱离险境了。我没有办法减轻您的痛苦，但愿我能让您的忧伤舒缓一些吧。我很乐意成为您知心的听众，您大可以将您的心事在我这儿畅所欲言。我将向您敞开心扉，任您倾吐。我相信年纪不是阻挡友谊的原因，请您放心来我这儿寻求内心的安稳吧。这也许仍不能舒缓您的痛苦，但是至少有人能与您一起分担了。并且，这艰涩的爱假使有一天凶猛得以致您不得不向人倾诉时您万不可向“他”去述说，不如来我这儿。看，我们是很有默契的，我和您一样，永远都不会说出那人的姓氏的，即使如此，我们也能互相理解。

我不知该不该和您说，您的离开令他深感受伤。也许我不该告诉您才是理智的做法，但这理智会让您倍感难受，我实在是不愿意这样做。只能写到这儿了，我衰退的视力和颤抖的双手不让我继续了。再见了，亲爱的美人，我的乖孩子。是的，我十分情愿认您做女儿，有幸做您的母亲，我唯有感到骄傲和满足。

一七××年十月三日，于××城堡

# 第一百零四封信
## 梅特伊侯爵夫人致沃朗日夫人

我亲爱的朋友，看完您的来信，我内心油然而生的自豪感，真是难以自抑。您这么信任我，甚至让我表达一己之愚见来供您参考，这真是莫大的荣幸了。您如此看得起我，并不是因为我们的友谊蒙蔽了您，那我可真是太高兴了。总而言之，您对我的赏识是弥足珍贵的，不管出于什么原因，我都会珍惜的。承蒙您的错爱，我会更加努力，以不辜负您对我的信任。那么，我就坦率地谈谈我的想法了，也说不上是什么高见。我这想法与您的颇多不同，我实在是不敢妄自尊大。在我阐述完我的缘由之后，您可以判定下。假使我的意见有所不妥，和您的相左，那么我在此表示同意您的高见。我是有自知之明的，我不会认为自己比您更为明智。

假如这一回，我的看法更为可取，究其根本，大概是您被母爱这一感情给弄糊涂了。母爱这样一种崇高的情感，想必也一定存在于您的身上，它也由此帮您决定了您的做法而已。所以，假若您出了一些差错，那也只不过是您在几种不同的品德之中进行抉择，出了些差池罢了。

然而，在帮别人做关乎命运前途的决定时，我认为谨慎行事是最重要的美德，特别是，这以后的命运是关乎婚姻这样永久性的、神圣不可解除的关系时更应如此。此时此刻，身为母亲，正如您所说，一个理智又体贴的母亲，应凭过去的历练来助女儿一臂之力。我想问，为了做到这一点，母亲应该怎么办才好呢？不过是让女儿理解，门户相当和心之所向两者的区别。因此，假使母亲的尊严被轻浮、浅薄的喜爱所压制，那么母亲的权威简直是要被糟蹋，以至于毁灭了。只有心虚害怕的人，才会被这样浅薄的喜爱所威胁，如果不把它放在眼里，即使困难再来势汹涌也不必害怕，它只会自取灭亡罢了。

我从来都不觉得那些不可抗拒的、使人沉迷不醒的爱情是什么大不了的事情，但大家都似乎一贯地以它为借口，来原谅自己的不检行为。礼义、廉耻、克己这些亘古不变的道德准则，是不会被所谓的短暂的激情所逾越的。我难以理解那些违背准则的女人用这些所谓的激情为借口，来为自己辩白。就像我难以理解小偷用自己对财物的迷恋做借口，杀人犯用报复的情绪为自己脱罪一样。

唉，谁活着，不都得挣扎奋斗！我从来都坚信这一点，只要您想抗拒，您就能做得到。迄今为止，至少我自己的经验已经证明了我的观点。德行，是我们必须恪守的做人本分。否则，德行还算什么德行呢？我们的自我牺牲之中就体现了我们对德行的崇敬。德行则赐福于我们心灵。这些真理，那些败坏道德的人是不会理解的，他们否认这些真理，他们自欺欺人，以至于制造一时的假象来为自己辩护。

然而，我们是无须为这样一个单纯、腼腆的孩子担心的，何况她还是您的女儿，又受过高尚而纯正的教育，只需更加坚固其善良纯真的本性。您为她深思熟虑谋下的这门亲事，现在竟然要出于这种担心而忍痛放弃，这实在是不明智的。我可以这样说，您简直是低估了您女儿的品格！至于唐斯尼这个人，我是很喜欢的。对于热古尔先生，您也知道，长久以来我很少能见到他的。前者，我视为好友，后者，虽可算作路人，但也不会对二者天差地别的差异熟视无睹。他们的家庭出身的确差不多，然而其中一个家产平平，另一个虽不是家财万贯，但他的财富也足以让一个出身普通的人平步青云、扶摇直上了。我不否认，金钱不能带来幸福，但是，金钱能够大大促进幸福也是事实。对于两个人而言，沃朗日小姐的财富已经足够用了。但是如果嫁给唐斯尼先生，那么即使她享有六万法郎的年薪也不足以富裕了。因为到时候需要另立门户，同时维持一个与其姓氏相称的家庭。现在，奢靡之风繁盛，人们虽然谴责奢华，但却又极尽奢侈。奢侈品简直成了生活的必需品。

就您所重视的个人才能而言，热古尔先生在这方面的确是无可挑剔，我们也可以从他的所作所为中寻其踪迹。当然，唐斯尼并不比他逊色。但是，这一点是否能令人确信无疑呢？迄今为止，他似乎没有时下年轻人流行的坏毛病，而且也喜欢和有教养的人结交，这让他看起来大有前途。但是，又怎么证明他这表面的明智不是囊中羞涩使然呢？一个人要是想当骗子或者浪荡子，那么他可能毫无顾忌的就去干了。但是如果真的要去赌博或者玩女人，手头却是需要很多钱财作为后盾的。自然，也有些人是好此道而不过度罢了。总之，也许是力有所不足，他才只和有教养的人来往的。世上这样的人千千万，难保他不是其中一个啊！

我并不是说他一定就是这样的人，我怎么会做此想法呢。我只是想，无法保证他是个怎样的人，这始终是有风险的。假若日后婚姻不甚美满，您将会百般自咎！假若以后您的女儿这样对您说，您又该如何回答呢："母亲，我当时年轻气盛，也没有什么生活阅历，以至于我坠入了情网。在我那个年纪，犯那样的错误，还是情有可原的。但是上帝早就对此有所预见，为了防止我误入歧途，给予了弥补，给了我一位明智的母亲。可是您为什么没有谨慎思虑，竟点头同意，听任我铸成大错。我那时对婚姻关系一无所知，怎么能任凭我自己挑选丈夫！即使是我一意孤行，您也应该出面反对。如果那样的话，我也不曾愚昧至此。我一直怀着恭谨依顺的心情，等着您帮我做决定的。我是不会背离母命对我的期望的。但是时至今日，我却饱受只该由叛逆的孩子经受的痛苦。啊！是您的软弱，害苦了我……”或许由于您的女儿尊敬您，不会对您有所怨言。但是一位慈母是应该能洞悉这一切的。您女儿暗地里偷偷抹去的眼泪，虽然您没有看见，但是她的泪水不也在您的内心偷偷流淌吗？那时您将到什么地方去寻求安慰呢？难道是当日那所谓的疯狂的爱情吗？您本该加强您女儿抵御这段爱情的意志力的，但相反地，您自己竟也受它蛊惑了。

我亲爱的朋友，也许我对爱情的偏见太深了，但是我认为对待这种爱情必须是谨慎的。假如能用一种高洁的柔情让夫妻关系显得更加圆满，又能让夫妻关系所附带的义务显得更加有趣，这我是不反对的。但如果夫妻关系由这种感情构筑而生，我们的终身大事就由此片刻的错觉来决定，这是大错特错的。的确，必须在经过比较后才能选择，然而，当我们的注意力仅仅被一个对象所吸引，那我们又何来比较呢？更何况，当一个人的迷恋狂热致盲目时，就连心中之人也无法了解了。

陷入这样病态的女人，我是见过不少的，您可得知道我所言不虚。有几个是这样对我说的，她们的情人都非常完美。但是，那些极尽完美的情人只是她们自己杜撰的幻想罢了。她们头脑发昏，极尽所能地想象她们的情人是如何可爱，以及拥有种种美德，同时挂诸于其心爱之人身上。就像是神仙的华服，但却被低贱的人儿穿在了身上一样。一旦披上身，他们就匍匐在前，顶礼膜拜了。

也许您的女儿并没有爱上唐斯尼，抑或是她对于爱情的错觉。假如他们爱恋彼此，则是他们彼此都有这种错觉。假如您觉得有理由使他们永远结合，实际上他们是不了解彼此的，并且他们也不可能了解彼此，这一点我是确定无疑的。您也许会说，我女儿和热古尔先生就能了解彼此了吗？当然不会。但是他们并没有自认为此，只是互不相识罢了。如果是两个不相识的人，该怎么来了解彼此呢？如果男女双方都有教养，他们就会仔细观察对方，同时反省自己，这样他们就会很快发现，为了彼此的幸福，自己应该在哪些方面做出让步以让对方生活得更加自在。大多数这些小细节方面的忍让是不会带来痛苦的，并且应该是轻松和谐的，因为这忍让关乎双方，同时也能让夫妻双方彼此获得更多的好感。凡是最后保留下的双方的习惯，都会随时间愈加坚固，那么就渐渐地自然形成了温柔体贴的情谊和亲密无间的信任。同时他们尊重彼此，如此这般，才是我心中幸福的真正模样。

爱情的错觉可能非常美好甜蜜，但是我们都知道这是不可能长久的。况且，爱情的幻觉泡沫一旦破灭，会出很多差错。到那时，多么无关紧要的缺点都会让对方反感从而无法忍受。这正是因为过去的一念之差，将对方看作天人，差距甚大。这时，夫妻双方都会相信，是对方变成了另一个人，自己却还保留着过去的种种优点。一方面，对方的魅力早已消失殆尽，另一方面，也不能重新激起自己在对方心中的魅力。于是惊讶不已，感到受了委屈。一旦虚荣心挫败，心神俱毁，也不再心平气和，产生憎恨。您看，为了那些短暂的微不足道的快乐，我们付出的代价是多么惨痛而长久啊。

亲爱的朋友，对于您的这些问题，以上便是我的看法了。我的看法并不是多高明的，只是简述了我的个人观点，好不好则由您来最后裁定。不过，如果您不同意我的见解，也烦请您讲述您的理由，从您这里得到任何启迪，我都会非常高兴的，更让人高兴的是对您可爱的女儿的前途感到放心。对于您的女儿我满怀关心，而我们的友情更是深刻，我由衷地希望您的女儿得到幸福。

一七××年十月四日，于巴黎

# 第一百零五封信
## 梅特伊侯爵夫人致塞西尔·沃朗日

怎么，孩子，您生气了？您难为情了？那个瓦尔蒙先生真是个坏人，对吧？他竟然把您当作他最爱的女人那样对待！他教会了您所渴望的事，这种做法真的不能原谅！您想把贞操保留给最爱的情郎。对于爱情，您珍视的是爱给您带来的痛苦。您俨然成了小说里的主角，激情、落难和最重要的贞德全齐了，真是太棒了！走在这长长的一串故事里，说实在的会使人感觉到厌烦。好在自己也让别人尝到这味道。

看看，可怜的女孩儿，真是委屈了，第二天就眼圈发黑了。要是您的情郎眼圈也发黑，您会怎么说？我的天使，您的黑眼圈会消失的，不是每个人都像瓦尔蒙一样。至于，您现在不敢抬起眼来，这很正常，别人一照眼就能看穿您的好事了。但是，请您相信我，要真是这样，我们这些太太小姐们的眼神得收敛多少。

尽管我想夸您，但是我还是觉得您差了一点，您应该把这一切告诉您的母亲。您的开头做得太好了！一头扎进母亲的怀抱，痛哭流涕，把她也感动到了。可惜，您没有坚持到底。否则您温柔的母亲要是一高兴，准会把您一辈子关进隐修院的。在那里，您怎么爱唐斯尼都没问题，不会有情敌也无法犯错。你们可以尽情地相思憔悴下去了，而瓦尔蒙肯定不会再去找您寻乐了。

一个人都十五出头了，还像您这么不懂事！您说得对，您确实不配得到我关心。但是我还是要做您的朋友的。您有这样的母亲，给您找这样的丈夫，您还是需要一个朋友的。可是如果您自己不努力，那人家又能怎么对您呢？本来女孩子通过这事会变得聪明一点儿，但是您好像变得笨了，那别人会对您更失望的。

如果您静下来思考一下，您会发现您应该庆幸，而不是觉得委屈。但是您觉得羞耻，别扭。放宽心吧，爱叫您觉得难为情，还有疼痛，但那只是头一回的缘故。以后，要装出这样的样子也是可以的，但其实已经感觉不到了。不过，快活还是依旧，这样挺不赖的吧。我觉得，在您那些不着边际的话里，自己也整理出些头绪了，您对这次的事情还是相当重视的。行了，说得直白一点儿，您说您心里很乱，没法言行一致，所以您难以自卫。而瓦尔蒙走的时候，您还有点儿难过，这一切，是羞愧引起的，还是快活引起的？对于他的言行，您难道真的反感吗？您在撒谎，对您的朋友撒谎！行了，不说了。

这种事，对每个人而言都是快乐的。就现在对您来说，或许它就变成了幸福。您现在处在母亲和情郎之间，一方面您希望得到母亲的爱，一方面您又想得到情人一辈子的爱。您不能轻易得到这两者的，只有一个办法，那就是再找个人。现在碰上这样的好事，在您面前，您显得唯命是从，看上去您忍痛抛弃了内心所爱。在您情人面前，您还可以获得赞美，您可以一如既往保留住贞洁作为最后一关。您不能对他点头，他会把这当作您的贞德。虽然抱怨，但是更爱您了。剩下的，您只要尽情品尝这爱情的甜美，多少女人为此声名狼藉，但是您的这种方法保住了自己的清誉。

我劝您走的这条路是最好的。您原先的做法，您伤心的样子只会让您的母亲想把事情弄清楚。为了这事，她刚才给我来信了，说要用尽一切方法让您说出实情。她甚至说把您嫁给唐斯尼，为的是套出您的话。您可别上当了，否则，又要被关一阵子了。

她既然想出这样的计划对您，那您也要用相应的计谋来回应。首先，您不要再悲伤了，让她觉得您不再爱唐斯尼了。她会相信的，因为分别容易改变感情的。她肯定会为您的举动表示赞同，因为她当初分开你们就是为了得到这结果。但是，万一她还怀疑您，跟您讲起婚姻的事情，您要不动声色，做出一切言听计从的样子。您有什么吃亏的呢？对做妻子而言，不管哪个男人做丈夫都是一样的吧，就算是最讨厌的也没有一个母亲那样碍事。

一旦您的母亲满意您的做法，就会把您嫁出去。这样您的行动就自由多了。您可以离开瓦尔蒙而找唐斯尼，您也可以两个都不放手。您要注意，您那个唐斯尼是个温柔的人，像他这种男人，什么时候要都有，想保留多久都可以，所以跟他交往比较轻松。但是瓦尔蒙不一样，不容易留住他，但是离开他又要小心。您要耍些手段对付他，要么就听他的话，要是他听您的话，那就最好不过了。他会把您推上我们这些女人的榜首。靠这个，您能在社交圈巩固地位，而不是脸红和流泪。

瓦尔蒙先生应该生您的气了，您要是聪明，就和他言归于好。您要明白，一开始是男的对我们女的表白，但是接下来都是我们女的对他们表示的。您这回有一个借口，就是这封信。因为您不能保留这封信。您看过之后要马上交给瓦尔蒙，但是您别忘了把信封好。这样，您以后怎么对他都不像是别人给您出的主意。这世上，只有我对您这么好，才会跟您说这些话。

再见了，美丽的天使，照我说的去做吧，然后告诉我这样是否让您满意。

再有，我差点儿忘了还有一句话要告诉您。注意多在字句上下点儿功夫，您写的信总是感觉像个孩子。我知道您为什么这样，您总是心里想什么就说什么，您是可以什么话都告诉我，但是跟别人，尤其是情人，这样是不行的。您那样做看起来像个傻姑娘一样。您要明白，您写信给一个人看，是给他看的，而不是给自己看的，所以应该注意少写自己心中的想法，多写点儿他喜欢听的。

再见了，心肝。我没责备您，我拥抱着您，希望您能变得更加懂事。

一七××年十月四日，于巴黎

# 第一百零六封信
# 梅特伊侯爵夫人致瓦尔蒙子爵

子爵，我真是爱死您了，您做得太好了！在收到您两封信的第一封信时，我就料到第二封的内容了。所以我不吃惊。当您以为胜券在握，等着要我犒赏您时，我就知道不用那么急。念了您的信之后，您在信中描述了那么感人的场面，看到您这么克制自己，真有盛世的骑士之风。我说了很多次，这事成不了。

这事是必然的。人家都委身相许了，但是您又不接受，这可怜的女人怎么办？老天，到这地步了，至少要拯救名誉吧，那院长夫人就是这么做的。我感觉到她对您用的那一招确实有用。要是我下次需要时，我也会用她那一招。但是要是我主动对一个男人这么好，他还是不主动接近的话，那他这辈子就别想再跟我搭上边了。

您现在已经两头空了，一个被您勾搭上了，另一个希望被勾搭上。这结果是在我的意料之中，您要说我马后炮，可是我向您发誓，我是事先预料到的。您做这一行实在太不聪明了，完全不懂得变化。只要情况稍微有变化，不按照您想的发展，您就马上就变得跟孩子一样，一筹莫展。总之您遇到了两个女人，一个是幼稚，一个是假正经。两者都不是平常能遇到的，所以您一下子就慌了，您事先不懂得防范，事后又不懂补救。子爵啊，子爵！您让我明白，不能根据成就来判断男人。以后，您会被这样评价："这个人当年是个风流的人。”当您几次做错后，就来向我求救了，好像我是整天没事干，专门来帮您善后的。

总之，这两件事，一件是违反我的意愿干的，我不想插手，另一件，您既然讨好我了，那我就当作自己的事来做。我给您附一封信，您先读，然后再交给小丫头。她看了信会回到您身边的，不过请您对这丫头费点心，我们要齐心合力让她使她妈和热古尔绝望。尽管加重剂量，您很清楚，这小家伙是不会怕的。等我们在她身上达到目的后，就让她自生自灭去吧。

对她我是完全没胃口了。我早先想把她调教成下手，至少会使用阴谋诡计。但她不是那块料，她有一种近乎愚蠢的天真，不管您在她身上用什么药都没用了。照我看，是最危险的莫过于性格上的毛病，那是不可救药的，我们想花工夫把她培养成要阴谋的能手，但是恐怕只会变成一个一攀就到手的女人，只要有人上就投怀送抱。我从没见过这种女人，这种女人，只能当成取乐的机器罢了。

您也许觉得，把她培养成这样就够了，已经足够应付我们的大计了。但是别忘了，这样就很容易让人看出是谁在操纵这个机器的。所以，我们要抓住机会利用，及时刹车，然后将其毁弃。老实说，我们有很多摆脱她的方法，而且我们也可以让热古尔把她关起来。当事情到了尽人皆知的时候，她要报复就与我们无关了，她心情永远不舒畅就行了。对我而言，我要对付的是她丈夫，而您要对付的是她母亲，那您该办妥这事。

我决定采用这方法，于是决定加快引导这年轻姑娘，您看了我的信就明白了。这样做，必须保证不会有什么把柄在她手里，这就让您费心了。我负责她思想和情绪上的工作，您负责剩下的。万一以后我们发现她不再愚蠢，我也好改计划。

您知道吗？我下的功夫差点儿就毁于一旦了。热古尔的运气差点儿占了上风。您知道吗？沃朗日夫人因为心肠软，想把女儿嫁给唐斯尼。您在第二天看到的比平日更温柔的关怀正是这种变化的证明。而且这原因还在您身上。幸好，这位母亲来信跟我谈这事，希望我的回信能打消她的念头。我在回信里，大力赞扬道德，给她灌了不少迷汤，她会认为我讲得有道理。

我很遗憾没有时间给您抄一份，您会看到我多么严肃地谈论道德观，您会看到我多么看不起那些找情人的女人。口头上说正经话是多么方便啊！因为那只会让别人受伤，而自己是没事的。这位好太太在年轻的时候也有些风流史，我是知道一些的，她内心深处应该觉得羞愧。我违心地赞美了她一番。出于同样的目的，我在信中也赞美了一下热古尔。

再见了，子爵，我赞同您在那里待几天。既然没办法加快您的进展，那您就在我们共同的女弟子身上解解闷吧。至于我这边，虽然您语气礼貌，但是您自己也明白，您急不得，而且您知道，错不在我。

一七××年十月四日，于巴黎

## 第一百零七封信
## 跟班阿左朗致瓦尔蒙子爵

老爷，我一收到您的信，就马上按照您的吩咐去找贝特朗先生。他已经按照您的指示给了我二十五路易。我也立即让菲利普上路了。可是他没钱，我让账房先生多给两个路易，但是他不肯，说您没要求他这样做，我只好自己给他两个路易。老爷待人厚道，您一定会记着的。

菲利普昨晚就走了，我叫他在小酒店待着，要找的时候方便找。

我接着又去了院长夫人家找朱丽。但是朱丽不在，我只跟小花说了说，没打听到什么，因为回来之后，他只在开饭的时候在，他的副手在打点一切。我不认识那个副手，不过我今天认识了。

今天早上我去找了朱丽，她看到我很高兴。但她也不知道夫人为什么回来，我相信她说的是真的。我责怪她走的时候都不通知我，她说她一整晚都在收拾行李，可怜的姑娘那天晚上睡了不到两个小时。在她一点钟离开时，院长夫人才开始写信。

早上杜维尔夫人走的时候留了一封信在看门人那边。但是朱丽不知道是给谁的。她猜测是给老爷的，但是老爷您没跟我说起。

整个回途中，夫人头上包着大风帽，这样别人认不出她。不过朱丽小姐确信她哭了几次，一路上她都没说话，也不愿意在某某村休息，她来的时候在那里歇过脚。朱丽有点儿不高兴，因为她一早上没吃什么东西。但我安慰她，主人总是主人嘛。

夫人一到家就睡了。但是她只睡了两个小时，起来叫了门房进去，下命令不让任何人进来。她没有梳妆就去吃午餐，只喝了几口汤，就下桌。咖啡送进房门时，朱丽也进去了，她发现女主人正在收拾一些纸，看出来是些信。我打赌肯定是老爷的信。她下午收了三封信，但是有一封她从早到晚都没离眼，我猜应该是老爷的信。我很奇怪她干吗离开。但是老爷您是知道的吧，那是我不该过问的事。

院长夫人下午去了书房，带了两本书去小客厅。但是朱丽确信，夫人一点儿也没看书，但是反复念那封信出神。我猜老爷一定想知道那封是什么信，朱丽不知道，我就借口想瞧一眼书房，请她带我去参观了。但我只看见两本书，一本是《基督徒沉思录》第二册，另一本是《葛拉丽莎》上册①。书名我是照着上面的字抄下来的，老爷您应该知道这是什么书。

昨晚夫人没用晚餐，只是喝了茶。

她今天早上就拉铃叫人备了马车，九点不到就去了斐杨会隐修院②，望了弥撒。她原本想忏悔的，但是听她忏悔的神父不在，要过个十天八天才回来。我想，告诉您这事是有用的，老爷。

她后来回家吃午饭，然后开始写信，用了近一小时。我

---

① 《葛拉丽莎》是英国作家里查逊(1689—1761)的小说，最早由普雷沃神父译成法文(1751)，备受欢迎。狄德罗有一本《里查逊》推崇他的小说艺术。

② 斐杨会隐修院，宗教团体，是1791年由雅各宾俱乐部内赞成君主立宪分子分裂出来所组成的。

找到机会做了老爷您希望我做的事：是我拿信去的驿邮。没有给沃朗日夫人的信。但是有给院长的，我认为这信很重要，于是寄去给您了。另一封是给罗斯蒙德夫人了，我想老爷要看应该拿得到，于是没拦下它。以后老爷要的信我都能拿得到，信是朱丽拿去给下人的，不过她跟我保证，她把老爷和我都当成朋友，所以很乐意照我的意思干。

我给的钱她也不肯收下。我想老爷要是想送她一些什么小礼物，我愿意去办的，我不用费劲儿就能弄清楚她喜欢什么。

我希望老爷不要以为我总是漫不经心地办事，您责怪我的，我都记得，当然要澄清一下。我没能知道院长夫人离开，恰恰是我办事忠心，老爷您打发我一早三点钟离开城堡，我怕起床的时候吵到别人，就去杜讷布里德楼房里睡了①，所以没有和朱丽见着面。

至于老爷说我身上没有一个子儿，那是因为我注意仪表，常常像您看到的那样穿得很整洁。而且我也要保证仆人穿得体面，我还应该攒些钱，我相信老爷您是个大方的主人。

您要我一边给您当跟班，一边当杜维尔夫人的仆人，这我办不到。这里和公爵夫人那边不一样。我做了老爷的跟班之后，我就不想再穿上佣仆的衣服了，尤其是法官家下人的衣服②。除了这事，老爷您让我做什么都成。

尊敬您的仆人，跟班胡·阿左朗敬上

一七××年十月五日晚上十一点，于巴黎

---

① 供下人居住及置宾客马匹用的独栋房舍。

② 瓦尔蒙是有封邑的货真价实的贵族，而法官却只是因其职位而成为贵族。阿左朗一旦做了正牌贵族跟班之后，已不用穿号衣，只穿猎衣，看不起后者。这种仆役人物对头衔的重视，比主人还要过，是当时势利的风气。

# 第一百零八封信
## 杜维尔院长夫人致罗斯蒙德夫人

哎，您真是我的慈母，我该怎么感谢您呢？我那时多需要您的信！我反复地捧读，不舍得放下。自从离堡之后，只有这信才能缓解我的痛苦。您这么善良、有德行以及睿智的人，会懂得同情人性中意志不坚定的一面。您怜悯我的痛苦。要是您能体会我的痛苦就好了。那时，我还以为我是吃过爱情的苦头的。但是和爱人分离，永世不能相见……这是多么残忍的苦痛！我确定的，今日撕心裂肺的痛，明天又会重生，后日又会再来。上帝啊，我还这么年轻，我受罪的日子还长呢。

我自己亲手制造了不幸，亲手撕碎了自己的心。一边承受着这难以忍受的痛苦，一边想着那个字可以结束这痛苦，但是说出那个字就变成了罪人。天啊！我的朋友……我打定主意离开他，虽然悲痛，但希望见不到他，会增强我的勇气。可是错了。结果正好相反，我的勇气和力量好像消失殆尽了。我以前要做很多的抵抗，即使是在抵抗，也没有失去一切的感觉。虽然不敢看他，但是还是可以感受到他在注视我，他的目光温暖着我的心。但是现在，我孤寂难耐，身边没有一个亲爱的人，时时刻刻都在以泪洗面。我做出了牺牲，却没有得到一丝安慰。

就在昨天，我体会到了见到亲人的感觉。仆人给我送来的信，有他的一封。仆人还没走近的时候，我就认出了那封信。我不由自主地站了起来，全身颤抖好不容易掩饰住内心的激动。过了一会儿，仆人出去了。我多么想拆这封信，我能拆吗？命运真的跟我过不去。刚得到安慰，却又让我尝到分离的痛苦。我想到瓦尔蒙先生也要承受，我就更加心痛。

我终于写出这个名字了，这名字无时无刻徘徊在我心里，却始终没能写在纸上。您对我的责备可以让我悚然惊恐。我请夫人您相信我，我对您是实话实说的。之前不敢透露姓名，是我因为自己的感情觉得羞愧。我是因为这感情脸红，而不是因为他脸红的。我不知道为什么不能自然地写出他的名字，但这一次，我是经过考虑才写出来的。

您告诉我，因为我的离堡他看上去很痛苦。他怎么了？他说了什么话？他有没有提到回巴黎。要是有，您让他打消这个念头。如果他了解我，那他应该明白我做这个行为的理由。我不知道他心里是怎么想的。他的信就在我旁边……但是要在您的同意下打开，我是不该打开它的。

我不想和他连根斩断。我现在只能通过您了，我宽宏的朋友，我是不该得寸进尺的。我知道您不能写长信，您不会拒绝写几句话给您的孩子吧。那字句能支持他，安慰他。再见了，我崇敬的朋友。

一七××年十月五日，于巴黎

# 第一百零九封信
## 塞西尔·沃朗日致梅特伊侯爵夫人

夫人，我今天才把那封您给我的信交给了瓦尔蒙先生。这信在我手上待了四天，也顾不得心中忐忑不安怕被人发现，我总是小心翼翼地藏好。每次碰到心中的伤痛，就关起门来读。

我现在清楚地知道，先前认为很不幸的事，其实几乎不算什么。而且老实说是有快乐滋味的，快乐地也简直不再觉得有什么伤痛了。只是想到唐斯尼就有点难过，不过很多时间，我一点也不想他。

瓦尔蒙先生的确很友善，我已经和他和好两天了。我只对他说了两句话，他说我有什么想告诉他，他晚上到我房间来就行了。我只回答我愿意。他到了之后，一点儿气恼都没有，好像我没得罪他。他后来训斥我时，也是轻声细语的，跟您一样呢……证明他对我很友好。

他跟我说了很多好玩儿的事，尤其是我母亲的事情，我都不能相信我听到的。您要是告诉我这些都是真的，我会多高兴。有一次，我忍不住大笑起来。万一我母亲听见过来看，我就惨了。这下，她说不定会把我关到隐修院。

我们非常小心，瓦尔蒙先生也说，他不想我的名声受到损失。所以我们商量着以后去他的房间，就在那一边，他以后会过来给我开门，一点儿都不用担心。我昨晚就去过，我现在一边给您写信，一边等他过来。现在，您不会责怪我了。

不过，您信里有一件事我很惊讶。就是您告诉我，我将来出嫁之后，关于唐斯尼和瓦尔蒙的事。这跟您有天在歌剧院说的相反，您说我一旦结婚了，只能去爱自己的丈夫，我甚至要把唐斯尼忘了。好吧，可能是我没听懂，我宁愿事情不是这样子的。我现在不害怕结婚了。我甚至向往结婚，它能给我带来更多的自由。我希望那时我心里想的只有唐斯尼一个人，我知道只有和他在一起我才能幸福。因为我心里总是住着他，只有不想的时候，心里才会舒服，但是这时刻非常少，我一想到他，就会痛苦。

叫我觉得宽慰的是，您说这样会让唐斯尼更爱我一点。可您能肯定吗？嗯，您是不会骗我的。我爱的是唐斯尼，但是瓦尔蒙先生，您说这也是一种幸福。好吧，那我们就等着。

母亲还没有跟我说婚姻的事情，等她跟我说时，您放心，我知道她是在套我话，我会撒谎的。

再见了，我的好朋友，我非常感谢您。我向您保证，我不会忘了您的帮忙的。我就写到这里吧。因为已经快凌晨一点了，瓦尔蒙先生快来了。

一七××年十月六日，于××城堡

# 第一百一十封信
## 瓦尔蒙子爵致梅特伊侯爵夫人

柔情的圣·蒲贺曾这样说："天上的诸神啊，受苦的心我有了，请赐我一颗接受幸福的心吧。"我的命运比他好，我过着两种生活。我既幸福又痛苦，既然把您当作知心人，那我就都告诉您。

您知道吗？那无情的贞信女一连退了我四封信。其实也不是四封，在第一封信退回来后，我就料到别的信也会被退回来。为了不浪费时间，我决定写些大家都写的抱怨，连日期也没有写，从第二封开始，始终是一封信，只是换了个信封。我这美人跟别的美人一样，总是要停手的，总有一天会把信留下，那时候我再重理旧业。

我发现了一件事，我那位美人换了个知心朋友。她离开城堡之后，不再给沃朗日夫人写信了，倒是给罗斯蒙德夫人写了几封信，但是罗斯蒙德夫人一次都没讲起。她从前总是跟我说亲爱的美人，现在不提了，于是我得出结论，她听了那人的苦衷了。之所以会有这样的变化，无非两个原因，一是她需要找个人谈我，二是她早前曾对沃朗日夫人鄙夷这种感情，现在回首再谈，肯定难以启齿。我现在害怕了，这个变化可能对我不利。因为女人越大越不好相处。沃朗日或许会跟她说我的坏话，罗斯蒙德则会多谈爱情的问题。而我这个善感的美人怕我，更怕感情。

您知道，只有拦截信息才能知道。我给跟班下了命令，我每天都在等他行动的结果。一周以来，我一直温习着我用过的招式，包括小说里的和我自己回忆录里的。但是没有一条适用，没有找到一个适合我现在这种情况和我那位女人的性格的方法。困难不是怎么进她屋。夜里进去，用药迷晕她，把她变成葛拉丽莎第二都没问题。[1] 想想，我用了两个月时间，最后还要用这种方法。用别人卑劣的手段去取得无声的胜利？这样太不光彩了。对我而言，占有她身体是不够的，我要她自己投怀送抱。要达到这目的，我要等到她一个人在家时，能听我说话，尤其要让她闭上眼睛，看不到危险，免得她去战胜它。不怕您笑话，我越这么想，难度可越大了呢。

要不是我们的女弟子及时娱乐，恐怕我的脑袋已经一塌糊涂了。在她身上，我还有很多别的事要做。这小姑娘真的吓坏了，您的信在三天之后才起作用。一个荒唐的想法糟蹋了最柔顺的个性。

总之，她周六才到我身边，对我吞吞吐吐说了半句话，因为羞愧声音还很低。但是看到她的脸泛起红晕，我明白她说的是什么了。在那之前，我一直很有架子。但是，我喜欢知错能改，我的心肠就软了下来，欣然允诺当天晚上去拜访她。她那天晚上千恩万谢地接待了我。

咱们的计划，我是放在心上的。我决定趁此机会调教她，但是为了更自由从事这工作，我换了个场地。因为她和她母亲仅隔着厕所，她总是不能安心。因此我故意制造了点声音，让她害怕，同意了我换地方的建议。

姑娘爱笑，我随心找一些艳史让她开心。为了使这些事

---

① 理查逊的小说当中，拉复勒斯采用下流的手段包括下迷药和强奸来对付葛拉丽莎，但瓦尔蒙不屑使用。

更有吸引力，我把这事都算在她母亲的头上。

我这么做没错，这样能鼓励这位胆小、羞怯的学生，同时能让她产生蔑视她母亲的想法。我知道不一定要用这种方法，但要使她堕落，这招是很有用的。因为凡是女儿不敬她母亲的，肯定也不尊重她自己。这条道理很有用，我还为这句话提供了一个例证。

但是，您的监护对象没有得到道德上的教训，她只是笑笑，每次都笑得喘不过气。终于有一次，她差点儿放开喉咙大笑起来。我装出很惊慌的样子，她立即害怕起来了。为了让她记忆深刻，我比平时早三小时离开了。分开时约定第二天在我房里相会。

我在房间里接待了她两次。在这短短时间里，徒弟几乎跟师父一样了，我把我的本领都教给了她，包括如何献媚讨好，只差没告诉她怎么去预防。

由于夜里不休息，我只好在白天补觉。而且城堡里的活动也引不起我的兴趣，我白天只在大厅里露面一小时不到。我今天甚至决定在房间用餐，打算只在做短暂散步时才离开房间。这些反常的行为，我都归结为健康问题。我说自己有点儿发烧，我只要说话慢一点，声音弱一点就好了。

闲的时候，我就思考用什么方法对付那忘恩的女子，扳回失去的优势，还要写一部风流史供我的学生用。在书里我写的都是行内术语。想到这会作为她和热古尔新婚之夜的对话，我就觉得有趣。她要把这话用天真的神态说出来，因为她没有别的神态去说这话了。这丫头说话的方式实在迷人。她的幼稚坦率和她荒淫语言会形成多么鲜明的对比。我也不知道为什么自己会偏爱古里古怪的事。

我在这女娃身上耗费了很多精力和时间，可能我太迷恋她了。但是我希望，我这装病除了能让我避免去无聊的客厅以外，还能在我那虔诚严肃的女人身上产生点作用。虽然她如此守德，但是她也非常温柔多情。她一定听说了这事，她一定以为这事跟她有关。我将根据我对她造成的影响来调整我的健康状况。

我的漂亮朋友，我这边做的事，您都跟我一样清楚了。我希望不久会有更加有趣的消息告诉您。我期望您的奖赏，那是最有分量的。

一七××年十月一日，于××城堡

# 第一百一十一封信
## 热古尔伯爵致沃朗日夫人

夫人，这里一切都会风平浪静的，我们日复一日地数着日子期待回国。我始终怀着一颗和归国一样的急切的心，盼望着回来后能和沃朗日府上缔结姻亲，和德·沃朗日小姐结为连理。请您一定要相信，我对沃朗日小姐的心还是一如既往的。不过，我的表兄德某某公爵刚才告诉我，宫廷要把他从那不勒斯召回国，您是知道的，这位表兄对我情谊深重。表兄打算从罗马取道回国，一路上去意大利那些不熟悉的地方看一看。他邀我和他一同做伴，在这次出游中一起同行。这大概要花上六个星期到两个月的时间。老实说，这样的机会对我是极具吸引力的。我深刻地明白，结婚之后，除非是公务上的需要，我将很少有时间外出了。另外，我和沃朗日小姐的婚礼在冬天举行比较合适。因为我的所有亲属会在那时齐聚巴黎，尤其是某某侯爵，是因为他的缘由我才有幸结识您家的。当然，以上虽然有这些种种理由，如果夫人有任何不一样的安排，我还是绝对听从的。如果夫人认为最初的安排更为妥当，那您是不需考虑我上面说的这些话的。我只请求夫人可以尽早将您的安排告知于我，我将依据您的安排做出我的行动，恭候回音。

夫人，谨以我最真诚的心向您表示敬意，向您献上作为儿子的心意。

热古尔伯爵敬上

一七××年十月十日，于巴斯蒂亚

# 第一百一十二封信
# 罗斯蒙德夫人致杜维尔院长夫人

（口述信件，由他人代笔）

刚接到您十一日的来信，我亲爱的朋友。在信中您对我多有责怪之意，虽然很是隐晦，但您想要责备我的意思应该远远不止于此吧。若不是碍于您是我“女儿”的身份，恐怕您更加要谴责于我了。但是假如您真的要怪罪于我的话，是非常不公平的。我之所以拖到今天才回复您的信，是因为我想亲自写给您。您看，今天我还是不得已让我的侍女代笔的原因，是我那讨厌的关节炎又复发了。这次，可恶的痛楚跑到我的右臂来了，我不得已变成了一个单臂残疾人了。您这样正值风华年少的女子，交上了这么个老太婆朋友，就只能品尝这苦果了。我自己生活不方便，也让您受了苦。

不过我能向您保证的是，假如我的关节炎稍稍好转的话，一定立即与您进行深入交流。现在能告诉您的是，目前我已经收到了您的两封信了，您生活中的一切事由，我都感同身受，我对您的友情之深，两封信竟然能更加深一层。

我的侄子身体并无大碍，只是稍稍有点不舒服，这您不用太担心，只是小小的不适罢了。要我说，这种不适只是影响了他的心情，显得情绪低落，至于身体健康，是绝对无须忧虑的。不过他很少出现在我们面前了，这和您的离开一样，让我们的小圈子失去了不少欢乐。

特别是小姑娘沃朗日，对您的离开特别伤心，整天闷闷不乐，哈欠连连。尤其是最近几日，每天午饭后就蒙头大睡。

再见了，我最亲密友爱的朋友，我永远是您的好朋友，您的母亲。假如这年纪不遭嫌弃的话，甚至是您的姐姐。总的来说，您与我之间，有着难以泯灭的深情厚谊。

口述：罗斯蒙德夫人

代笔：阿黛拉伊德

一七××年十月十四日，于××城堡

# 第一百一十三封信
## 梅特伊侯爵夫人致瓦尔蒙子爵

子爵，我想我应该告诉您，已经有人开始谈论您的话题了。他们注意到了您久不在巴黎出现，也有人已经猜到了原因。昨天，我出席了一个晚宴，晚宴上人数众多。席上，有人坚持认为，是一种传奇式的浪漫爱情把您困在了乡间。那话刚说完，过去那些嫉妒您辉煌成绩的男人，以及被您冷淡过的所有女人都喜上眉梢，个个得意非凡。假如您能听我的劝，就马上返回巴黎来亲自戳穿它，省得这样的言语危害到您的地位。

您想，假如有人因此而改变了您不可抵御的想法，您很快就会发现，那些女人抵御您也变得容易起来，就算是您的情敌，也会不再敬畏您，而是纷纷与您展开较量了。特别需要您注意的是，那些您曾经接近过而没有追到手的众多女人都会纷纷出来洗刷自己的清白，就算是您搞到过的女人，也会出来努力混淆视听，颠倒是非来愚弄众人。总而言之，大家对您的评论一定会超过您过去的预想，甚至要小看您几分，就像现在您被高估一样。

子爵，还是回来吧，不要因为孩子般的稚气行为毁了自己一世英名。对于小沃朗日，您已经成功收复了。至于您的院长夫人，很明显，距离不会改变您对她心血来潮的爱情的。她当然不会来找您，也许她早就把您给忘了。又或者只是记得她沾沾自喜地羞辱了您。您回来后，至少还可以重新彰显您的威风，我觉得，您大有必要这样做。即使您要把那可笑的风流韵事干到底，也还是回巴黎后更为有利。

您空口说了多少次院长夫人早已对您迷恋异常，然而并无半点证据。当然，如果她的确像您说的那样，那么她现在最大的乐趣，唯一的快乐，就是谈论您，设法知道您在说什么，做什么，想什么，甚至是您最细枝末节的小事。不论是什么您感兴趣的事儿，她都想要知道的。就好像那些小野菜，正因为人的饥肠辘辘而变得身价不菲起来。本来是从富人席上掉下来的面包屑，富人不曾多看一眼，穷人却贪婪地拾起来充饥果腹。而我们可怜的院长夫人，现在就是在捡拾这些面包屑。她捡得越多，就愈加不会品尝别的食物了。

另外，现在您知道了她的知心好友是哪一个，也知道她的好友给她的每一封信中至少会有一小段说教内容。既然如此，您为什么还要给予其中一个能量来自卫，而让另一个继续危害您呢？

对于她向哪个知心好友诉衷情会对您不利，我和您的看法倒不完全相同。首先，沃朗日夫人恨您，人常常因为憎恨而变得更加机敏聪慧，友情则是不一样的。虽然您的姑妈德高望重，但也不会因此对她宝贝的侄儿有半点非议，她疼爱她的侄儿。这正是德行弱点的地方。其次，您的担忧也是大为错误的。

您说，女人越年迈，就变得越发难以相处。这样的看法是不对的。在四十岁到五十岁这个年龄，女人们眼看着自己日渐衰老而变得彷徨，不舍得放弃一些自己的抱负和乐趣，从而变得悲伤和愤怒，因此，她们性格变得暴躁乖戾并且装得一本正经。她们必须用这长长的十年时间完成这项重大的牺牲，然而过了这段时间，她们会变成两种人。

第一种人，大多数的她们过去只靠年轻美貌取胜，其他并无所长，这种人由此会变成麻木不仁的蠢货。她们除了赌博和烧香拜佛，根本不能有所振作。这种女人常常为人们所厌烦，也算比较多见。她们常常喜欢责怪别人，有时爱无事生非，但心地还算善良，也不会惹什么大麻烦。至于严厉与否，也很难说得上。因为她们生活空虚亦没什么主见，支配她们灵魂的思想也反复无常。常常人们说了点什么话，她们也就鹦鹉学舌，至于内容何解，她们是不甚了解的，也无动于衷。因此，她们的大脑空空如也，肤浅无知。

第二种人，则可贵得多，同时生活中也是少之又少。她们天生就很有个性，对培育自己的理性也从不忽视。当她们失去年轻的体貌所带来的优势后，她们自会寻找另外一种新的生活。她们会把过去用来装饰容貌的饰物来装饰灵魂。这类女人常常心智聪明，判断力也很健全，同时精神振作，性情愉快优雅。虽然她们往日的美貌不在，但她们有仁厚的内心，以及随着年龄增长而日益可爱的幽默魅力。所以，一定程度上她们容易和年轻人亲近，年轻人也比较喜欢，因此，或多或少地再现年轻时的魅力。到那时，她们远远不会变成您所说的乖张乖戾，难以相处。她们长久地观察人性弱点，早就养成了宽恕的习惯。尤其是她们对自己青春岁月的回忆，这让他们更加依恋人生，甚至于让她们变得过于宽容。

最后，我能告诉您的是，我很早就意识到获得老女人的赞同是很有好处的，因此，我一直广为结交。我被她们中不少人所吸引，一方面我能从中受益，另一方面，我对她们也有了感情。对此，我就不再多言了。您的感情很容易被带动，您又是那么热爱德行，我怕您忽然之间会爱上您的老姑妈，把自己和她一同埋葬在坟墓中。这些话就到此打住吧，我们再谈点儿别的。

现在看来，您好像被您的学生迷住了。不过我不认为她在您的计划里是个重要角色。您遇上了她，并且占有了她，这当然很好！但也谈不上是一种喜爱。说实话，这甚至连享受都算不上：您只是占有了她的肉体而已！我不说心灵，我知道您对她的心灵不在乎。但是连她的头脑，您也没有占有。我不知道您是否已经意识到了，这方面的证据我在她最近给我的信中找到了。随信附上，您自己看。请看，她在信中对您的称呼是德瓦尔蒙先生，她所有的想法，包括与您有关的种种，最后总能归结到唐斯尼身上。对他，她从来是直呼其名。就这一点，她也能把他和所有男人区分开来。就算是她委身于您的时候，她也只是和您感到亲近。假如您认为这样一个被您征服的女人是迷人的，您居然对她给予您的一点儿快乐恋恋不舍，那这样的您可真不挑食呵。我赞成您保留她，这也是我计划中的一部分。但是我不认为她值得花费您任何一刻钟的时间，而且您应该把她牢牢抓在手里才对。比方说，在她忘记唐斯尼之前，您不应该让他们得以相见。

先把您的事情稍稍放在一边，下面谈谈我自己的事儿。但是在此之前，我还要对您说一点。您跟我说的那种装病的办法，是众所周知的，明眼人也都能看出来。子爵啊，您缺少发明创造的思维啊！我呢，有时候也故技重演。且听我下面细细道来。不过，我总是很注意细节，善于补救，特别是事情的最后成功，证明了我的做法是正确的。我还想再来一次尝试，再增写一篇新的风流文章。我承认，这件事确实容易得很，但我至少可以拿来消遣。因为您知道，我现在无聊得要死。

自从普雷旺那件事以后，我不知为什么，已经难以忍受贝尔洛施这个人了。就算是对我加倍地献殷勤，或者表示亲热和崇拜，我都受不了了。有时候他也会对我发怒，一开始我感到有趣，不过也得想方设法让他平息怒气，不然我的名誉也会受损。但是和他讲道理是没用的，丝毫不能让他恢复平静。我只好想其他办法，就是向他表示更多的情义。不过他却信以为真，从此高兴个没完没了，让我十分讨厌。特别是他那种把握十足的神情，简直是一种蔑视了，好像以为可以任意支配我，我已经隶属于他了，真叫我倒胃口。我感觉受了侮辱。如果他自以为是地认为我要终身顺从他，那他真是太小看我了！最近，他常跟我说，大概除了他，我没有爱过第二个男人了。嘿，那时我就使劲克制自己，以免鲁莽行事，泄露了实情。不过，我应该承认这位先生仪表堂堂，这是没什么可说的。但总的来说，这毕竟只是一个爱情的工具罢了。现在，是时候该分手了。

在这事儿上，我已经努力半个多月了，各种手段轮番上场：冷淡、任性、发怒、吵嘴等。但是无奈这个执拗的人儿就是不肯撒手作罢，那我只能采取更加行之有效的方法了。我下决定带他去我乡间的故居，后天就动身。随行的只是几个没眼力的家伙。所以我们在那里可以旁若无人，享受绝对的自由。我可以用爱情百般的花样向他表示亲热，直至他不能承受为止。我们将整天待在一起腻腻歪歪、卿卿我我。现在他可是正幻想着呢！现在我可以打赌说，到那时他一定比我更希望早日结束这次旅行。等到他回来之时，要是不能做到相对于我厌恶他而言，他更厌恶我的话，那您就可以说：我的确比不上您。

开始这样一次旅行，我是有充足借口的，我决心认真处理我那件重大的诉讼案了。这场官司将要开始审理了，就在这个冬初。对此我是非常高兴的，毕竟一个人的全部财产始终悬而不决是很让人不快的。我倒不是为案件的判决而担心，因为我的律师们都向我肯定，我是占理的。就算我没有理由也是要胜诉的，不然显得太无能了。毕竟我的对手只是一个老朽的监护人和一些未成年的孩子。不过这样重大的事情毕竟马虎不得，所以我带了两个律师跟着一起去，这趟旅行也真算得上是件开心事儿。不过，既然这能帮我胜诉并且顺利甩掉贝尔洛施，这样一举两得的事情，多耗些时间也未尝不可。

子爵，现在您能猜出我的下一个情人是谁了吗？您尽管猜吧。不过我打赌您是怎么也猜不着的。所以，还是算了吧！告诉您吧，是唐斯尼。您吃惊了吗？虽说我还不至于沦落到调教孩子的地步，但是他确实让人侧目相看。他有年轻人的风流，却不像他们那样肤浅。社交场上，他非常矜持慎重，这样能远离别人的一切猜疑。不过私下攀谈之时，也能开怀同乐，真是可爱得令人喜欢。倒不是我现在和他有了些什么关系，我仅仅只是他倾诉的朋友罢了。但是我能看得出来，在友谊这层薄纱下，他对我是有着强烈的爱慕之情的，我也对他很动心。他温柔的才情要浪费在沃朗日那个蠢丫头身上，简直是暴殄天物了。他以为自己爱她，真是大错特错了，希望他能明白自己只是头脑发热了。她哪里配得上他的爱！我当然不是吃那小丫头的醋，只是他和她的爱情与一场谋杀没什么两样。我是要救唐斯尼的。所以我请求您，子爵，帮我下点功夫，别让他再接近他的“塞西尔”了。初恋这回事儿，总是让我们意想不到。要是他现在还去见她，特别是在我离开的时候，那我就没什么把握了。等我回巴黎以后，就可以运筹帷幄了。

我原本打算把这年轻人一同带去，但是为了谨慎起见，还是放弃了这个想法。因为我怕他发现我与贝尔洛施之间的关系。一旦他发现了一点点端倪，我就没什么把握了。至少我得以贞洁清白的形象出现在他面前，与其想象相符。只有这样，才是真正能配得上他的女人的样子。

一七××年十月十五日，于巴黎

# 第一百一十四封信
## 杜维尔院长夫人致罗斯蒙德夫人

亲爱的朋友，我现在非常不安。也不知道您是否安康，能否回我的信。我已经克制不住自己，要向您来打听消息了。您说瓦尔蒙先生的健康状况没什么打紧儿的，但是我却很是担心，因为一些大病的前兆，往往表现为闷闷不乐和不喜社交。同精神苦恼一样，身体上的病痛也让人向往独处的清静。我们经常会因为一个人脾气不好而责怪他，但那往往是疾病的缘故。

我总想着，他至少应该去看看医生才对。您自己的身体也不太好，身边怎会没个医生陪着？今天早上我刚去看过我的医生，说实话，我也含含糊糊地问了。他是这么说的，天性很活泼的人，如果突然变得沉默寡言，是绝不应该忽视的。他还说一旦不及时治疗，可能就永远治愈不了了。这是您的亲侄子，您怎么会让他去冒这个危险呢。

让我更加感到不安的是，我已经有四天没他的任何消息了。我的天哪，在他的健康状况上，您应该没有骗我吧？为什么他突然停止给我写信了呢？如果是怪我把他的信退还给他，这样的反应不应该现在才出现呀。虽然对于预言什么的我历来不太相信，但是这几天里，我的内心老有一种隐隐的可怕的担忧。啊！也许是一场可怖的大灾难迫在眉睫了。

说来真是惭愧，您大概也会感到难以置信，虽然我从不拆读他的来信，但是不再收到那些信后，我的内心有多么煎熬。收到信，我至少还能知道，我尚在他的心中，他还是想着我的。我看到了他送给我的东西，我不拆开那些信，我只是一边流泪，一边看着它们。心情也因为痛快的流泪而更加舒畅。我回来后沉重的心情也只靠流泪能舒缓片刻。仁厚的朋友啊，我恳求您，一旦您能够亲自写信，就给我来封信吧！在此之前，请您每天和我说说您自己和他的一些消息吧，可以吗？

写到这儿了，我才发现竟然没同您有过一句问候，好在您是了解我的，您知道我对您无限的感激与眷念。您会原谅我的，是吧？我的内心混乱，总是胡思乱想，又担心他会不会生病，真是折磨人啊。上帝啊！这个令人绝望的念头纠缠着我，撕裂着我的心灵。这样的不幸我是未曾经历过的，现在我感觉到，生而为人，就是要去体验这种种不幸的。

亲爱的朋友，再见吧。可怜我吧，爱我吧！希望今天您能给我回信。

一七××年十月十六日，于巴黎

# 第一百一十五封信
# 瓦尔蒙子爵致梅特伊侯爵夫人

真是难以理解了，我美丽的朋友啊，两个人一旦疏远起来，竟那么容易产生分歧了。过去我们常常在一起时，我们总是保持一致的意见和看法。而近三个月不见，我们竟然对一切事物都没有了一致的认识。这到底是我们两个中谁的错误呢？您无须多问就有了答案。至于我呢，说来更加明白事理，或者说更加有礼貌，那我就不妄下断言了。所以，我就上书一封继续向您报告我的作为了。

首先，对于您向我通报的外面关乎我的流言蜚语表示感谢。不过也不用担忧，日后我肯定是有办法终止这些妄加猜测之词的。请您放心，待我在社交界重新登场之时，只会比以往任何时候更加迷人，也更能与您相配。

我希望大家能记住小沃朗日事件，但您呢，好像完全不放在心上。您要知道，我几乎是在一夜之间，把一个热恋中的少女从她情人手中完完全全抢夺过来，这岂是一件轻易的事。并且我还能对她为所欲为，完全变成自己的占有物。对于这一点，甚至是卖笑女郎都不一定能做到的。我得到了，并且丝毫不影响她和她恋人原有的纯真爱情。您好像对此没怎么看在眼里，当然，也许您说得不错，我确实并未占有她的头脑。因此，要是哪天我同意，我也能把她送回她情人怀里，她简直都意识不到任何事情。您能说这不是一种本事吗？所以，您要相信，即便她日后离开了我，我教给她的要诀，也定会在她心中生根发芽的。我现在就敢保证，我那胆怯的学生不久就会有所作为，为她的师父争得名声的。

如果在风流韵事上，人们更偏爱英雄这种类型，那我就可以以院长夫人为例了。她可是集所有优良品德于一身！连最放荡的人也都尊敬她，以至于染指她的妄想都不敢有。您看着：她为了讨我的欢心来爱我，为了沉醉于我给她的幸福，她把自己的德行和本分都抛到九霄云外了，践踏了自己的名誉和两年来悉心守护的贞操。只为了获得我的一言，求得我的一瞥，她就觉得她所做的牺牲都能补偿了，但她并不经常能如愿以偿。我也不打算过分搭理她，我是要抛弃她的。我想我是不会看走眼的，我了解她，我知道没有人会来接替我的。对于安慰的需求，她会坚决抵制；对于行乐的习惯，也会一贯戒除；甚至报复的欲望，也会一并抗拒。总之，她活着，只是因为我的存在。她的爱情旅程的长短，将由我来决定。一旦取得了这样辉煌的胜利，我就可以和我的对手们说："请看看我的成绩吧！在本世纪中，能有第二个例子相提并论吗?"

对于我今天十足的信心，您一定十分奇怪吧。这是因为这一星期来，我已经充分掌握了美人的秘密。我在她写给罗斯蒙德夫人的两封信中发现的，这已足以让我掌握情况了。其他的信，我不过是出于好奇，看了看。如果我要获得成功，我一定要接近她。这才是好手段，我已经决定要立即付诸行动了。

我想，您一定对我的办法倍加好奇吧？慢着，对于您否认我的发明创造，我得惩罚您，我现在不打算告诉您。说真的，对于您的信任我真该收回了，至少在这件事件上不该再信任您了。要不是您给这次胜利外加了个美丽的奖品，我确实不会和您再谈论这事儿了。您看，我生气了。不过，我还是希望您能知错就改，这样我才勉强能给您一个小惩罚以示惩戒。好在我要表示下我宽大的胸怀，所以把我伟大的计划先放在一边吧。先来谈谈您的打算吧！

您现在是下乡去了，您无聊地以用情专一来聊以自慰。您那可怜的贝尔洛施，您让他喝下迷魂汤还不够，甚至于还要对他动刑。他现在有什么感觉，能承受得了爱到恶心的地步吗？我倒是非常期盼他对您愈加迷恋。到那时，我很想知道您是否还能找到更好的手段了。您现在不得不出此下策，我对您可真怜悯。我过去这些年来，也只有一次把爱作为手段。当时我确实有非同小可的目的，那时我要对付的是某某伯爵。在她的怀抱中，我好几次想对她说："夫人，我央求的位置我不要了，请让我此刻就脱身离开吧！"在我得手过的所有女人中，只有她是我唯一真正乐于刻薄的人。

对于您所说的目标，老实说，我觉得可笑极了。您认为我猜不到接替人是谁，这倒是对的。不过，您这挖空心思，费了那么大的劲儿，居然是为了唐斯尼！我亲爱的朋友，让他去爱他的德行兼备的塞西尔吧！您可不要被这些儿戏所牵连，祸及到您自己。小男孩自然有保姆丫鬟来教导，或者，隐修院的那些女寄读生们，一定乐于和他们一起玩玩无伤大雅的游戏的。您怎么能选择他这么一个新手呢。他既不知道怎么爱您，又不知道怎么抛弃您，您要为他代劳一切。对于这件事的态度，我是极其严肃的，老实说，您的这次抉择，我是非常反对的。您这么做，即使如何保密，都会损害您的形象。至少在我的心目中和您内心深处会是这样的。

您说您对他很是动心，得了吧！您一定是被自己给欺骗了。我甚至能帮您找出来您犯错误的原因。您正处于对贝尔洛施强烈厌恶的荒旱之时，而在巴黎您又挑不出个人选。由于您的思想极其活跃，也没什么选择的余地，碰巧碰上了这么个对象，您就看上他了。不过您仔细想想，您回来后有成百上千个男人供您挑选。何况，如果您在回巴黎之前的这段时间不想无所事事，我还能毛遂自荐来供您消遣。

从现在到您回去之前，我手头有几件大事都该有个了结了。不管是小沃朗日，还是院长夫人，都不会令我忙得抽不出时间来。只要您需要，我随时都能为您效劳，并且保证随叫随到。到那时，我甚至可能已经将小沃朗日还给她那谨守本分的情人了。不管怎么说，与她片刻的销魂的确令人久久回味，这也是因为我打算让她铭记我永远的形象，我是胜过所有别的男人的，所以才一直在她身上猛下功夫。不过我可不能长此下去，不然会影响我的自身健康。我现在还不对她完全放手，只是出于对家庭事务的考虑……

您大概还没听懂，我是在等待下个周期来见分晓，以证明我的计划是完全成功的。是的，我美丽的朋友，我已经看到了最初的征兆，我那女学生的丈夫是不会有断绝烟火的后顾之忧了。热古尔家族未来的族长只是德瓦尔蒙一族的一个后裔罢了。虽然开始是应您的请求，但是请让我按照自己的意思来了结这段故事，如何？您想想，如果您让唐斯尼在爱情上变得不专一，那您在这件事上的表现可就大失身份了。另外，对于我的自荐，还烦请您多加考虑，我总觉得我在您内心的地位是不一般的。

正因为我对这一点殷切希望，所以我不怕打乱夫人您的部署。我出手帮了那谨守本分的情人，煽起了他对他那初恋对象的激情之火。昨天，我发现她在给他写信，我打断了她这项甜蜜的工作，给了她另一项更加甜蜜的事儿。事后，我让她给我看看她写的信。我觉得信写得真是扭捏矫情，一点儿也不热情。我让她明白，她这样写是没法安慰她的情人的，于是我让她按照我的口授重写了。一方面我尽量模仿她的细碎啰嗦的口气，另一方面我也尽力用明确的希望来点燃年轻人的爱情。小姑娘对我说，这信写得这样好，她可真高兴。所以此后的信件都将由我代劳了。为了这个唐斯尼，我可谓是竭尽全力了啊。我身兼数职，他的朋友、他的知己、他的情敌，甚至是他的情妇！还不止于此呢，我现在还在为他效力，把他从您的危险关系里拯救出去。是的，这种关系凶险无疑。因为得到您再失去您，贪图一时的欢乐，带来的将是永恒的悔恨。

再见了，我美丽的朋友。您应该要鼓起勇气，彻底结束贝尔洛施骑士的事情。也别打算碰唐斯尼，同时好好准备重温我们初识之时甜蜜美妙的乐趣吧，那是您该还给我的。

又：您的诉讼案即将审理，我就预祝您胜利吧。我任内有此等好事，我是不胜欢喜的。

一七××年十月十六日，于××城堡

## 第一百一十六封信
## 唐斯尼骑士致塞西尔·沃朗日

梅特伊夫人今早去乡下了，她这一走，我就失去了唯一的乐事。自从您走后，我就跟她谈论您，她是您的朋友，也就是我的朋友。她才刚把我当朋友不久，我觉得这样可以更加接近您。上帝啊，这女人真是待人亲切啊。懂得让友谊倍具魅力。她把不肯为爱情付出的所有感情都付诸友谊。她是那么爱您，多么爱听我说您的事，您要是知道就好了……就是因为这样，我才离不开她吧。我只想为你们两人而活，把一生穿梭在爱情和友谊之间。可以说我成了你们两个人之间的桥梁。我总是觉得，我为其中一个人的幸福努力时，我也为另一个人的幸福出了力，那样，我是多么快乐。多去爱爱这个女人吧。我希望您也能体会到这滋味，我要是有高兴的事没跟您分享，那是我觉得乐趣只尝到了一半。我的塞西尔啊，我要用最美好的感情将您的心包围。使您心中每一个波动都会体会到幸福的感触，即使如此，我也认为，我永远无法回报您赐予我的幸福。

为什么这些心愿注定只能是空想，不能变成现实呢？现实只给我痛苦和无尽的折磨。您虽然给了我希望，让我到乡间与您相会。我也明白我不能对您有别的想法。我相信，您也是无能为力，只能用这安慰我了。只是，您始终没有亲口告诉我。我已经抱怨了两次，但是您都没有反应。啊，塞西尔，我相信您全心全意爱着我，但是您的心没我这样的火热。

这重重难关，为什么不是我排除？只因这重重难关，是在您身上啊。如果是在我身上，我一定会让您看到我的决心。

您也不告诉我什么时候结束这痛苦的分离。您人如果在这里，我是有机会见到您的。我精神沮丧，您迷人的眼光会让我恢复生机，您眼神流露的感情，可以使我安心。我的塞西尔，我的心需要这样。别误会，我的恐惧并非怀疑您。我相信您的爱，深信不疑。如果我连这都怀疑，那我太悲惨了。但是困难重重，而且不断地再生新问题。我的朋友啊，我伤心透了。梅特伊夫人这次一走又触动了我心里的伤痛。

再见了，我的塞西尔！再见了，我的最爱！不要忘记，您的情人正在受苦，只有您能使他幸福。

一七××年十月十七日，于巴黎

# 第一百一十七封信
## 塞西尔·沃朗日致唐斯尼骑士
## （由瓦尔蒙口授）

我的好朋友，您以为当我知道您痛苦时，要您责备我我才感到难受吗？您的痛苦，我跟您一样感同身受，这您还要怀疑吗？我甚至分担了那些明明是我给您造成的痛苦。可是，您对我的冤枉，更让我痛苦万分。嗯，我当然明白是什么让您不高兴了：我没有回答您最近两次要到这里来的要求。但是您要明白，对于我而言，这个答复不是那么容易做出的。在您看来，您所要求的事难道不是不合适的吗？这种事，我们现在隔着遥远的距离都难以抗拒，如果您真在我面前，那又会怎么样呢？如果给予了您一时片刻的安慰，对于我，可是要痛苦一生的呀！

您看，我对您并无任何隐瞒，我暂且向您吐露我的理由，您自己判断吧。要是事情不是这样发展的，我早就答应您的要求了。让我痛苦万分的热古尔先生还没那么快到来，同时，这段时间以来，我的母亲也对我极为友善。我也尽最大努力让她开心，难保哪天我有什么事儿得求她帮忙呢。如果我们能够过上幸福的日子，而我又可以不必做下令自己往后内疚的事，那岂不是更好吗？我常常听人说，如果婚前女人太爱她未来的丈夫，那么婚后丈夫就不会那么爱她们了。我不知道这话值不值得人信，但是我努力克制自己不为担心所困扰。我的朋友啊，您难道信不过我的心吗？我们将来有的是时间。

您听着，要是我必须嫁给热古尔先生，即使这件事不幸地发生了，我也会在认识他以前就深深地憎恨他了。我答应您，我会尽一切努力。我是属于您的，甚至于是最先属于您的，任何事情都无法阻止我，因为我只想为您所爱。您懂的，即使我往后做了什么不好的事情，那必然也不是我的错误造成的。只希望您答应我，您会像以前那样爱我。但是，我的朋友啊，在那个时候到来之前，请让我一如从前，别再向我提出苛刻的要求了，我不答应的事，自有我的道理。即使拒绝了您，我的内心亦是万般难受的啊。

我也很希望瓦尔蒙先生不被您催得太紧，不然只能让我更加受伤。哦！不过我能说的是，您的确交了个好朋友。无论什么事情，他倒是都替您做好了，就像您自己做的一样。好了，我亲爱的朋友，再见吧。这封信我很晚才动笔写给您，现在已经太晚了，我要去睡觉好弥补这睡眠。让我来拥抱您吧，您千万别再埋怨我了。

一七×××年十月十八日，于××城堡

# 第一百一十八封信
## 唐斯尼骑士致梅特伊侯爵夫人

我亲爱的朋友，您虽然才离开我两天，但在我的心中，却恍若过了两个世纪之久。您要我忠于并相信自己的内心，我想您的事情该早结束了，所以现在您大概该回来了。您的败诉、胜诉都将会使我惆怅，因您的离去而痛苦，我又怎么会不关心官司呢？啊，我真想与旁人吵上一架。可悲的是尽管我有充分的理由来发泄我的脾气，却没有一点儿权利这样做！

您远远地离开自己的朋友，可您的举动又令他不得不围着您转，这难道不是虚伪、卑劣的背信弃义吗？这种缺德的行为即使是向您的律师们讨教，他们也断断不可能为您找出辩护的理由。而事实上，这些家伙仅仅会列举出无法说服感情的理由。您曾多次对我说过，您是出于理智做出这次旅行的决定，以至于我对“理智”这个词都产生了厌恶之情。是的，我也不愿提起这件事，哪怕是理智要我将您忘掉。确实，这是非常合乎情理，实际上也很容易做到的一种理智。于我而言，只要改掉经常想您的习惯就行了。而且，我敢肯定地向您保证，在巴黎，任何能想起您的事务，我都没有保留。可在我看来，这里的人所公认最标致的，最讨人喜爱的女性也难以望您之项背！她们仅仅够得上您一个影子。而且我还相信，只要是真正有眼光的人，都会发现刚开始的时候她们与您越相像，但越到后来你们的差距就越大。任她们枉费心机，百般努力也无济于事。

您身上的魅力在她们身上总是无法得以展现。漫漫白昼，不幸的是，我又无聊至极。于是我就拿心中的理想人物胡思乱想，刻画了一番，想象逐渐丰满。其间，我集合了一切我认为美的特点来美化作品，力求作品尽善尽美。到人像画成时，我才想到了模特儿，我惊讶地发现，您就是我心之所向。

时至今日，我仍被那类错误所蒙骗。或许您以为我是为了您才坐下来给您写信，不，根本就不是那样。我给您写信的目的仅仅是为了消除对您的想念。发生的事情我都要对您一一道出，尽管您知道这些日夜萦绕于我心间的事，与您没有丝毫关系。爱情的魅力被友情压倒是从什么时候起的呢？啊！我估计得稍微责备自己一下了，如果要仔细盘算的话。嘘！别说话，让我们还是忘了这个轻微的过错，以防重犯吧！我唯愿我的朋友永远都不会知道这件事。

所以，为何您不能及时告知我呢？您为何不能在我误入歧途的时候把我领回正路呢？您为何不能在此地同我谈我的塞西尔呢？您为何不认为我在爱她时领略到的友情带来的幸福，源于我想到我爱的是您的朋友呢？毫无疑义，我坦诚，对我来说，我倍加珍视对她的爱情了，自从您愿意倾听我关于爱情的知心话之后，向您敞开心扉，是我之所愿。我愿用我的感情来占据您的心，以求在您心中能寄托这些感情的全部。自从您表示愿意听我倾诉以后，我似乎倍加珍视我的爱情了。此外，每每见到您时，我总是会想："我的全部幸福都寄托于这个女人身上啊！"

我最近也没有什么新鲜事情，虽然最近收到的她的那封信增加了我的希望，但是希望实现之日却要往后推了。

可我既不能责备她，也不能对她抱怨，谁让她的理由是那么正当和动听呢？缘于您的离开，也许您不大能理解我说的话。我虽然对朋友什么都可以道出，但不敢什么都写出来呀！尤其是，爱情的秘密微妙无比，更不能说出口。哪怕是爱情的秘密被允许说出，我们也得小心留意它们的行踪，非得看到它们新的庇护所安全可靠才行。啊！我可爱的朋友，您还是回来吧。您必须得回来，这事您也很清楚。抛下那千百个证明您无法归来的理由吧！不然，您就得教会我如何在无您的地方生活了。

敬上

一七××年十月十九日，于巴黎

# 第一百一十九封信
## 罗斯蒙德夫人致杜维尔院长夫人

我亲爱的美人，虽然我的疼痛难忍，但我还是尽力试图自己给您回信，与您谈一谈您所关切的。我的侄儿还是不愿见人。他每日还是照常派人来询问我的起居情况，我也曾差人去请他前来相见，但他自己一次也没有来过，所以我也一直没见着他，就好像他人在巴黎一样。不过今天上午，我倒是出乎意料地在我的小教堂里见到了他，这还是我疼痛发作后头一次回到那里。今天我才得知，四天以来，他是天天去教堂里做弥撒的[①]。希望他能持之以恒了！

我进去教堂后，他走到我跟前来祝贺我身体好转，倒是非常亲热。后来弥撒开始了，我们也没多说，打算弥撒结束后再继续交谈。不料等我再去找他之时，他已经不见了。不瞒您说，他和原来有些不同了。不过，我亲爱的美人，请您务必放心。我是信任您的理智，才对您说这些话的，您应该明白，我是宁愿让您痛苦，也不愿意欺骗您的。

亲爱的美人，假如我的侄儿继续回避我不来看我，那么待我病情好转，定会到他房间去看看，至少弄明白他这奇怪表现的因由。我相信这和您有点儿关系，我也会把了解到的情况如实相告。现在我的手指已经僵硬得难以动弹，就写到

---

① 装病之后假装虔诚做浪子回头状。黎塞留公爵每日去做弥撒，就是为了勾引米施兰夫人。黎塞留公爵是有名的放荡派。——译者注

这里吧。要是让阿黛拉伊德知道我动笔给您写过信，又会一整夜埋怨我了。我亲爱的美人，再见了。

一七××年十月二十日，于××城堡

# 第一百二十封信
## 瓦尔蒙子爵致昂瑟牧神父①

（圣·多诺雷路斐杨隐修院）

尊敬的先生，我没有这样的幸运被您认识，但是我知道杜维尔院长夫人非常信任您。我更知道她对您的信任源于先生的为人。所以我冒昧向您求助。您的帮助至关重要，也关系到杜维尔院长夫人以及我本人的利益，这与您的神职也无任何冲突。

现在我的手上，有一些与她有关的至关重要的信件。我不能将它们交给任何人，不能也不愿借他人之手转交给夫人。出于某些原因，我现在没有办法通知她，因为她已决定和我断绝一切书信往来。这些原因您可能已从她那里得知，但我还不能擅自向您透露。今天看来，我承认她的这个决定是无可厚非的。因为后来发生的那些事儿，她不可能预见，也是我不能预料到的。我只能说，只有那些超出常人的力量才能应付这些情况。因此，我恳求您，先生，将我这新下的决心转达与她，并代为我向她恳求，允许我单独会见她一次。让我起码能在这次会面中，向她赔礼道歉来弥补我的过失的万分之一。我也想借着这个机会，能当着她的面销毁那些仅存

---

① 瓦尔蒙装病在前，继而自称痛改前非，其险恶目的就是愚弄杜维尔夫人的神师，以此撬开她家大门。这封信也一反其过去辛辣佻脱的风气，显得老实诚恳，俨然浪子回头的形象。

的可以用来证明我对她犯下错误或罪过的唯一痕迹。

唯有经过这第一步的道歉及弥补罪过，我才胆敢来到先生面前，向您惶恐地坦白我长期以来在歧途上徘徊的种种过失，并请求您助我一臂之力，让我与夫人和解。和解一事更为重要，不幸的是也更为艰难。先生您为我劳心费力，对于我而言是弥足珍贵的。还恳求您不要拒绝我，您会支持我克服弱点，将我引导至新生道路的吧？我必然热切地期望先生对我的一切指点。不过，非常羞愧的是，我到现在也不知道这条路该怎么走。

先生，有罪的人期望自己能痛改前非，同时焦虑地期盼着您的回信。请您一定救救我吧，请您相信，我对您充满着感激崇敬之情，我是任听差遣的。

又：先生，假如您愿意将这封信转给杜维尔院长夫人，我亦是十分同意的。我终生尊崇并敬重她，将这看作我的天职。对她的敬重，我是一直放在心里的。上天借她向我指引，展示了她令人尊崇的德行，让我的灵魂也重新找到了方向。

一七××年十月二十二日，于××城堡

# 第一百二十一封信
## 梅特伊侯爵夫人致唐斯尼骑士

您的来信已收到，我年轻的朋友。在我感谢您之前，我先骂您一次。如果下次您还犯错，就别再想看到我的回信了。您要是把我的话当一回事，那您就收起您那套甜言蜜语，这种腔调，如果不是出于爱情表白，那就成了一种花腔滥调。友谊的笔法是这个样子吗？我的朋友，各种感情都有自己相应的语言，采用另一套就是想掩饰自己的心思。不错，有很多妇女，您要是不用这种腔调跟她们说，她们是听不进去的，但是，不要把我跟她们混为一谈。您这是瞧不起我，把我想得那样不堪，让我十分生气，或许我有点儿气得过头了。

我的信中有些您的信里没有的东西，就是坦率和单纯。比如说，我会说，要是能见到您，我就会觉得高兴，我身边没有一个投机的人，围着的都是些讨厌鬼，让我觉得不自在。而您呢，同样的话，您会这样说，这地方见不到您，叫我怎么活下去？您让我想到，您在情人身边的时候，没有我在，您活不下去。什么话！还有您总是说，其他女人总是差我一点儿。您发现您的塞西尔也差我这么一点儿吧。您看，滥用这种语言，不一定会得到好处。这种语言还不如客套话呢，这种语言就像一种外交辞令，没什么可信度。

我的朋友，给我写信的时候，请您告诉我您的想法和感受，而不要说那些话。那些话语，我在任何一本现在的言情小说中可以随手读到[①]。我这些话，也许也有一点儿火气，希望您没感到被冒犯了。我不否认我生气，或许与您分离也有点让我生气。一场官司、两个律师，甚至加上那个殷勤的贝尔洛施都比不上您一个人。

看，您不用为我人不在您眼前而不愉快，相反，您应该感到庆幸，因为我从来没说过这么好的话给您听。我是受您影响，跟您说了这一番甜言蜜语。但是我还是宁愿守住我的坦率，正是坦率保证了我跟您的友谊，保证了我建立在友谊上的关心。交一个心中有所爱的男人，是一件愉悦的事情，但不是每个女人都认同我这个观点的。我觉得投身于一种不需要有所害怕的感情中，可以感受到很大的快乐。因此，很早之前，我就把您当作密友了。然而，凡是您钟爱的女子都这么年轻，让我第一次发现自己已经老了。您开始为自己开辟一条漫长的忠贞的道路，您做得对，但愿对方也是忠贞不渝的。

您告诉我，您看到她一片柔情，所以虽然您的幸福要延后来到，但是您还是依从了她。您是对的，对于不能坚守到底的女人，那么能撑一段时间就很了不起了。我认为凡是女人，一旦表白了自己的爱，就该知道会遇到什么危险，然后去躲避它。你们男人是不知道什么是贞洁的，不知道失去贞洁该是多大的损失。一个女人只要稍微思考一下就能明白，不论自己犯下什么错，意志不坚定是最大的不幸。如果一个女人思考到了这一点，但还是上当了，那是多么不可思议啊。

---

① 德立达以《新艾洛伊丝》为例，谈卢梭对模仿的看法。在小说中，圣·蒲贺对朱丽说，“从书本上模仿来的语言”只能是冒牌的激情，因为那是模仿的模仿。

请不要反驳我的这个想法，我现在亲近您就是根据这个想法的，某一天，将我从爱情旋涡里救出来的一定是您。虽然到现在为止，没有您我也避开了各种袭击，但是我还是感谢您，也因此更加喜爱您。

好了，就写到这里，我亲爱的骑士，我祈求天主用他的神圣和威严保护您。

一七××年十月二十日，于××

# 第一百二十二封信
## 罗斯蒙德夫人致杜维尔院长夫人

我原本希望能够缓解您的不安的，我可爱的女儿，但现在我反而增添了您的不安了。我还是劝您放心，我的侄儿没有危险，很难说他是不是病了。不过，他身上发生了些不同寻常的变化，这是可以肯定的。毛病在哪儿，我倒是看不出来，这可真是难以名状。我刚从他房间里出来，心情沉重，有点恐惧。要和您分担这份恐惧，我觉得也是不对的，但是我忍不住想跟您说。我会忠实地向您叙述，这场景凄惨透了，我再活八十岁也难以忘怀。

今天早晨，我走入我侄儿的房间时，只见他正在写东西，周围有很多纸张。他全神贯注于那些纸张，也没看是谁走进了房间。他没有梳理，衣衫不整，面容憔悴。他的眼神，您应该是知道的，本来那么神采奕奕，现在却显得悲凉沮丧。总之，我也不希望您看到他这个样子，因为他这模样十分令人感动，我相信能引起温柔的怜悯，这是最危险的爱情罗网。

我虽然惊讶，但还是装作没注意到什么的样子跟他谈话。我先询问他的健康，他没有说不好也没说好。我于是怪他闭户不出，简直像得了病一样，我尽量用轻快的语气说出这些话，但他只说："我这是罪上加罪了，没事，它会和别的罪一起偿清的。"语气坚决。他的语气和神情让我很难维持诙谐的态度。我马上就说我这责怪是出于友善的关心，他语气太重了。

我们于是又开始平静地谈话。过了一会儿，他说他有事要回巴黎去处理，可能是他一生中最重大的事情。但是我怕他看出我猜出了什么事，也就没多问，只说多散散心对他身体有利。这一次，我不留他。对朋友，他们各行其是，我一样爱他们。这么简单的一句话，引得他紧紧握着我的手，说："正是，姑妈您好好爱您的侄子吧。他尊敬您，珍爱您。像您说的那样为了他爱他吧。请不要为他的幸福悲伤，他不久就会尝到永久的安宁了，您也不用悔恨来破坏他得到的宁静的①。请您再说一遍，您是爱我的，您是会原谅我的。我知道您很仁慈。但是我怎么能从我多次冒犯的人那里获得宽恕呢?"说着，他低下头来。我想他是不想让我看到他的悲伤，但是他的声音却告诉了我一切。

我太感动了，难以名状，突然站了起来。他大概看出了我的惊慌，立即显露出平静的表情，接着说："对不起，夫人，我有些失态了。请您忘了我说过的话吧，只记住我多么尊敬您就好了。"他又加了一句，"我离开时会再去您面前表达我的敬意的。"我觉得这最后一句话，好像是在让我尽快结束这访问的，于是我走了。

但是，我始终想不出他想说的是什么。他一生中最重大的事是什么呢？他要我原谅什么？他说这些话的时候无意流露的悲伤又是什么？一连串问题，我想了好几遍都得不出答案。我甚至看不出这些话跟您有关。可是爱情的眼睛能比友情的眼睛看得透，于是我把这些事告诉您。

这长信是我断断续续写了四次才写成的，要不是觉得累了，我会写得更长的。再见了，我亲爱的朋友。

一七××年十月二十五日，于××

---

① 瓦尔蒙是要借他姑妈之口，让杜维尔夫人相信他是要以死殉情。

## 第一百二十三封信
## 昂瑟牧神父致瓦尔蒙子爵

子爵先生，接到您的信真是太荣幸了。昨天，我照您的意思去了元帅府上，然后向夫人传达了先生您说的事。尽管她一开始坚持先前所做的决定，但是我向她表示，如果她这样拒绝，会动摇您重返正途的心，这样也会违反天父仁慈的愿望，她才同意与您见面。不过嘱咐仅此一回，绝无下例，并嘱咐我告诉先生，下周四，二十八号在家里见您。如果先生您在这一天不方便，请另外选一天告诉当事人。您的信会收阅的。

我赞叹先生您之前向我表达的意思，我认为，没有什么重大的理由，最好还是不要推迟见面的日期。您要想到，天主赐人恩惠，要是不及早抓住，天主难说会不予以收回。虽然天父的仁慈是无限的，但也会秉着公平的原则施之于人。慈祥的天父有时候也会变成复仇的神。

如果您能一直给我信任，请您相信，要是您需要我的帮助，我会全力帮忙的。不管我职务多么繁重，我最主要的任务是尽我圣职本分，对此我是忠诚的。倘若有朝一日，我能凭一己之力，承蒙天主降福而有所建树，那则是我一生中最美满的时刻。我等都是有罪之人，意志又薄弱，凭一己之力是很难有所成就的。然而，天父是无所不能的，天父召唤了您，您我两人都是同样依靠天父的支持的。您想回到天父身边，我可以帮您引路。

我希望，我能依仗天主，不久就能说服您。只有我们的圣教能给你们带去经久不衰的幸福，多少人都在人间激情中迷失自我，这都是徒劳无功的。

谨致敬意！

一七××年十月二十五日，于巴黎

# 第一百二十四封信
## 杜维尔院长夫人致罗斯蒙德夫人

昨天我得到一个消息，虽错愕不已，但想必夫人听到也一定会高兴，因此这么急着想告诉您，原来瓦尔蒙先生已经不再把我放在心上了，他放弃他的爱情了。他现在要换种生活方式来弥补他年轻时犯下的过失了，这件事是昂瑟牧神父告诉我的。他今后会受神父的指点，在神父的安排下见我一面。我看他主要是想把我写的信还给我，于是我就答应了。之前我那几封信，我一直要他归还，但是他都没还我。

他的这一幡然悔悟，无疑，我只会对这样可喜的变化拍手，为此我感到庆幸。只是，为什么要让我铺路，以我的生活安宁为代价？难道瓦尔蒙先生的幸福，没有我的不幸是得不到的吗？啊，我心胸宽广的朋友，原谅我的牢骚。我知道我不该去揣测上帝的意思。但是我不断请求上帝赐我战胜不幸的爱情的力量，他充耳不闻。那人没有祈求圣恩，却被赐恩，只听任我孤立无援，束手无策，独自面对这难以抗拒的情怀。

还是停下这有罪的抱怨吧。我难道不知道，浪子回头得到的恩典远比守在父亲身边的儿子多。他什么都不欠我们，我们凭什么找他算账？即使大家都能向他要求点什么，但是我配吗？我能夸口说自己守住了本分吗？还不是亏瓦尔蒙成全的。是他救了我，我还抱怨自己受苦吗？只要能换取他的幸福，我受什么苦都没关系。不用说，他总会回到我们共同的父怀中的。上帝既然造了他，就一定会爱惜他。他绝不会造出这么可爱的人然后抛弃他的。应该由我承担这罪孽的后果。爱他都是犯禁的事，原本就不该放任自己见这个人的。我那时就已经体会到了。

我不能不接受上面的事实的，时间拖得过长了。不过，我亲爱的朋友，您是看到的，我一看到牺牲是必须的，就欣然赴约了。我该毫不隐瞒地对您说，这念头一直折磨着我。那就是，当看到别人为我们痛苦时，我们的痛苦也能缓解了，这种心理是多么不堪啊。我一定会将这不安分的心压制下去，让自己能忍受屈辱。

也是为了达到这一点，我同意下周四与瓦尔蒙先生相见。那时，我会亲耳听到他说，我跟他已经跟路人一样了，在他心里，也早已没有我的任何身影了。那时我会看到他那冷酷的目光，而我为了掩饰波澜的内心，会垂眼不去看他。过去那么长时间，我一直要求他还我信，现在这些信已经引不起他的兴趣了，他将把那些信当成垃圾一样还给我。当我双手颤抖地接过那些信时，他应该很镇静。最后我将目送他不再回头的背影离去。

唉，我是注定要受这些屈辱的。但愿我能通过这屈辱感受到自己的意志不坚定。这几封信我要珍藏起来，虽然他已经没兴趣了。我要逼自己每天都读一遍，重温自己的羞愧，让泪水洗去所有的字迹。至于他的信，我要全烧毁，那些信跟毒一样，腐蚀了我的心灵。唉，爱情居然让我留恋它们设下的陷阱，尤其是，知道自己再也引不起他的爱意，却恐惧自己仍然爱着他！带来的羞愧和苦难两者并发，即便心里没有贞德，还是要谨慎行动。

周四怎么还不到？我的牺牲怎么不在现在解决？他的来

访让我心烦意乱，答应之后，我现在懊悔了。他有什么必要要见我一面？我们之间还有什么联系？他冒犯我，我原谅便是。至于他要改正，我还为他喝彩。因为同样的错误我也犯了，他是榜样，可以使我回头。但是他的目的是避开我，为什么还要与我见面呢？我们以后要做的事，不就是彼此遗忘吗？啊，不用说，我今后唯一要做的是将他遗忘。

可敬的朋友，如果您允许，我将去您身边完成这事。如果我需要人安慰，那只能是您。我不接受别人的安慰，能听我心里话的，能把话说进我心里的，只有您。您那珍贵的友谊充实着我的全部生命。不管您要我做什么，我都会去做的。那时，我要拜托您的帮助了。您对我的帮助保住了我的贞德，您没有白费心思，我也没有辜负您的一片好心。

信写的有点杂，我在写的时候，内心有点忐忑。信中所透露的感情如果不够自重，请您看在友谊的分儿上原谅我。我完全信任您的友谊，我是不会向您隐瞒我心中的任何想法的。

再见了，可敬的朋友。我希望过不了几天就会去您那边。

一七××年十月二十五日，于巴黎

# 第一百二十五封信
## 瓦尔蒙子爵致梅特伊侯爵夫人

这个心高气傲的女人，终于被我战胜了。过去，她竟以为她能挡住我。她现在是属于我的人了，没错，里里外外都是我的人了！从昨天开始，她把一切都给我了。

我沉浸在幸福中，现在还不能估量它的分量，只是我很吃惊，因为尝到了前所未有的魅力。难道一个女人的价值，真的会因为贞德增加，一直维系到她失去贞德之时？这种想法真的太荒谬了。回头想想过去的经历，我在得手之前，都会遇到一些巧妙的装模作样的抗拒，只是程度不同罢了。但是我就没在别的女人那里尝过这种魅力，不能算是爱情的魅力。尽管跟这个令人惊讶的女人在一起时，我几次失去把持，好像沉浸在那种羞怯的激情下，但是我还是能清醒过来，回到我的原则。就在昨天，剧情发展得跟我预想的不同，当时自己有点冲昏头，原本我在她心里挑起的感情，我居然也愿意与她分享了。这种感觉现在已经消失了。说实话，要不是我觉得这事让我不安，我怕是已经沉浸在这感情中了，一定会觉得是件很甜蜜的事。以我这把年纪，也会像小孩子一样，受一种不由自主的感情控制吗？不行，这种感情是要强烈抵制的。

我已经隐约知道了原因，我很希望这想法符合事实。到现在为止，我担任过无数女人的情人，履行情人的义务。这些女人中，只要我有意，没见过一个不就范的，至于那些半推半就的女人，虽然她们常采用以退为进的手法，但是还是掩饰不了她们想靠近我的事实。

这一回的例子不同以往，我一靠近她，她就极其提防我，她一直听信一个对我仇视的女人的忠告，和我保持距离。再加上她生来胆小，洁身自好，坚守贞德，还信奉宗教，已历经两年而无闪失了。她的种种举动都是受到上述条件的约束，所以一开始就想逃避我。

所以这一次跟以往不同，不是那种简单的投降。过去的投降，廉价又简单，还没有半点光荣可言。这次过程艰辛，而且我动用了很多巧妙的方法，才能有这样的胜利。成功全靠自己，所以感到特别珍贵也不足为奇了。胜利的我感受到了甜蜜蜜的幸福，我想这不过是荣耀感带给我甜蜜的感受。想到自己多少有点儿受制于她，觉得没有她就不能达到幸福的境地，觉得只有她才能给我这样欲仙欲死的幸福感，别的女人是无效的，多少觉得有点儿难堪。但是看到上面我的分析，屈辱感就消失了。

以上的反思合情合理，我打算将其当作我今后行动时，关键时刻的处理准则。您放心，我不会让自己陷得太深，以至于不能随心所欲地斩断这情丝。您看，我现在就谈到了和她的决裂了。不过要先谈我是怎么牵上她手的，想知道您就看下去，您就会知道为了拯救愚昧的人，睿智的人冒了多大的风险了。我自己说的话都是深思熟虑之后的，她的回答我也都记得，写得很详细，您应该会满意的。

在看了我附上的两封信的抄件之后，您应该知道我挑选了谁作为接近美人的媒介，您也可以看到他是怎么热情地撮合我们的。还要跟您一提的是，这个严肃虔诚的女人害怕我抛弃她，产生了一些屈辱之感，然后她稍稍放松了警惕，头脑中产生了不少不合情理的想法，但是这想法还是被我很好地利用了。这些近况我都了解之后，我在昨天二十八号周四，也就是她约定与我相见的日子，到她家去了。去的时候，我是一副负荆请罪的样子，出来的时候，我是个威风凛凛的胜利者了。

傍晚六点钟，我到这位美人家里。她回家后就一直闭门谢客。当我的名字报进去之后，她双腿颤抖无法站立，只好再次坐下。带我进去的仆人做了点别的事，她就显得有点不耐烦，我们就说了些客套话。为了利用好时间，我还观察了房间，然后找到了能让我胜利的场地。在这个房间里，有一张土耳其式的沙发。我当时也可以另外找一个更加舒适的地方，我注意到，沙发对面有她丈夫的画像。不瞒您说，我当时十分担心这个捉摸不透的女子朝那边看去，只要看上一眼，我费尽心思布的局会毁于一旦。仆人终于出去了，这时房间只剩我和她。我们就开始了谈话。

我简单说明了我的来意，相信昂瑟牧神父应该已经传达过了，接着我抱怨她这么严厉对待我。不出我所料，她一一否认。我于是开始举例，比如我在她心中引起的猜疑和畏惧，说她逃离城堡带来了很大的影响，她拒绝回信甚至收信等等。她一旦为自己辩解我就打断她的话，然后为自己的粗鲁道歉。紧接着我开始说甜言蜜语。我说："您美丽的容貌深深刻在了我心中，您的美德早已在我心中留下深刻的印象。我被您的美德所吸引，竟以为自己有资格去追求。您认为我不配，我一点儿都不怪您。该惩罚的是我，不该犯这样的错。"她尴尬地说不出话。于是我接着说："夫人，我渴望能改变我留在您心中的坏形象，或者，如果您觉得自己受到了冒犯，请您原谅。这样，我可以平静地结束我的一生。唉，自从您拒绝我以来，我的生命就已经不值得我珍惜了。”

我说到这里，她终于有点回应：“我的名分不能允许我……”她说了半句，说不下去了。她的本分要求她说这言不由衷的话。于是我用温柔的语气说：“这样说来，您离开城堡是为了逃避我？我非走不可。您要远离我吗？必须要这样，永远分离吗？我应该守着我的本分。”不用我多说，从上面短短的对话中，这假正经的女人压抑自己，不敢正眼看我。

这时，室内死气沉沉，我觉得要活跃一下，就面露愠色地站了起来说道：“既然这样，夫人，您的坚定意志，激得我也一样坚定，那行，我们就分开吧！比您想象中更彻底，您有一天会为自己的功德喝彩的。”这种责备的语气让她吃惊，想要反驳，说：“您的决定是……”我有点生气地打断了他的话：“无非是因为绝望做的决定。您要我痛苦，我就向您证明您成功了，并且超出您的期望。”她回答说：“我希望您幸福。”

她说话的语调透露出她情绪激动。我于是扑向她眼前，用悲痛的声音高声道：“啊，狠心的女人，您以为我离开您就能得到幸福了吗？不能与您共享的幸福称不上幸福。我永远得不到幸福啊!”说实话，我当时想让眼泪来助阵，但是我流不出一滴眼泪，或许是我处处留神的原因。幸好我想起来，要制服一个女人，什么方式都行，只要这举动非同小可，使她吃惊，给她留下了好印象。

我无法多愁善感，只好用恐怖手段，我改变了姿势，转变了声调说：“我在您裙下起誓，如果没有半点肌肤之亲，我就去死。”我说这话的时候，我们的视线相遇了。我不知道这胆小的女人在我眼里看出了什么，或者自认为看出了什么，她惊慌地站了起来，挣脱了被我搂住的双臂。我没有继续拉她，因为我注意到，凡是痛苦的场面持续得太久，就会显得可笑。要不然就只能真的以悲剧结尾了，这不是我想做的。在她快要挣脱的时候，我用低沉阴森，只有她能听见的声音说道："行，死就死吧！"

于是我站起来，沉默地站了片刻之后，像是无意地向她抛去凶狠的目光。这目光看上去茫然，其实具有敏锐的观察力。我发现她神态失常，胸脯起伏，肌肉抽搐，颤动的手臂举了一半……这一切都证明我所要的预期效果已经达到。但是，关于爱情上的事情，都要在十分贴近中才能完成，但我们那时相距有点儿远。所以首要任务是我们要靠拢点儿。为了达到这个目的，我马上换上一副宁静的神情，足以安抚她的情绪，但是不致削弱留下的印象。

我用下面的话来过渡："我实在太不幸了，我想为您谋取幸福，却只妨碍您的幸福，我尽力想让您安宁，但是却扰乱了您的安宁。"接着，我以严肃不自然的神态说道："请原谅，夫人，我很少经历这样的事情，所以很难克制我冲动的感情。这样冲动的感情是错误的，但这是最后一次了。啊，请不要激动，求求您。"趁着说这么长一段话的时间，我靠近了她。这位美人有点儿惊吓地说："您要我别激动，那您自己先安静下来。"那我就答应您安静下来。我对她说，然后再加上一句话："这是我勉强才做到的，过一会儿就好了。"我立刻又露出恍惚的神态："我今天来是为了把信还给您的，您就收下吧。我还得忍痛牺牲一次，我手中不能留下任何动摇我勇气的东西。"我从口袋中取出那一束珍贵的信，说："拿去吧，这是您友谊的保证，寄存在这里的，只是些欺骗人的东西。这些东西，我为了它珍惜过生命，现在就作为我们永远不见面的标志吧。"

我说到这里，这位情人又变了情绪，变得不安起来：

“唉，瓦尔蒙先生，您怎么了？您这些话是什么意思？您今天来这里，不是您自己的意思吗？不是您反复思考的结果吗？您不是觉得我应该遵守本分吗？是的，我根据您的决定做出的决定。”我接着说：“您做出什么决定？”和您分离叫我痛苦，只有走这条路，我才能摆脱痛苦。请您回答我是什么决定？”这时她被我紧紧抱在怀抱中，她不再挣扎，把礼仪忘在脑后，可见她的情绪波动有多厉害。我就孤注一掷，说：“您这个女人让我神魂颠倒，您让我心生感情，却丝毫不知。您也不了解我爱您到何种程度，也不明白这种感情对我而言比生命重要。但愿您这一生都能过得幸福平静。但愿您从我手中剥夺的幸福能全部变成您的幸福。为了报答我真诚的祝福，请您留两滴眼泪表示一点歉意吧。我这最后的奉献就不算是最叫我心痛的了。永别了。”

我说这些话的时候，我感到她的心跳在剧烈地跳动，五官都走了样，她哽咽地说不出话来，但是艰难地流下几滴眼泪。这时，我决定假装抽身离开，她用力地拉着我不放，慌乱地说：“不，听我说。”“让我走吧。”我说：“我一定要离开您。”“不！”她喊出一声，喊声刚落，她就倒在我怀里，其实是晕倒在我怀里。我不敢相信已经成功了，还是装出惊恐的样子，不过惊恐归惊恐，我还是抱着她，走向那胜利的战场。等到她醒来时，她幸运的胜利者已经使她屈服委身了①。

到现在为止，我的漂亮朋友，您一定觉得，我使用的是正规的方法，没有掺杂半点儿旁门左道，您也应该觉得好吧。您也发现，我也没有偏离战争的原则。您和我都注意到，这

---

① 小说中，瓦尔蒙子爵犯下两次强奸罪。第一次侵犯了塞西尔（第九十六封信），这里，他趁杜维尔院长夫人昏倒强奸了她。

种战争也酷似另外一类交战。您可以用评鉴居雷讷或者弗雷德利克[①]的标准来评价我。敌人本来只是想伺机后动，被我逼迫被迫迎战。我运筹帷幄，善于布局，选择了好的战场。我先让敌人觉得安全，这样在途中敌人后退时，我更容易追击他。然后我成功让恐惧代替了安全感。为了让胜利时得到很多硕果，失败时也能全身而退，我不让别的因素发挥作用。我确保有退路才开战，现在，我又害怕起来了，怕自己像汉尼拔[②]大将那样陷在卡普而斗志全无。

我知道这事非同小可，于是心中当然有数，一定少不了痛哭流涕这种场面。我首先看到的是她的羞愧和沉思的面孔。我认为这两者是她严肃的性格的体现，所以不怎么在意这些。我只是依照常规来安慰她。因为我相信，感觉有助于爱情，一个动作胜过千言万语。只不过也没少说话罢了。哪知道对方的挣扎实在吓人，倒不是因为强度过人，而是因为其令人吃惊的抗拒方式。

请您想象一下，有个女人坐在椅子上，僵直不动，面无表情，既不像在思考什么，又听不到别人的说话，不停地有眼泪从她眼中流出。我在一边说着话，杜维尔夫人就是这样的模样。但我想让她注意我，我稍微一碰她，哪怕是最君子的动作，她那表面麻木的表情马上就变成恐怖、窒息、惊厥

---

① 前者指居雷讷子爵(1611—1675)，法国路易十四时期的名将，以擅长战略闻名。他的兵法思想特点是把战争当作艺术而不是冲突。后者指普鲁士皇帝弗雷德利克二世(1712—1786)。他被人尊崇为弗雷德利克大帝，主要是他称霸奥国，又被称为哲人，但作为兵法将领则毁誉参半。

② 迦太基名将汉尼拔(公元前 247—183)被称为最伟大的军事将领之一。公元前 221 年，汉尼拔攻下了罗马联盟城邦卡普，该城建立了他的冬季营区，美轮美奂，被视为有害他军伍的斗志。

或者抽搐，在这之中有几声喊叫，但是没有一句清晰的话。

这种情况发生了好几次，最后一次真的很剧烈，让我都有些灰心丧气。于是我退一步用了那些陈词滥调，其中一句是："您这样痛苦，是因为给了我幸福吗？"一听到幸福这两个字，这位美丽的女人看向我，她的表情虽然麻木，但是恢复了天仙般的神色，她说："您的幸福！"您应该能猜到我是怎么回答她的。"那么，您幸福吗？"我肯定地说："使您幸福的人是我。"我又加重了赞叹和柔言蜜语。我说着，她的四肢松软下来了，摊在椅子上。我大胆地抓住她的手，她也任我握着，说："我想到我能使您幸福我就能舒一口气了。"

我就这样发现了一个诀窍，您也知道我会抓着不放。这的确是一条正路，也许也是唯一的一条。我于是再次尝试。虽然还是受到了一些阻力，但是一经借助于"我的幸福"这个妙诀，我马上就看到了效果。她温柔地对我说："您说得对。除非我的生命对您的幸福有点儿用处，不然我的生命也是没有价值的了。我要为您的幸福献身。从现在开始，我是属于您的了，此后您是不会遭到我的拒绝了，我也没有悔恨了。"您说她天真幼稚也罢，说她崇高也罢，她让我占有了她的身子和美色。她的魅力也因为我和她共同品尝而更增魅力。身体的快感过去之后，余味还回味在我们之中。我是第一次感到，即使肉体的快乐过去之后，还留有飘飘欲仙的滋味。我从她怀抱里出来时立即跪在她面前，向她发了永不变心的誓言，那时我是真心的。即使在离开她之后，她的身影仍然回荡在我的脑海中。我要花点儿工夫收收心，好解脱。

唉，要是这时候您在我跟前就好了，至少您可以犒赏我，以您的魅力化解一下这场行动。我不会白等您的犒赏的，我没说错吧？我在前信里提出来的计划，期待能实现。看，凡是我该做的事情，我都一一实现。正像我答应您的，事情办得差不多了，会给您留下一点儿时间的。请尽快打发走您痴情的贝尔洛施，把那甜软肉麻的唐斯尼放到一边去，把整颗心都投入到我身上吧。唉，您在乡下干什么啊？总是没有个回信。知道吗？我都想开口骂人了，但是幸福的人会变得宽宏大量，再说，我既然变成了您众多求爱者中的一员，我就要好好猜猜您那稀奇古怪的想法。我要提醒您的是，虽然我是您的新情人，但是我作为朋友的权利是不想失去的。

还是像以前那样说再见吧，我的天使，请接受我的爱之吻。

附：您知道吗？普雷旺刑满一个月后，已经被迫离开他所属的部队。这条新闻在巴黎传得沸沸扬扬。说实话，他没犯错但是遭受了如此严重的惩罚，您是大获全胜啊！

一七××年十月二十九日，于巴黎